KB095116

넥타이 풀고!
마흔 전에 도전하는 직장인 바디 프로필

PT 없이 준비하는
바디 프로필 핵심 노하우

넥타이 풀고!

마흔 전에 도전하는
직장인
바디 프로필

황형서 지음

좋은땅

"결혼도 했는데 몸은 만들어서 뭐 하냐? 누가 알아주는 것도 아니고……"

정확히 세어 보진 않았지만, 제가 바디 프로필을 준비하며 가장 많이 들었던 말 중 하나입니다. 어찌나 한마음 한뜻이던지 그들은 제게 해 주는 조언조차 모두 비슷했습니다. 나이 마흔 무렵 버킷 리스트에 적어 둔 한 가지를 도전해 보겠다고 하니 주변에서 만류하는 분들이 많았지요.

도전에 대한 반응도 각양각색이었는데, 크게 '응원한다.'와 '그게 되겠냐?'의 부류가 절반씩 차지했습니다. 제가 전문 트레이너도 아니고 하는 일도 운동과 무관하다 보니, 충분히 예상할 수 있는 반응이었습니다. 더군다나 PT 없이 모든 과정을 혼자서 해 보겠다고 했을 때는 가족들조차 믿질 않았습니다.

그렇게 시간은 흘렀고 제게는 많은 변화가 찾아왔습니다.

첫 번째, 인생에서 그토록 바랐던 버킷 리스트 한 줄이 지워졌습니다.
바디 프로필은 더 이상 제게 희망 사항이 아닌 현실이 되었습니다. 도전을 마친 뒤 인스타그램 계정에 새로운 사진을 게시했고, 지인들의 반응은 물음표에서 느낌표로 바뀌었습니다. 긴말 필요 없이 사진 하나를 바꾼 것만으로도 증명이 된 셈입니다.

두 번째, 도전을 마치니 또 하나의 버킷 리스트를 지울 시점이 찾아왔습니다.
제게는 '마흔 전에 책을 내고 싶다.'는 바람이 있었습니다. 운동을 하면서 갖은 시행착오를 겪었고, 직장인으로서 몸 관리할 수 있는 노하우를 남기고 싶었지요. 그 목표를 이루기 위해서는 꾸준한 학습과 노력이 필요했습니다. 그리고 그것을 증명할 경험과 성찰이 뒷받침되어야 했지요. 이런 이유 때문인지 원고를 쓸 무렵부터 탈고까지 꽤 오랜 시간이 필요했습니다. 또한 처음 그 마음이 용두사미가 되시 않도록, 원고가 완성된 이후에는 전문가를 찾아가 자문을 구했습니다.

사실 바디 프로필을 준비하거나 체질을 변화시키는 방법은 여러 매체를 통해 알 수 있습니다. 지금 이 순간에도 유명 유튜버와 전문가들이 쓴 책들이 서점에 즐비해 있기 때문입니다. 하지만 '직장인의 입장'에서 운동을 왜 시작해야 하는지 알려 주는 책은 그리 많지 않았습니다. 그들이 운동에 대한 중요성을 전달해 줄 수 있을지언정 '직장인의, 직장인에 의한, 직장인만을 위한' 동기 부여를 해 주긴 어려웠던 것입니다.

저는 체육 전공자도 아니고 민간 기업에 근무하는 평범한 직장인입니다. 트레이너처럼 온종일 운동에만 몰두할 수 있는 사람도 아니지요. 하지만 그렇기 때문에 직장인들의 입장을 이해하고, 그들에게 맞는 몸 관리 방법을 알려 줄 수 있다고 판단했습니다. 적어도 글을 쓰는 동안에는 매일 같이 전쟁 같은 나날을 보내는 그들의 마음을 대변하고 싶었습니다. 그리고 직장인 스스로 몸 관리를 할 수 있는 팁들이 어떤 것이 있을까 연구하기 시작했지요. 다행히 저는 10년 넘도록 직원들의 역량 개발을 위한 업무를 담당해 왔습니다. 일을 하면서 틈틈이 운동할 수 있는 여건이 되었고, 바디 프로필에 대한 생각과 경험을 정리할 수 있었습니다.

처음 글을 쓸 무렵에는 왠지 모를 두려움이 있었습니다. 왜냐하면 어디서부터 어디까지 다루어야 할지 내용이 무척 광범위했기 때문입니다. 하지만 원고를 마무리할 쯤에는 제가 정리한 내용들이 직장인들에게 보탬이 될 수 있을 것이라 확신했습니다.

운동에 대한 중요성은 누구나 잘 알고 있습니다. 건강하고 멋진 몸을 만들고 싶어 하는 마음은 누구나 매한가지이지요. 하지만 우리 같은 직장인은 아침부터 저녁까지 사무실 밖을 벗어나기 힘듭니다. 결혼을 했거나 아이가 있는 분들이라면 더욱더 운동할 시간을 내기 어려울 것입니다. 이러한 이유 때문에 운동에 대한 노하우를 일러주는 것은 물론, 그들에게 맞는 솔루션을 제시해 주는 것이 큰 숙제였습니다.

이 책을 읽어 보길 바라는 대상은 다음과 같습니다.

1. 바디 프로필 준비부터 마무리까지, A to Z를 알고 싶은 직장인.
2. 아직 운동을 해야 한 이유를 찾지 못했거나, 동기 부여가 필요한 모든 분들.

글을 정리하며 많은 내용을 담을 수도 있었습니다. 하지만 위 대상과 목적을 생각하면서 목차 다듬는 작업을 여러 번 반복했습니다. 체육 전공자가 아니면 이해하기 어려운 내용은 과감히 생략하였으며, 꼭 필요한 내용들만 순서대로 정리하였습니다.

이 책에 다루는 여러 사례와 팁들은 운동을 오래 한 분들에게는 내용이 다소 쉽고, 부족하다 느끼실 수 있습니다. 그만큼 초보자들에게 초점을 맞추었고, 누구나 이해할 수 있도록 정리하였습니다. 또한 너무 이론적이라 여겨지는 내용들은 쉽게 알 수 있도록 예시를 추가하였습니다.

아무쪼록 이 책이 바디 프로필을 준비하는 분들이나 운동을 처음 시작하는 직장인들에게 보탬이 되었으면 합니다. 시간이 여의치 않은 분들은 지금 당장 운동을 시작하지 않아도 좋습니다. 훗날 이 책이 여러분의 몸을 움직이게 만들었다면, 그것만으로도 감사할 따름입니다.

책에 수록된 사진과 내용 감수에 도움을 준 분들이 있습니다. 배우 이다혜 님과 파워리프터 최빛나 님, 그리고 인투짐(INTOGYM) 박준호 센터장님께 고개 숙여 감사의 말씀을 드립니다. 이 분들이 있었기에 책이 완성될 수 있었습니다.

그러면 제가 평소 좋아하는 글귀로 책을 시작하겠습니다.

할 수 있다고 믿는 사람은 그렇게 된다.
할 수 없다고 믿는 사람 역시 그렇게 된다.

- 샤를 드 골 -

목차

VII 몸이 변하니 이런 것들이 변하더라

부록

I

마흔 살을 앞둔 아빠,
바디 프로필에 도전하다

BODY PROFILE

한 페이지에
요약한 바디 프로필

* 신체 변화

구분	도전 첫날 (8개월 전)	촬영 한 달 전 (D-30)	촬영 3일 전 (D-3)
체중(kg) Weight	81.3kg	70.7kg	67.8kg
골격근량(kg) Skeletal Muscle Mass	36.1kg	35.5kg	35.2kg
체지방량(kg) Body Fat Mass	18.0kg	7.7kg	5.4kg
체지방률(%) Percent Body Fat	23.9%	10.8%	8.0%
측정 일시	20. 10. 6 08:24	21. 4. 28 07:49	21. 5. 19 08:08

* 준비 사항

구분	기간	주요 활동
I. 워밍업	4주	몸 상태 체크, 스튜디오 예약, 운동 프로그램 및 식단 구성, 기초체력 강화
II. 벌크 업(Bulk up)	16주	골격근량 증대(36.1kg → 37kg) 체지방률 줄이기(21.5% → 17%)
III. 다이어트(Diet)	10주	체지방률 줄이기(17% → 7~8%), 태닝
IV. 촬영 준비	1~2주	의상 준비 제모(왁싱), 포징 연습, 단수, 컨디션 관리
V. 촬영	1일	헤어 및 메이크업, 펌핑, 촬영, 사진 고르기

* 비용

구분	내역	계
스튜디오	촬영: 20만 원, 헤어/메이크업: 10만 원, 보정본 추가: 5만 원	35만 원
헬스장	3만 원×8개월= 24만 원(등록비)	24만 원
운동 보조 용품	스트랩, 폼 롤러, 무릎 보호대	8만 원
보충제, 보조 식품	단백질 보충제: 24만 원(월 3만 원) 영양제(유산균, 멀티 비타민, 프로폴리스, 밀크시슬): 28만 원	52만 원
태닝, 왁싱	실내 태닝: 15회(24만 원), 왁싱(셀프 제모 크림): 2만 원	26만 원
합계		145만 원

- 식비, 의상비는 비용 산정에서 제외.

2

이것만은 꼭!
경험으로 깨우친 몇 가지

저는 서른다섯 무렵에 헬스를 본격적으로 시작했습니다. 남들보다 조금 늦은 나이에 운동을 시작한 것이지요. 아래에 적힌 일곱 가지 사항은 직장인 입장에서 운동하면서 깨우친 내용들을 정리한 것입니다. 여러분 중에는 저와 비슷한 나이에 운동을 시작한 분들도 있을 것입니다. 개중에는 마흔 전에 바디 프로필을 찍어 보는 것이 숙원인 분들도 있겠지요. 그런 분들에게 꼭 해 주고 싶은 조언들만 추렸습니다. 부디 아는 내용이더라도 동기 부여 차원에서 읽어 주시면 감사하겠습니다.

가. 헬스장, 샤워만 하고 가도 되니 습관처럼 들르라

첫 번째 말씀드릴 사항은 헬스장을 대하는 인식과 태도입니다. 제 경험도 그랬지만 헬스장은 '오늘 운동 좀 해 볼까.' 하며 가끔씩 들르는 곳이 아닙니다. 회사처럼 늘 가야만 하는 곳으로 인식하는 것이 좋고, 엎어지면 코 닿을 거리에 있으면 더할 나위 없이 좋습니다.

헬스장을 고를 때는 비용과 시설도 중요하지만, 가장 먼저 염두에 두어야 할 것이 바로 접근성입니다. 여러분이 최근 몇 개월간 몸을 움직인 기억이 전혀 없다면, 최소 1년은 일주일에 5일 이상 운동할 각오로 임해야 합니다. 그래야 몸이 변할 수 있고 원하는 바를 이룰 수 있습니다.

헬스장 등록을 마쳤다면 당분간 운동을 전혀 하지 않아도 좋으니 출근 도장만이라도 찍고 오십시오. 며칠 동안은 이어폰을 귀에 꽂고 음악을 들으면서 걷다 와도 좋습니다. 혹시 일이 너무 바빠 운동할 여건이 안 된다면, 그곳에 있는 트레이너와 상담이라도 받고 오십시오. 우선 그곳에 발 들이는 연습부터 해야 하는 것입니다.

습관이란 참 부서운 법입니다. 직장인이라면 어차피 출근을 해야 하니, 최대한 그 시간을 활용해 보는 것이 좋습니다. 남들보다 30분 일찍 헬스장에 들러 샤워만이라도 하고 간다면, 하루가 달라질 것입니다. 그리고 그 생활이 지속되면 그곳을 찾는 일이 어느새 일상이 되어 있을 것입니다.

나. 평소에 낭비되는 시간을 줄여라

우리는 평소 운동할 시간이 없다고 말합니다. 결혼을 한 분이면 더욱 그럴 것이며, 육아를 병행하고 있다면 하루 한 시간 내기도 어렵습니다. 기혼자 입장에서 이러한 사실들을 이해 못 하는 건 아닙니다. 그런데 애석하게도 하루 이틀 운동해서는 절대 멋진 몸을 만들 수 없습니다.

헬스는 시간과 노력이 더해진 누적의 결과물입니다. 직장인이라 운동할 시간이 없다면 어떻게든 그 시간을 '만들어야' 하는 것입니다. 이왕 몸짱이 되기로 결심했으면 당분간 운동 외 허투루 낭비되는 시간을 줄여 보십시오.

출근 준비에 30분을 썼다면 5분이라도 줄여 보고, 아침잠이 많다면 10분이라도 일찍 깰 방법을 연구해 보십시오. 어디선가 새고 있는 시간들을 모아 하루에 30분 이상은 확보해야 합니다. 그래도 시간이 여의치 않다면, 아무도 건드리지 않는 새벽 시간을 추천해 드립니다.

어떤 분은 이런 말들이 참 야속하게 느껴질 것입니다. 하루에 30분이라니……. 차라리 그 시간에 잠을 더 자겠다는 분들도 있을 것입니다. 그런데 하루 24시간은 누구에게나 동등하게 주어집니다. 이 중 30분은 고작 2%에 해당되는 시간이지요. 어찌 됐든 몸의 변화를 이뤄 내기 위해서는 최소한의 시간을 확보해야 합니다. 하루에 2%의 시간을 운동에 쓸지 다른 곳에 쓸지는 여러분의 선택입니다. 중요한 것은 몸을 만들기 위해서는 최소한의 누적 시간이 필요하다는 점입니다.

다. 당분간 주 7일 운동한다고 생각하자

우리가 전문적으로 운동만 하는 사람이라 가정해 보겠습니다. 여유가 있으면 하루에 몇 시간 이상 헬스장에서 보내겠지만 직장인은 그렇지 않습니다. 헬스를 하든 필라테스를 하든 하루 한 시간 내기도 쉽지 않지요. 그렇기 때문에 우리는 '일주일 내내' 운동할 각오로 임해야 합니다. 그래야 회식이든 가족 모임이든 한두 번씩 빠질 여유가 생기는 것입니다.

더군다나 여러분이 마흔을 앞두고 있다면 더 이상 혈기 왕성한 나이가 아닙니다. 서운하게 들릴지 모르겠지만, 근육이 가장 왕성하게 성장하는 시기는 25세까지이므로 이미 지났습니다. 직장에 다니면서 몸을 변화시키고 싶다면, 적어도 20대 때보다 1.5배의 노력이 필요합니다. 피트니스 대회나 바디 프로필 준비처럼 특정 시점(D-day)을 정해 놓고 하는 일이면 더욱 그렇습니다. 여러분이 직장인이라 제한 사항이 많다면, 당분간은 매일 운동할 각오로 임하십시오. 그래야 원하는 목표를 이룰 수 있고, 여러분이 바라는 몸과 인생 샷을 거머쥘 수 있습니다.

라. 맛없는 것을 먹어 보는 것도 훈련이다

바디 프로필 준비를 하다 보면 운동은 둘째치고 식단 관리가 가장 큰 고통입니다. 냉정하게 말씀드리면, 당분간 닭가슴살, 고구마, 오트밀 등 소위 맛없는 것을 먹는 것도 훈련이라 생각해야 합니다. 특히 다이어트 기간에는 양 조절은 물론 간이 배어 있는 음식조차 피하는 게 좋습니다. 지금부터 무엇을 선택하고 먹느냐가 여러분의 몸을 만드는 것입니다.

오늘 점심을 햄버거와 콜라로 때웠고 저녁에는 맥주 몇 잔과 곱창을 먹었다면, 그것이 바로 '당신의 몸'입니다. 오늘 내 몸을 곱창으로 채울지 닭가슴살로 채울지는 여러분의 선택입니다. 분명한 것은 매 끼니 깨끗하게 먹고 성실히 임해야만 원하는 몸이 나온다는 것입니다.

그러므로 이왕 몸을 만들기로 결심했으면, 몇 개월 동안 참는 것도 훈련이라 생각하십시오. 식단이 제대로 지켜지지 않으면, 운동을 아무리 열심히 한다 한들 100% 실패입니다. 실제로 바디 프로필을 포기하는 가장 큰 이유가 다이어트와 식단 때문입니다. 일정 기간 동안 먹는 것을 감내하는 것이야말로 여러분에게 주어진 숙세임을 명심하십시오.

마. 첫 번째 목적은 사진 아니었던가?

당연한 이야기겠지만, 지금 여러분이 운동을 시작한 목적은 멋진 사진을 남기기 위함일 것입니다. 건강 관리와 체력 향상을 위한 것도 있지만, 우선적인 목표는 몇 개월 뒤 거머쥘 인생 샷 몇 장인 것입니다. 그런데 바디 프로필 촬영일이 다가와도 이러한 사실을 간과하는 분들이 많습니다. 몇 개월 동안 벌크 업을 하며 근육 사이즈를 키웠다면, 다이어트 기간에는 '어떻게 하면 사진이 더 잘 나오게 할까?'를 연구해야 하는 것입니다.

벤치 프레스를 하면서 중량 원판 하나를 더 끼우는 것도 좋지만, 최소 촬영 50일 전부터는 영악해져야 합니다. 우리가 파워 리프팅 대회에 나갈 것은 아니기 때문에, 이때부터는 어떻게 결점을 보완하고 멋지게 보일지를 연구해야 합니다.

가슴 근육이 아무리 커도 복근이 선명하지 않다면 프로필 사진으로는 마이너스(-)입니다. 어깨 근육이 부족하다면, 그 어깨를 가려 줄 재킷을 입거나 컨셉을 바꿈으로써 약점을 가릴 수 있습니다. 피부 관리, 의상, 포즈 연습, 태닝도 마찬가지입니다. 이러한 것들은 부수적인 것이 아니라 한 장의 작품 사진을 위해 철저히 준비해야 하는 것들입니다. 그러므로 최소 50일 전부터는 운동뿐만 아니라, 기타 부수적인 요소들도 충분히 고려하길 바랍니다.

바. 조금 이르더라도 스튜디오 예약부터

많은 분들이 몸 만들기에 도전하면서 바디 프로필 촬영까지 염두에 둡니다. 하지만 실제 촬영까지 해내는 분은 열 명 중 한 명꼴입니다. 그만큼 유혹도 많고 끝까지 해내기 어려운 것입니다. 여러분에게 드리는 또 한 가지 조언은, 아직 100% 준비가 되어 있지 않았어도 스튜디오 예약부터 하라는 것입니다. 이는 저뿐만 아니라 많은 분들이 공통적으로 언급하고 있는 부분입니다. 촬영 예약을 마치는 순간 운동할 때의 마음가짐과 노력이 180°달라짐을 느낄 수 있을 것입니다.

'언젠가 찍어야지.' 하면서 백 번 미루는 것보다 '이제는 해야만 한다.'는 동기 부여가 훨씬 더 값집니다. 나중으로 미루어도 어차피 상황은 비슷해집니다. 직장인이면 하지 못할 이유가 계속 생기고, 주변에는 수많은 사공(?)들이 여러분을 방해할 것입니다.

인생은 짧고, 우리에게 주어진 시간은 한정되어 있습니다. 어찌 보면 지금이 가장 젊고, 아름다운 순간인 것입니다. 여러 가지 기회비용을 따져 봐도 조금 더 일찍 경험해 보는 것이 좋습니다. 따라서 여러분이 생각하는 것보다 예약을 서두르는 것이 낫다는 점을 알려 드립니다.

사. 주변 손가락질과 간섭들에 의연해져라

끝으로 말씀드릴 점은, 앞으로 닥칠 수많은 손가락질과 간섭들에 의연해지라는 것입니다. 바디 프로필 촬영까지 100일 정도 남았다면, 세네 번은 정신줄을 놓는 순간이 찾아올 것입니다. 자존감이 높은 분들에게도 힘든 순간이 찾아오고, 어떤 분들은 심한 감정 기복이 나타날 수도 있습니다. 가뜩이나 직장 생활하기도 바쁜데, 주 5일을 헬스장에서 보내야 하니 어찌 보면 당연한 일일 수 있습니다.

게다가 다이어트를 시작하면 모임과 술자리 등을 피해야 합니다. 만약 여러분이 사람들과 어울리길 좋아하는 사람이면, 이보다 고통스러울 수 없을 것입니다. 또한 다이어트 막바지에 접어들면, 주위에서 말라 가는 나를 바라보며 온갖 간섭들이 시작됩니다.

"얼굴이 그게 뭐냐, 아파 보인다.", "뭐 좀 먹어라. 그러다 쓰러지겠다." 정도는 애교이며, 일상생활을 할 때도 수많은 유혹들이 도사리고 있습니다. 더욱이 처음 바디 프로필에 도전하는 것이라면, 더욱 상황이 낯설게 느껴질 것입니다. 어찌 보면 운동이나 식단보다 주변의 따가운 시선을 참아 내는 것이 장애물인 것입니다.

하지만 몇 달 동안은 이러한 것에 절대 굴하지 않는 마음가짐이 필요합니다. 되도록 주변의 잔소리는 한 귀로 듣고, 한 귀로 흘려 보내는 여유를 갖길 바랍니다. 시간이 다가올수록 주위의 시선에 아랑곳하지 않는 태도가 필요한 것입니다. 그리고 그 과정들을 거쳤을 때 비로소 정신적으로 강해진 여러분의 모습을 발견할 수 있을 것입니다.

3

직장인의 비애,
몸 관리에 대한 여러 가지 생각들

서른아홉, 여섯 살 딸아이의 아빠. 아침 9시에 사무실로 출근해 저녁 6시까지 엉덩이 붙이고 일한 지 12년이 지났습니다. 저 역시 운동을 좋아하는 편이 아니어서 늘 피곤함에 찌들어 살던 직장인이었습니다. 하루에 커피 세 잔은 기본이고, 퇴근하면 치킨에 맥주가 낙이던 평범한 삶이었지요. 아침부터 저녁까지 모니터와 씨름하다 보면 목과 어깨는 금세 돌덩이가 되기 일쑤였습니다.

대부분의 직장인이 그렇지만 저는 스스로 운동하기까지 너무나 많은 시행착오를 겪었습니다. 매일 한 시간 이상씩 운동해 온 분들은 알겠지만, 몸을 움직이기까지는 어떤 큰 계기가 있거나 동기 부여가 뒷받침되어야 합니다. 하루 10분, 20분 운동 시간이 중요한 것이 아니라 헬스장에 제 발로 들어가기까지가 무척 힘들기 때문입니다. 하루에 30분 만이라도 운동을 하기 위해 집을 나섰다면 그것만으로도 절반은 성공인 셈입니다.

이 책에 바디 프로필의 준비 과정을 나열하는 것도 좋지만, '어떻게 하루도 빠짐없이 운동하게 되었는가?'를 남기는 것도 중요하다고 봅니다. 마흔을 앞둔 아저씨가 늦게나마 몸 관리를 하게 된 이유들을 정리하였으니, 정신적으로 자극 받고 싶을 때 읽어 보길 바랍니다.

'나는 동기 부여는 이미 충분히 됐어.' 하는 분들은 이번 장을 넘겨도 좋습니다. 몸을 움직여 근육을 만드는 것만큼 강한 정신을 갖는 것도 중요합니다. 짧은 글이지만 제가 그동안 몸 관리를 하며 느끼고 경험한 부분들을 남겨 보도록 하겠습니다.

가. 돈, 명예, 건강 중 유일하게 컨트롤이 가능한 것은?

돈, 명예, 건강 중 스스로 컨트롤 가능한 것은 무엇일까요? 고리타분한 얘기일 수 있지만 피부로 느끼기까지 개인차가 있을 것입니다. 저도 '몸이 재산'이라는 말을 수없이 듣고 살아왔습니다. 하지만 그때마다 한 귀로 듣고 흘려보내기 일쑤였지요. 알고는 있지만 너무 뻔한 이야기이고, 이런저런 핑계를 대며 자신을 합리화했는지도 모릅니다.

다들 비슷하겠지만 아래는 그동안 제가 살아오며 해 온 핑계들입니다.

- **20대 중반**
  : 대학 졸업하고 취업을 준비해야 하니 바쁘다.
    어렵게 취업했더니 회사에 적응해야 했기 때문에 바빴다.

- **20대 후반**
  : 직장에서 뒤처지지 않으려면 준비해야 할 것들이 많다.
    영어 공부도 해야 하고 자격증도 따야 한다. 남들 다 하는데 나만 안 할 순 없다.

- **30대 초반**
  : 아침부터 저녁까지 일에 시달렸는데 뭔가 보상이 있어야지.
    사회생활 하려면 술이 빠질 수 있나? 가끔 마실 때도 있어야지.

- **30대 중, 후반**
  : 이젠 결혼하니 운동할 시간이 없다. 애를 키우니 더욱 그렇다.
    회사에서는 일하고 집에 오면 육아를 해야 하는데 대체 언제 운동하란 말인가?

이와 같이 운동을 하기 힘든 이유를 대면서 살다 보니 이건 핑계가 아니라 당연한 것이라 여겼습니다. 직장인 대다수가 비슷한 생활을 하다 보니, 저 역시 똑같이 생각했던 것입니다. 대학 졸업 후에는 모두가 선망하는 곳에 취업하고 싶었고, 구직을 위해 최선을 다했습니다. 그런데 바늘구멍 같은 취업 문을 통과하니 그게 끝은 아니었습니다. 어렵게 들어간 회사에서는 더 높은 허들이 기다리고 있었고, 경쟁에 뒤처지지 않으려면 여러 가지 공부가 필요했습니다.

그렇게 12년을 보냈고 매일같이 앉아서 일하다 보니, 건강에 적신호가 찾아왔습니다. 어깨가 가슴 앞쪽으로 말리는 '라운드 숄더'[1]가 찾아왔고, 모니터를 오래 보다 보니 자연스레 '거북목'이 되었지요. 입사할 때 무렵 탄탄했던 엉덩이는 12년의 하중을 견디다 못해 납작하게 되었으며, 허리를 세우고 앉아 있질 않다 보니 '골반후방경사'[2]가 찾아왔습니다. 그런데 이것은 비단 저에게만 해당되는 문제가 아니었습니다. 모두가 겉보기만 멀쩡할 뿐 속은 문드러지고 있었던 것입니다.

언젠가 동료들과 술 한잔을 걸치며 몸 관리에 대한 이야기를 나누었습니다. 어떤 분은 "이제 나잇살 때문에 안 돼. 포기해."라는 말과 함께 "몸은 만들어서 뭐 해. 누구한테 잘 보이려고." 같은 말들을 건네 왔습니다. 그때는 애써 웃어넘겼지만, 마냥 지나치기에는 참 슬픈 말들이었지요. 그렇게 운동을 미뤄야 할 이유들은 늘어 갔고, 주변에서는 몸 관리보다 중요한 것이 있다고 종용했습니다.

시간이 흘러 대리, 과장 직급이 되어 보니 이제는 열심히 일하는 것은 기본이고, 잘해야 했습니다. 신입 사원 때 했던 한두 번의 실수는 애교로 넘겨 주었지만 5년 차, 10년 차가 되어 보니 시선은 달라져만 갔지요. 작고 소중한 월급을 지키려면 열심히 하는 것을 넘어 그 이상의 무언가를 보여 주어야 했습니다. 그렇게 사회생활에 집중하면서 건강에 소홀해지다 보니 몸 관리에 대한 관심은 점점 더 멀어져 갔습니다.

한편, 직장을 10년 넘게 다니다 보니 여기저기에서 몸 아픈 분들을 자주 목격했습니다. 1년에 한 번 있는 건강 검진 결과 앞에서는 모두가 숙연해졌으며, 40대 이상 직원들에게 '위염은 필수, 고지혈증은 애교'가 되었지요. 실적 좋고 승승장구하던 동기들은 어느새 배가 남산만 해졌고, 눈에는 다

---

1) 라운드 숄더(Round shoulder) : 잘못된 자세로 경추가 앞으로 튀어나옴에 따라, 보상 작용으로 어깨가 앞으로 말리고, 등이 굽는 증상.
2) 골반후방경사(Pelvic Posterior Tilt) : 골반이 정상적인 기울기보다 뒤쪽으로 기울어져 있는 상태.

크서클이 가실 줄 몰랐습니다. 모두가 돈 버는 일에는 혈안이었지만 건강은 뒷전이었던 셈입니다.

저와 세 주변 사람들을 보고 느낀 짐은, 직장 생활과 사업의 성공은 노력은 물론이고 운도 띠리 주어야 한다는 점입니다. 진인사대천명(盡人事待天命)이라는 말도 있듯, 본인이 할 수 있는 최선을 쏟아부었더라도 결과가 좋지 않을 수 있음을 배운 것입니다.

그런데 건강 관리는 다릅니다. 유일하게 본인 스스로 컨트롤 가능하면서 신경을 쓴 만큼 보답해주는 것이 바로 몸인 것입니다. 이는 너무나 당연한 사실이지만, 저는 사회생활을 하면서 몇 번씩 몸이 망가지고 회복하는 과정을 통해 그 중요성을 깨달았습니다.

돈을 많이 벌고 인정받으려면 분명 열심히 일해야 합니다. 특히 사회 초년생이라면, 미래를 위해 경력을 쌓아야 하고 여러 가지 공부를 해야 하는 것도 맞습니다. 그런데 좋아하는 일, 취미, 여가 생활을 놓치지 않으려면 튼튼한 하드웨어가 뒷받침되어야 합니다. 모든 일의 시작과 끝이 건강한 몸으로부터 비롯되는 것입니다. 바보 같지만 저는 30대 중반이 되어서야 이러한 사실을 뼈저리게 느꼈습니다.

다음은 제가 겪은 몸 관리의 소홀함과 악순환에 대한 이야기입니다.

나. 몸 관리 소홀로 빚어진 악순환의 연결 고리

여기에서는 몸 관리에 대한 방법보다 평범한 직장인이 느낀 '몸 관리 소홀'에 대한 이야기를 남겨보겠습니다.

이 글을 쓰는 저도 돈 버는 일과 사람 사귀는 일에는 관심이 많았지만 몸 돌보기를 소홀히 했습니다. 20대까지는 딱히 운동을 하지 않아도 하루 이틀 밤새는 것쯤 어려운 일이 아니었습니다. 일하거나 놀 때도 돈과 시간이 부족해서였지, 체력이 문제 된 적은 단 한 번도 없었기 때문이지요.

그런데 저에게 한 번의 큰 시련이 찾아옵니다. 서른한 살 무렵, 저도 모르게 위궤양을 앓게 된 것입니다. 몇 달 전부터 스트레스 때문에 속이 미식거리고 식은땀이 자주 났는데, 알고 보니 위장에 문제가 생긴 것이었습니다. 당시 저는 일을 배우고자 작은 컨설팅 회사에 근무하고 있었습니다. 월요일부터 금요일까지 밤 9시쯤 퇴근했는데, 일주일에 한두 번은 새벽 1~2시까지 일을 하기도 했습니다. 뿐만 아니라 당시 무슨 패기였는지 대학원 공부를 병행했습니다. 일과 학업을 함께하면서 무리하다 보니, 몸이 버티지 못하고 병이 찾아온 것입니다.

지금 생각해 보면 그때는 정말 무식하게 몸을 챙기지 않았습니다. 운동은 둘째치고 삼시 세끼 먹는 것조차 죄다 레토르트, 인스턴트 식품이었으니까요. 설상가상으로 잠까지 부족하니 몸이 버티는 게 신기할 따름이었습니다. 내과 검진 이후 의사의 호된 질책을 받고서야 2개월 치 약 처방을 받았습니다.

그렇게 몇 달 동안은 환자 생활을 하면서 꾸역꾸역 회사에 다녔고 힘들게 학교를 마쳤습니다. 아이러니하게도 당시 아픈 몸으로 쓴 졸업 논문 주제는 '경력 개발과 일-삶의 균형'에 관한 내용이었습니다. 본인은 몸 망가져 가면서 일하고 학교에 다녔지만, 정작 삶의 질은 바닥을 치고 있었던 것입니다. 운 좋게 학업을 마치고 졸업은 했지만, 몸은 이미 만신창이가 되어 있었습니다. 그때 뼈 저리게 느낀 것이 바로 몸 관리의 중요성입니다. 이른 나이에 병을 얻고 그 병을 고치는 과정에서 건강의 중요성을 깨달은 것입니다.

여러분도 한 번쯤 '건강을 잃으면 모든 것을 잃는다.'라는 말을 들어본 적 있을 것입니다. 당시 몸 망가지면서 벌었던 돈이 죄다 병원비와 약값으로 나갔으니, 아마 저보다 무식한 사람은 없었을 것입니다. 40~50대도 아니고 고작 30대 초반의 총각이 말이지요.

생각해 보면 몸 관리가 안 된 상태에서는 모든 것이 악순환이었습니다.

첫째, 몸이 피곤하니 업무 집중력이 떨어지고 실수가 잦았습니다. 둘째, 그렇게 실수가 쌓이다 보니 하지 않아도 될 야근이 늘어났지요. 셋째, 가끔씩 야근 스트레스를 풀기 위해 술을 마셨는데, 엎친 데 덮친 격으로 수면이 불규칙적이어서 몸은 점점 무거워져 갔습니다.

핸드폰에 비유하자면, 체력의 배터리가 늘 한두 칸에 머물러 있었기 때문에 주말이면 방전되기 일쑤였습니다. 그때는 침대나 소파만 보면 늘 드러눕기 바빴습니다. 당시에는 그렇게 쉬는 것이 유일한 힐링이자 충전이라 믿었지요. 몸을 움직이는 것보다 조금이나마 누워서 쉬는 게 현명하다 생각했기 때문입니다.

돌이켜 보면 왜 그때 체력의 배터리를 세 칸 이상 채우지 못했을까 하는 아쉬움뿐입니다. 일이 안 되거나 여가를 즐기지 못한 이유가 몸 관리 소홀 때문이었는데, 당시에는 그것을 깨우치지 못한 것입니다. 쉽게 몸이 방전되니 그야말로 하루하루가 악순환의 연속이었습니다.

그런데 악순환의 연결 고리는 운동을 시작하면서 끊어지게 되었습니다. 서른 중반이 되어서야 몸 관리의 중요성을 깨닫고 매일같이 헬스장을 찾게 된 것입니다. 조금 더 일찍 시작하면 어땠을까 하는 아쉬움도 있었지만, 늦게라도 알게 된 게 천만다행이라는 생각도 했습니다.

다. 나는 왜 연예인의 몸을 가질 수 없을까?

모처럼 시간이 나서 TV에서 영화 〈용의자〉를 봤을 때의 일입니다. 영화에는 배우 공유 님이 남한으로 망명한 북한 최정에 특수 요원 역할로 나옵니다. 역할 특성상 몇몇 씬에 몸싸움을 하는 장면들이 나오는데, 초반부를 보면 주인공이 극한의 훈련을 하며 옷을 벗는 장면이 나옵니다. 저는 그때 공유 님의 몸을 보고 얼마나 감탄했는지 모릅니다. 함께 본 친구에게 그 이야기를 했더니 돌아온 대답은 역시나 였습니다.

"야, 저 사람은 배우잖아. 일반인이 배우랑 같냐?"

작품을 위해 몸을 만들었다 생각했지만 당시에는 너무나 부러웠습니다. 정말이지 돈만 있으면 사고 싶을 정도의 몸이었으니 말이지요. 한편으론 이런 생각도 했습니다.

'나는 왜 연예인의 몸을 가질 수 없을까? 똑같은 사람인데…….'

사람도 사람 나름이지라는 핑계로 지나치기엔 그 이미지가 너무나도 강렬했습니다. 여러분도 한 번쯤 TV나 영화 속에 나오는 연예인들의 모습을 보고 비슷한 생각을 해 본 적 있을 것입니다. 그렇게 마냥 부러워하다가 그 기억이 잊혀질 때쯤, 예능 프로인 〈미운 우리 새끼〉에서 가수 김종국 님을 보게 되었습니다. 연예인 대표 몸짱답게 그날도 헬스장에서 운동하는 모습이 비춰졌는데, 그때 저도 모르게 '김종국 나이'를 검색해 보았습니다. 1976년생. 한국 나이로는 마흔여섯. 가수로 데뷔한 지 오래된 것은 알고 있었지만, 벌써 그가 40대 중반이라니 놀라울 따름이었습니다. 그렇게 한참 '마흔여섯' 네 글자를 되뇌면서 저녁을 보냈습니다.

이처럼 배우 공유 님과 마찬가지로 가수 김종국 님은 큰 자극을 주었는데요. 그 이유는 그들이 연예인이어서 그렇다라기보다 '저 나이에 저만큼 관리를 할 수 있구나.' 하는 점이었습니다. 그들이 아니더라도 제게 자극을 준 분들은 주변에 많았는데, 그때마다 느낀 점은 '나도 그들과 다르지 않다.'였습니다. 선천적으로 타고난 부분은 어쩔 수 없지만, 몸 관리에 있어서 만큼은 크게 다를 바 없다 느낀 것입니다.

어쩌면 우리는 그들을 범접할 수 없는 특별한 사람들이라고 여겨 왔는지 모릅니다. 그런데 '저건 저 사람들이니 가능한 것이지…….'라는 생각에서 벗어나 '저 사람도 하는데 나는 왜 못 해?' 같은 인식 전환이 필요합니다. 또한 그 생각을 행동으로 옮겼을 때, 비로소 일반인의 범주에서 벗어날 수 있습니다.

연예인들도 일이 없을 때는 한가하지만, 일이 많을 때는 하루에 한 시간 운동하기도 어렵습니다. 스케줄이 많으면 운동은커녕 잠을 잘 시간도 부족하니까요. 녹화 때문에 밤샘 촬영을 하거나 다음 장소로 이동하며 잠을 청하는 모습을 떠올려 보십시오. 연예인이라고 해서 마냥 몸 관리를 편히 할 수 있는 것은 아닙니다.

오히려 직장인인 경우 출퇴근 시간이 정해져 있고, 주말에 쉬기 때문에 규칙적으로 운동할 수 있습니다. 우리가 국가 대표 선수들처럼 금메달을 목표로 운동할 것은 아니기 때문에 하루 30분에서 1시간이면 충분합니다. 그 정도의 시간만으로도 짧게는 1~2년, 길게는 3년 이상 투자하면 누구나 원하는 몸을 만들 수 있습니다.

발상을 전환하는 데는 여기에서 그치지 않습니다. 우리는 평소 운동이라는 단어에 거부감을 일으키는 경우가 많습니다. 운동을 한다고 하면 왠지 무거운 것을 들거나, 땀 흘리며 뛰는 모습만 머릿속에 박혀 있기 때문입니다. 우선 힘들고 고된 이미지를 가벼운 산책과 나들이 정도로 바꿔 보려는 노력이 필요합니다.

같은 의미의 말도 받아들이기 나름인데 "우리 3년 동안 조깅할래?"라고 하면 굉장히 부담스럽게 느껴질 것입니다. 하지만 "우리 점심 먹고 남는 시간에 산책 좀 할까?"라고 하면 받아들이는 뉘앙스가 다르게 느껴질 것입니다.

당분간 몸을 만드는 데 필요한 총 누적 시간과 노력은 잊으십시오. 일단은 운동 시간을 식사 시간처럼 당연하게 받아들이는 노력이 필요합니다. 모든 일이 그렇듯 습관이 되면 다음부터는 시간 문제입니다. 중요한 것은, 전문 선수가 아닌 이상 그렇게 특별한 사람은 없다고 생각해야 한다는 점입니다.

'저 사람들은 특별한 사람들이니 가능하지……. 나 같은 일반인은 죽었다 깨어나도 안 돼.'라는 생각에서 벗어나십시오. 생각해 보면 연예인이나 일반인이나 다를 것은 없습니다. 이것은 어찌 보면 자존감 문제이기도 한데, 본인을 성장시킬 가능성과 기회를 스스로 닫아 버리는 것만큼 어리석은 행동은 없습니다. 무엇을 하든 스스로의 가능성을 무한대로 열어 두는 것이 첫 번째인 것입니다.

라. 대체 얼마나 운동해야 '운동 중독'일까?

헬스를 시작한 지 얼마 되지 않았을 때의 일입니다. 그날도 헬스장에서 운동을 한 다음, 간단히 조식을 먹고 사무실로 향했습니다. 오전 업무를 보다가 커피 한잔을 하는데, 어떤 분이 대뜸 이런 말씀을 하셨습니다.

"형서 씨, 요새도 아침 운동해요? 하루에 얼마나 해요?"

그래서 저는 예전에는 월, 수, 금 3일 했는데 지금은 월요일부터 금요일까지 주 5일을 한다고 답해 주었습니다. 그랬더니 그분은 깜짝 놀라며 이런 말씀을 하셨습니다.

"그 정도면 운동 중독 수준 아닌가요? 아니 직장인이 어떻게 주 5일을 해요?"

그분은 주 5일이라는 말을 대단하게 느꼈는지 몇 번이고 되묻곤 했습니다. 그때 저는 잠시 이런 생각을 했습니다.

'과연 일주일에 얼마나 운동을 해야 중독인 걸까?'

중독이라면 일반인이 생각하는 범주를 넘어선다는 것인데, 제가 진짜 운동 중독인지 고민해 본 것입니다. 당시 회사에는 저뿐만 아니라 매일 아침마다 운동하는 분들이 많았습니다. 연령층은 20대부터 60대까지 다양했지만 그분들은 평일 아침마다 하는 운동을 거른 적이 없습니다. 앞서 얘기한 중독이 단순히 횟수 기준이라면, 우리는 이미 '만성 운동 중독자'였던 셈입니다.

그런데 이렇게 한 번 생각해 볼 필요가 있습니다. 우리는 하루 24시간을 보내면서 일하는 데 8시간, 잠자는 데 6시간 정도를 씁니다. 만약 운동을 하는 데 1시간을 썼다면 24분의 1인 것이지요. 1시간이 아니라 30분이라면, 48분의 1이 됩니다. 개인별로 운동 강도의 차이는 있겠지만, 적어도 횟수만으로 중독이라고 하기에는 무리가 있는 것입니다. 대신 '운동을 좋아한다.' 정도로 갈음할 수 있을 것 같습니다.

언젠가 유튜브(Youtube)에서 고3 보디빌더 이신 님의 운동 영상 하나를 찾아보았습니다. 그는 한국 최초 학생부 보디빌딩 3연패를 한 분으로, 브이로그(Vlog) 형태로 남긴 짧은 영상이었습니다. 그 영상을 보고 저는 정말 까무러칠 뻔했습니다. 무려 4시간 동안 2시간은 등 운동, 2시간은 가슴 운동을 하는 모습이 비추어졌기 때문입니다. 그때 혼잣말로 '저 사람은 진짜 운동 중독이네……. 어떻게 상체만 4시간을 쉬지 않고 할 수 있지?' 하며 혀를 찼습니다. 그분은 매일 운동을 한 사람이고, 하루 그 정도의 운동량을 소화해도 무리가 없던 것입니다.

선수와 일반인을 비교하기에는 무리가 있습니다. 하지만 특별한 질병 없이 기초 체력이 받쳐 준다면, 일주일에 3~4일은 거뜬히 해낼 수 있습니다. 혹시 매일 운동하는 데 무리가 있다면, 처음에는 주 2회 정도로 가볍게 시작해 볼 수 있습니다. 그러다 적응이 되면 점차 횟수와 시간을 늘려 나가는 것도 방법이라 하겠습니다.

마. 인사고과 못지않게 중요한 '건강 고과'

직장 생활을 하다 보면 누구나 민감해지는 시기가 있습니다. 바로 '인사 평가' 시즌인데요. 한 해를 되돌아보는 시기이기도 하고, 평가에 따라 승진과 인센티브에 영향을 미치기 때문에 매우 중요한 시기입니다.

저 역시 직장 생활을 하면서 늘 좋은 고과 점수에 목말라 있었습니다. 아마도 직장인이라면 누구나 같은 마음이겠지요. S, A 등급같이 좋은 고과를 받으면 괜히 어깨가 으쓱해지고, 그 동안의 시간들을 보상받는 기분이 듭니다. 회사에 기여한 자신이 뿌듯하게 느껴지고, 애사심도 높아지지요.

그런데 직장인이라면 한 번 더 민감해지는 시기가 있습니다. 그것은 바로 '건강 검진'을 하는 시기입니다. 본인의 몸은 본인이 가장 잘 알 텐데, 이상하게 이 시기만 되면 스스로 반성하게 됩니다. 또 그제야 몸에 이상이 없는지 노심초사하게 되지요. 평소에는 관심조차 없다가, 1년에 한 번 있는 건강 검진 때문에 안절부절못하게 됩니다.

그런데 이것은 참 아이러니한 부분입니다. 직장에서의 인사 고과는 그 조직에 있을 때뿐이지만, 건강은 평생토록 이어지기 때문입니다. 만약 여러분이 직장 생활을 오래 했다면 한 번쯤 반성해 볼 필요가 있습니다.

'나는 승진이나 고과에 신경 쓰는 만큼, 건강 관리에도 신경 쓰고 있는 걸까?'

여러분이 사회 초년생이라면, 40~50대 리더나 중간 관리자들을 잘 살펴보기 바랍니다. 전부 그런 것은 아니지만, 유난히 허리 디스크와 목 디스크에 시달리는 분들이 많습니다. 한의원을 찾는 분도 있고, 여러 가지 건강상의 이유로 병가를 내는 분도 눈에 띄게 많지요.

한 가지 생각해봐야 할 점은 이분들이 더 이상 혼자가 아니라 한 집안의 '가장'이라는 점입니다. 인사 고과가 좋아 직장에서는 인정받고 있을지 모르지만, 가정에서는 녹초가 되어 있거나 빵점 아빠일 수도 있는 것입니다.

다시 말해 여러분이 직장 생활을 10년 이상 했다면, 이제는 건강 관리에도 신경 쓸 때입니다. 실제로 조직에서 임원까지 성장한 분들을 보면, 하나같이 몸 관리에 힘쓰고 있음을 알 수 있습니다. 어찌 보면 회사에서 그토록 강조하는 전문성과 리더십 역량보다, 건강 관리가 최우선일 수도 있는 것입니다. 건강 관리야말로 오랫동안 업무에 집중할 수 있는 비결이며, 중요한 의사 결정을 가능하게 하는 원동력입니다.

특히 여러분이 오랜 시간 의자에 앉아 일하는 직장인이라면, '나는 체력이 좋아서 며칠 밤새는 것쯤 괜찮아.' 하며 자만하지 마십시오. 무턱대고 건강을 자신하는 것이야말로 어리석은 행동은 없습니다. 당장은 괜찮다가도 언제, 어떻게, 무슨 일이 생길지 모르기 때문입니다.

세 경험도 그랬지만, 체력 앞에서는 영원한 것도 타고난 것도 없습니다. 간혹 어떤 분은 똑같이 야근하고 회식했는데, 다음 날 멀쩡히 업무를 보고 있는 동료들을 보며 의아해 하는 분도 있습니다. 그들 중 몇몇은 며칠 밤을 새도 끄떡없을 테니 말이지요. 어떤 분은 '저 사람은 체력이 타고났네. 나는 이렇게 몸이 저질인데……' 하며 푸념할 수도 있습니다. 그런데 그것은 타고난 것이 아니라 남모르게 관리하고 있는 것입니다. 눈에 보이진 않지만, 그들은 업무에 신경 쓰는 만큼 몸을 각별하게 관리하고 있는 것입니다.

약간씩의 차이는 있겠지만 40대부터는 건강 관리를 했느냐, 안 했느냐가 확연히 드러납니다. 여러분이 30대 초중반이라면 아직 늦지 않았으며, 1년 이상 꾸준히 관리하면 지금보다 나아질 수 있습니다. 그러니 매년 회사의 목표 달성을 고민할 때, '나의 건강 고과'는 몇 점 맞을 수 있을지도 함께 고민해 보기 바랍니다.

저 또한 이렇게 다짐을 한 것이 계기가 되어 몇 년째 운동을 하고 있습니다. 매년 1월 초와 12월 말에는 한 해 동안 달라진 몸 상태를 체크하는 것도 잊지 않고 있지요. 굳이 운동을 하지 않더라도, 정기적인 체질 검사를 해 보는 것으로도 큰 자극이 될 수 있습니다. 적어도 본인의 몸이 어디가 취약한지, 어떤 부분을 관리해 주어야 하는지 확인할 수 있기 때문입니다.

바. 버킷 리스트 달성, 삶의 변화를 맛보라

제가 바디 프로필 도전을 생각해 본 것은 몇 년 전의 일이었습니다. 그때는 구체적인 일정이나 방법을 생각하지 않고, 버킷 리스트(Bucket List)에 적어 놓기만 했지요. 많은 분들이 새해 계획을 다이어리에 적어 놓듯, 저도 멋진 몸을 갖고 싶다는 바램을 노트에 적어 두었습니다. 그런데 몇 해 동안 이런저런 일들이 있어 실천하지 못했고, 2020년이 되어서야 도전하게 되었습니다. 조금 늦었지만 과거 어디엔가 적어 둔 바램을 행동으로 옮긴 것입니다.

그런데 때때로 본인이 이루고자 하는 것들을 기록해 놓는 것이 큰 힘을 발휘하기도 합니다. 저는 평소에도 이런저런 희망 사항들을 노트에 적어두곤 했는데, 이 중엔 실제 이루어진 것들도 많아 놀란 적이 많습니다. 아래는 제가 몇 년 동안 버킷 리스트로 적어 둔 것들입니다.

버킷 리스트(Bucket List)

책 출간하기, 음반 발매하기, 바디 프로필 찍기, 대학원 성적 all A+ 받아 보기, 50m 번지 점프, 노르웨이 피오르드 앞에서 사진 찍기, 리마인드 웨딩 촬영 등

이 밖에도 적어 둔 것들이 많지만 지면 관계상 생략하겠습니다. 저는 전업 작가도 아니고 가수도 아니지만, 위 내용들은 제가 최근 몇 년 사이 기록해 두고 이룬 것들입니다. 마흔 살이 되기 전에 책을 한 권 써 보는 것이 꿈이었는데, 대중문화 및 예술 분야로 원고를 쓴 것이 출판으로 이어졌습니다. 또한 대학생 때부터 흑인 음악을 좋아했는데, 그 경험을 토대로 2019년과 2020년에 디지털 온라인 앨범을 발표했습니다. 이러한 것들은 저의 자랑을 위해 쓴 것이 아니라, 원하는 것을 적고, 실천에 옮긴 것이 삶에 어떠한 변화를 일으켰는지 설명하기 위함입니다.

무언가를 적어 본다는 게 처음에는 막연하게 느껴질 수 있습니다. 당장 실천하기에는 제한 사항도 많고, 장애물이 있을지 모르기 때문입니다. 그런데 무언가 원하는 것이 있다면 우선 어디엔가 '적어 볼 것'을 추천 드립니다. 믿지 못하시겠지만, 저도 짤막한 메모 한 줄로 시작해 성과를 거둔 것들이 많았기 때문입니다.

처음에는 시시콜콜하고 하찮다 여겨지는 것들도 적어 놓았습니다. '하루 1,000원으로 생활해 보기.', '주말 이틀 동안 핸드폰 없이 생활해 보기.', '어머니와 단둘이 해외여행 다녀오기.'도 있었지요. 하찮다 여겨질지 모르지만, 달성하기 쉬운 목표들을 적고 하나씩 지워 나가기 시작했습니다. 그런데 이러한 메모들을 하나씩 실천하고 지웠을 때, 말로 표현할 수 없는 기쁨을 안겨다 주었습니다.

제가 사소한 바람들을 행동으로 옮기게 된 배경에는, 스티븐 기즈의 『습관의 재발견』이라는 책

도 한 몫 했습니다. 이 책에는 '하루에 팔 굽혀 펴기 한 개'라는 사소한 습관으로 인생을 바꾼 저자의 이야기가 나옵니다.

처음엔 저도 "하루에 팔 굽혀 펴기 한 개라고? 세상에 그걸 못 하는 사람이 어디 있어?" 하고 비웃었지만, 저자의 말대로 작은 것부터 하나씩 습관으로 만들다 보니 나중에는 더 큰 도전을 할 수 있음을 깨달았습니다.

운동과 바디 프로필 준비도 마찬가지입니다. 처음에는 저도 헬스장에서 샤워만 하다 나온 적도 많습니다. 비록 운동은 하지 않았지만 헬스장에 간 것 자체에 의의를 둔 것입니다. 그러다가 시간이 흐르면서 운동하는 시간이 점점 늘어나기 시작했습니다. 어떤 날은 운동을 하지 않으면 양치를 하지 않은 것처럼 찝찝한 기분을 느낀 적도 많았지요. 급기야는 바디 프로필과 피트니스 대회 출전까지 염두에 두게 되었습니다.

요즘도 저에게 대체 운동을 어떻게 시작해야 하는지 묻는 분들이 있습니다. 그때마다 저는 크게 욕심부리지 않아도 좋으니, 우선 헬스장에 출근 도장부터 찍어 보라고 권해 줍니다.

모든 것이 첫술에 배부를 순 없습니다. 작은 것부터 하나씩 실천하면, 분명 빛을 보는 날이 올 것입니다. 지금은 하찮다 여겨지지만, 원하는 바를 적고 하나씩 지워나가면 더 큰 목표들을 달성할 날이 올 것으로 믿습니다.

II

워밍업! 준비 단계

이번 장에서는 직장인 입장에서 바디 프로필을 준비하기 위해 처음 몇 주 동안 했던 일들을 소개합니다. 무슨 일이든 아무것도 모르는 그 순간이 가장 설레고 긴장되기 마련입니다. 시간의 흐름대로 무엇을 준비했는지 나열하였으며, 당시에 느낀 점과 생각들을 가감 없이 정리하였습니다.

내용의 대부분은 처음 바디 프로필을 도전하던 그 시점에서 둔 것임을 밝힙니다. 추후 틀린 내용은 수정하였으며, 처음 시작하던 그때 그 마음을 담기 위해 특별히 문제 되는 부분을 제외하고는 그대로를 살렸음을 알려 드립니다.

BODY PROFILE

1

근데, 뭐부터 준비해야 하지?

2020년 10월 5일, 이날은 제가 본격적으로 바디 프로필을 찍기로 마음먹은 날입니다. 그동안 몸을 방치해 둔 건 아니었지만, 이렇게 날짜를 정해 놓고 시작하는 것은 처음이었기에 마음은 들떠 있었습니다.

저는 총 준비 기간을 8개월로 정하였는데, 그 기간을 정한 건 매우 단순한 이유였습니다. 인터넷에 '직장인 바디 프로필 준비 기간'을 검색해 보니, 대부분 6개월 정도 잡길래 넉넉하게 8개월이면 되겠거니 하는 생각으로 정한 것입니다. 마침 주변에 경험이 있는 분들이 있어 이것저것 물어보던 기억이 납니다.

"재석아, 나 내년에 바디 프로필 한 번 찍어 보려고 해. 8개월이면 충분할까?"

그랬더니 돌아온 대답은 직장인이면 그 정도 기간으로 충분하다는 것이었습니다. 당시 저의 몸 상태와 운동 여건, 주변 상황 등을 전혀 고려하지 않은 채 시작했으니……. 지금 생각해 보면 참 단순하기 짝이 없는 결정이었지요. 그런데 차라리 이렇게 아무것도 모르는 상태로 시작하는 것이 나을 수 있다는 걸 나중에야 깨달았습니다.

어찌 됐든, 처음 결심할 당시에도 운동을 몇 년 동안 해 왔기 때문에 왠지 모를 자신감에 가득 차 있었습니다. 왠지 이 악물고 도전하면 금방 될 것 같은 기분이 들었기 때문입니다. 그렇게 지인의 말에 용기를 얻고는 당장 무엇을 해야 하는지도 모른 채 스타트를 끊었습니다.

가. 일정 시뮬레이션과 목표 선언

어젯밤 그렇게 다짐을 하고는 새로운 아침이 밝았습니다. 아직 시간은 충분했지만, 무언가 강한 동기 부여가 필요했습니다. 누가 시켜서 한 일이 아니었기 때문에, 힘들거나 지칠 때 포기하지 않게 할 원동력도 필요했습니다. 이 시점에 생각해 본 것이 크게 두 가지 있었는데, 바로 '일정 시뮬레이션'과 '목표 선언'입니다.

| 일정 시뮬레이션

제가 첫 번째로 고민한 것은 8개월 동안 '운동할 시간을 충분히 확보할 수 있는가?' 하는 점입니다. 똑같은 조건에서 출발하더라도 사람마다 바이오리듬과 생활 패턴이 다를 수밖에 없습니다. 저는 직장인이다 보니 오전 9시부터 저녁 6시까지 일을 해야 했고, 퇴근 후에는 가족과 시간을 보내야 했습니다. 그러다 보니 하루 중 운동할 수 있는 시간은 새벽과 점심시간이 가장 많았습니다. 그리고 퇴근 후에 운동을 하려면 가족들의 배려가 필요했지요.

다행히 제가 다니는 일터에는 몇 가지 좋은 점들이 있었습니다. 그것은 바로 사내 식당과 헬스장이 있었다는 점입니다. 사실 회사가 아니더라도 집에서 가까운 곳에 운동할 곳이 있으면 어디든 괜찮습니다. 요즘은 조금만 눈을 돌리면 운동할 곳이 많고 선택 범위도 넓기 때문입니다. 그런데 저는 일부러라도 사내 시설을 써 보기로 마음먹었습니다. 그 이유는 다름 아닌 '접근성'과 '시간' 때문입니다. 누군가에게는 회사의 시설을 이용하는 게 껄끄러운 일일지 몰라도 당시 저에게는 매우 특별했습니다

여러분들에게도 꼭 강조하고 싶은 부분이 한 가지 있습니다. 헬스장을 선택할 때 가장 고민해야 할 점은 비용이나 시설이 아닌 '접근성'이라는 것입니다. 운동을 시작할 때 유난히 저렴한 비용과 시설에 집착하는 분들이 많습니다. 하지만 그것은 어디까지나 그곳을 이용했을 때 가치가 있는 것

입니다. 하루에 몇 시간을 운동하든, 우선 그곳에 발을 디뎌야만 의미가 있는 것이니까요.

저는 일하는 곳에 헬스장이 있었기 때문에 출근 시간과 점심 시간에 운동할 수 있었습니다. 마음만 먹으면 매일 할 수 있는 여건도 되었지요. 그런데 같은 환경에서 일을 해도 그 사실을 무덤덤하게 받아들이는 직원들도 있었습니다.

'같은 비용이면 집 앞 헬스장을 이용하겠다.'
'굳이 임원분들이 자주 출몰하는 헬스장에 다닐 필요가 있나?'
'밥은 사내 식당보다 밖에 나가서 먹는 게 낫지.'

이외 여러 가지 이유로 사내 시설을 선호하지 않았지만 발상을 전환하는 순간 모든 것이 행복해졌습니다.

'어차피 출근은 해야 하고, 새벽에는 보는 사람도 없으니 안 씻고 와도 되겠네.'
'임원분들 불편하다고 피해 다닐 게 아니라 이참에 인사라도 해야겠다.'
'회사에 식당이 있으니 메뉴 걱정도 없고 시간도 절약되네.'

그렇게 마음을 고쳐먹으니 하루 30분 이상 운동 시간이 확보될 수 있음을 깨달았습니다. 그리고 실제로 처음 며칠은 운동을 전혀 하지 않고, 출근을 위해 샤워만 하다 간 적도 많았습니다. 운동 자체가 중요한 게 아니라, 헬스장 가는 일을 일상 루틴 중 하나로 만들어 버린 것입니다.

다음으로 연간 일정 중 출장을 가야 하거나 운동할 수 없는 날이 어느 정도 될지 따져 보았습니다. 사실 헬스장이나 피트니스 센터에 가지 않더라도 집에서도 할 수 있으니 문제 될 것은 없었습니다. 그렇게 특별한 일이 있거나 회식이 있는 날 정도를 제외하면, 주 4일 이상 운동 시간을 확보할 수 있음을 알게 되었습니다.

'할 수 있다고 믿는 사람은 그렇게 된다. 할 수 없다고 믿는 사람 역시 그렇게 된다.'

- 샤를 드 골 -

여러분이 무엇인가 이루고자 하는 것이 있다면 저는 두 가지를 해 보라 권하고 싶습니다. 첫 번째는 그 목표를 어디엔가 '적어 보는 것'이고, 두 번째는 가까운 지인들에게 그 사실을 '알리는 것'입니다. 제 경험도 그랬지만 목표한 바를 어디엔가 기록해 두거나 알리면 두 가지 이점이 있습니다.

첫째, 나태해지거나 슬럼프에 빠졌을 때 마음을 다잡을 수 있습니다. 당장은 제한 사항이 생겨 실행을 멈출진 몰라도 어디엔가 기록해 둔 흔적이 있다면, 다시금 목표를 상기시킬 수 있습니다. 시간이 흘러도 다시 한번 도전하게 되는 계기가 마련되는 것입니다.

둘째, 목표를 달성하는 기간 동안 지인들의 도움을 얻을 수 있습니다. 저는 실제로 바디 프로필을 준비하면서 식단, 태닝, 의상 등 모르는 것이 많았습니다. 경험이 전무했기 때문에 어느 시기에 어떤 것을 준비해야 할지 막막한 순간들도 많았지요. 그런데 지인들이 도움을 주어서 수월하게 준비할 수 있었습니다. 경험이 있는 분들은 제가 어느 시기에, 어떤 부분이 신경 쓰이는지 이미 알고 있었기 때문입니다.

개인적인 목표와 바람을 남에게 공유하는 것이 썩 내키지 않는 분도 있을 것입니다. 그런데 어떠한 목표를 이루고 싶고, 응원 받길 원한다면 한 번쯤 고민해 볼 일입니다. 실제로 저는 인스타그램(Instagram)이나 페이스북(Facebook) 등을 통해 지인들과 소통하며 수많은 도전을 완수할 수 있었습니다. 우리가 늘 같은 공간, 같은 시간 속에서 생각을 공유하는 것은 아니기 때문에 SNS도 잘 활용하면 훌륭한 소통의 장이 될 수 있습니다.

목표의 공유는 꼭 SNS가 아니어도 좋습니다. 구두상으로 가족과 지인들에게 목표를 선언하고 공유해 보는 것도 방법이 될 수 있습니다. 개인적인 목표이기 때문에 100% 달성된다는 보장도 없고, 실패할 수도 있습니다. 하지만 그들은 여러분을 진심으로 응원해 줄 것입니다.

저도 바디 프로필을 찍어 보기로 결심한 다음 날, 스스로의 동기 부여를 위해 아래와 같이 목표를 적었습니다. 지금 보면 참 허세 가득한 글이지만, 이것이 새로운 도전을 알리는 첫 신호탄이 되었습니다.

목표 선언

나. 현재의 몸 상태를 체크해 보자

지피지기(知彼知己)라는 말도 있듯이 본격적인 도전에 앞서 현재 몸 상태를 체크해 보기로 했습니다. 아래는 2020년 10월 6일 확인한 저의 인바디(Inbody) 결과입니다. 공부든, 운동이든, 무엇을 시작을 하려면 출발점이 있어야 했기에 아래 결과치를 첫 기준점으로 삼기로 했습니다.

첫 인바디(InBody) 측정 결과

- 기본 정보 : 178cm, 81.3kg, 39세, 남성
- 주요 결과
  골격근량 36.1kg, 체지방량 18kg, 체지방률 21.5%, 인바디 점수 : 79점

부끄럽지만 위 결과가 저의 첫 출발점입니다. 부끄럽다고 한 이유는 몇 년 전부터 운동을 해 왔지만 도전 직전 체지방률이 20% 수준에 머물러 있었기 때문입니다. 그동안 열심히 한다고 자부했지만 꽤 아쉬운 결과치였습니다. 무엇을 바꿔야 할지 도무지 감이 잡히지 않았지만 운동, 식단, 생활 습관 등을 대대적으로 손볼 필요가 있었습니다.

이뿐만 아니라 저는 약점이 꽤 많았습니다. 첫 번째로, 사무실에서 10년 이상 앉아서 근무하다 보니 팔과 복부가 약했습니다. 흐트러진 자세로 오랫동안 앉아 있다 보니, 골반은 앞으로 쏠려 있었고 코어가 약했습니다. 그야말로 팔과 다리는 야위고 배만 튀어나온 전형적인 '올챙이형' 몸매였던 것입니다. 30~40대 직장인 대부분이 공감하겠지만, 이제는 옷으로 몸을 감추는 데도 한계가 있었습니다. 그렇게 인바디 결과와 약점들을 되짚어 보며, 8개월간의 변화를 살펴보기로 했습니다.

다. 스튜디오는 어떻게 알아볼까?

몸 상태를 체크한 뒤 한 일은 스튜디오를 검토하는 것이었습니다. 좀 이른 감이 있었지만, 미리 서비스와 가격을 비교해 보면 나쁘지 않겠다는 판단이었습니다. 또한 미리 예약금을 지불해 두면 아쉬워서라도 끝까지 해낼 것 같은 기분이 들었지요. 그리고 훗날 그 예상은 정확히 적중했습니다.

나중에 깨달은 사실이지만, 확실히 스튜디오를 알아보기 전과 후는 운동을 하는 자세와 행동이 180°달라져 있었습니다. 시간이 흐를수록, 심지어 매일 밤 잠드는 순간까지 D-day를 생각하고 있었기 때문입니다. 여러분들께 한 가지 조언 드리면, 아직 완벽하게 준비가 되어 있지 않더라도 스

튜디오 예약부터 알아보는 것이 좋습니다.

바디 프로필을 찍을 스튜디오는 조금만 관심을 기울이면 쉽게 찾아볼 수 있습니다. 저도 인터넷에 검색해 보니 두세 곳 정도 마음에 드는 곳을 찾을 수 있었습니다. 선택의 기준은 결국 본인이 원하는 컨셉, 비용, 그리고 서비스입니다. 아래는 서울에 위치한 스튜디오 중 인지도가 있다고 판단되는 곳들을 정리한 것입니다.

주변 분들의 후기를 바탕으로, 제가 직접 찾아가 살펴본 곳도 있으니 참고하기 바랍니다. 각 스튜디오의 특징들에 대해서는 굳이 언급하지 않겠습니다. 개인마다 선호하는 기준이 다르고, 대부분 공식 홈페이지와 인스타그램 계정이 있기 때문입니다. 본인이 원하는 기준에 따라 비교해서 살펴보면 쉽게 선택할 수 있을 것입니다.

바디 프로필 스튜디오

명칭	홈페이지	위치
아베크	www.studioaavec.com	서울 강남구 청담동
알타클럽	www.altaclub.co.kr	서울 마포구 연남동
션그래피	www.seangraphy.com	서울 강남구 논현동
인라이트	www.lnlight.modoo.at	서울 서초구 양재동
엠클래스	www.mclass-studio.co.kr	서울 강동구 성내동
바바라 스튜디오	www.babarastudio.co.kr	서울 광진구 자양동
와일드바디	www.wildbody.co.kr	서울 강남구 도곡동

위 스튜디오를 살펴보면서 참 많은 생각이 들었습니다. 우리나라에는 몸 좋은 사람들이 많다는 사실을 알게 되었으며, 그에 비해 나는 참 비루한 몸뚱이를 가졌구나 하는 자괴감도 밀려왔지요.

그러다 어느 인스타그램 계정에 올라온 사진 한 장이 눈에 띄었습니다. 그것은 누가 봐도 40대 중반 정도로 보이는 일반인 프로필 사진이었습니다. 20~30대 무수히 많은 훈남, 훈녀들을 제쳐 두고 그분의 사진을 한참 동안 바라보았습니다. 그 사진은 마치 저에게 '너도 할 수 있어. 나이를 탓하기 전에 스스로를 먼저 되돌아봐.' 하고 일러 주는 것 같았습니다. 그렇게 한참 자극을 받고는 그 스튜디오의 분위기와 조건들을 실핀 뒤 예약을 완료하였습니다.

이처럼 본인이 찍고 싶은 컨셉과 비용 등을 고려하면 스튜디오 예약은 그리 어려운 일이 아닙니다. 물론 유명한 곳은 몇 달 전부터 준비해야 합니다. 또한 성수기(5월, 10월)에는 예약이 금세 차 버릴 수도 있습니다. 하지만 대부분의 스튜디오는 촬영 100일 전에 알아보면 쉽게 예약할 수 있습니다.

그런데 이러한 조건들 외에 저는 한 가지를 더 고려했습니다. 그것은 현재의 몸 상태에서 '어느 정도의 수준'까지 몸이 변화할 수 있을지 따져 본 것입니다. 전문 운동선수가 아니었기에 체지방률을 6~7% 수준까지 떨어뜨리면 삶의 질이 떨어질 것 같았습니다. 저의 신분은 직장인이었기에 무엇보다 업무 집중력을 떨어뜨리지 않는 범위 내에서 도전하고 싶었지요.

평소 인바디(Inbody) 수치를 맹신하지는 않았지만, 직장에 다니면서 체지방률을 7% 미만으로 떨어뜨린다는 건 좀 과하다 싶었습니다. 익히 알려져 있듯이 몸에 지방이 부족하면 겉보기에는 좋아 보일지 몰라도 건강상으로는 득 될 게 없습니다. 장기간 그런 몸을 유지하면 기억력도 떨어지고, 심하면 탈모가 생기는 경우도 있기 때문입니다. 체지방은 체온 유지와 호르몬의 분비를 위해서도 중요하기 때문에, 건강을 생각한다면 15% 내외를 유지하는 것이 가장 좋습니다.

이와 같은 이유 때문에 저는 바디 프로필에서 언더웨어만을 입고 촬영하는 컨셉은 과감히 제외했습니다. 일반 성인 남자를 기준으로 했을 때, 체지방률이 8~10% 수준이더라도 충분히 만족할 만한 결과를 얻을 수 있기 때문입니다. 첫 촬영이었기에 전신 노출 컨셉은 되도록 피했고, 상체 위주의 연출이 가능한 스튜디오를 최종적으로 택했습니다.

아래는 체지방률을 기준으로 살펴본 바디 프로필 컨셉입니다. 단순히 체지방률로만 촬영 컨셉을 결정짓기에는 한계가 있습니다. 하지만 의상 선택이나 전체적인 준비 기간 등을 고려할 때 유용한 참고 사항이 될 수 있을 것입니다.

체지방률과 바디 프로필 촬영 컨셉

- 5~7% = 언더웨어(속옷)만 입고 하체를 뚜렷하게 보여 줄 정도의 근질.
- 8~10% 이내 = 바디 컨디션이 좋아 어떠한 컨셉도 소화할 수 있을 정도의 근질.
- 11~14% = 근육이 보이긴 하나 복부와 팔 뒤 등 지방이 껴 있는 것이 보일 수 있음. 신체 일부를 가리는 정장 컨셉 및 기타 컨셉으로 분위기 연출 가능.

일정 계획 수립과 운동 프로그램

개인마다 몸 상태와 컨디션이 다르기 때문에 전체적인 일정과 프로그램도 다르게 짜야 합니다. 당연한 이야기겠지만 나이, 성별, 근육량, 체지방률 등에 따라 운동 계획도 달라지는 것입니다. 사람마다 고혈압이나 당뇨 등 특별한 지병이 있는 경우도 있으므로, 유산소와 웨이트 트레이닝의 비율을 어떻게 구성할 것인지도 세부적으로 고민해야 합니다.

따라서 아래 내용은 나이 39세, 체지방률 21.5%, 사무직 남성의 기준에서 구성한 것임을 밝힙니다. 전문 선수나 스포츠 관련 전공자가 아니면 용어가 생소할 수도 있으므로, 가급적 일반인 입장에서 이해할 수 있는 수준으로 정리하였습니다.

가. 전체적인 방향과 일정 계획

8개월간의 일정 계획

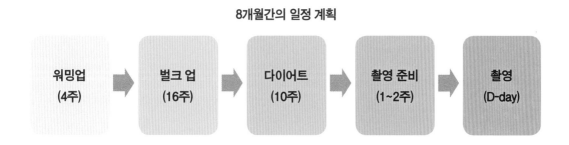

워밍업 (4주) → 벌크 업 (16주) → 다이어트 (10주) → 촬영 준비 (1~2주) → 촬영 (D-day)

구분	기간	주요 사항
워밍 업	4주	몸 상태 체크, 스튜디오 알아보기, 운동 계획 및 프로그램 짜기, 기초 체력 쌓기
벌크 업	16주	골격근량 늘리기(36.1kg → 37kg)
다이어트	10주	체지방률 줄이기(21% → 8~10%), 태닝 시작
촬영 준비	1~2주	제모, 헤어, 의상 준비, 촬영 전 컨디션 관리, 단수(7일 전)
촬영일	1일	헤어 및 메이크업, 펌핑, 촬영, 사진 셀렉

위와 같이 바디 프로필을 준비하기로 한 첫 주에 해야 할 일들을 모두 정리하였습니다. 전체 계획은 총 다섯 단계로, 크게 워밍 업 - 벌크 업 - 다이어트 - 촬영 준비 - 촬영일로 나누었습니다. 그리고 각 시기에 해야 할 일과 유의 사항을 빠짐없이 기록했습니다.

8개월이라는 시간이 어떤 분에게는 길고, 어떤 분에게는 짧다 느끼실 수 있습니다. 그런데 저는 바디 프로필을 준비하기 훨씬 전부터 운동을 했습니다. 따라서 이 기간이면 충분히 할 수 있다고 판단했습니다. 기간을 정할 때 꼭 정답이 있는 것은 아니지만 저는 두 가지를 고려했습니다. 그것은 직장인이기 때문에 생길 수 있는 돌발 변수와 다이어트 기간이었습니다.

첫 번째로 저는 전문적인 선수나 트레이너가 아니었기 때문에, 회사에서 하는 일을 우선적으로 생각해야 했습니다. 운동을 할 때도 어떤 변수가 생길지 알 수 없었지요. 따라서 처음에는 6개월이면 충분하다고 생각했지만 넉넉하게 8개월로 정하였습니다.

두 번째로 고민한 것은 다이어트 기간입니다. 저는 살면서 한 번도 체지방을 감량하는 다이어트를 해 본 적이 없었습니다. 따라서 이 기간을 어떻게 정해야 할지 고민이 많았지요. 여러 경험자들의 조언도 그랬지만, 확실히 체지방 감량은 향후 프로필 촬영을 결정짓는 중요 요인이었습니다. 주변에서는 7~8주면 충분하다는 분도 있었고, 최소 12주는 해야 한다는 분도 있었습니다. 하지만 당시 저의 체중과 체지방률을 고려해, 일주일에 최대 1kg을 감량한다는 목표를 갖고 10주로 설정하였습니다. 참고로 다이어트 기간에는 웨이트 트레이닝과 유산소 운동을 병행해야 합니다. 따라서 평소보다 운동 시간이 좀 더 든다고 보시면 됩니다. 또한 식단을 철저히 지켜야 하므로, 가급적이면 근육량은 유지하면서 최대한 스트레스 받지 않게끔 노력했습니다.

다이어트 기간과 별개로, 벌크 업을 하는 기간은 4개월 가량 여유 있게 잡아 두었습니다. 직장인이면서 아이를 키우는 아빠였기 때문에, 컨디션 관리와 항상성 유지에 초점을 맞춘 것입니다. 벌크 업 기간에는 고강도 웨이트 트레이닝을 진행하면서 골격근량을 37kg까지 늘리겠다는 목표를 세웠습니다. 또한 벌크 업 기간이라고 해서 단순히 체중만 늘리는 것이 아니라, 체지방을 걷어 내면서 순수 근육량을 늘릴 방법들을 고민했습니다. 짧은 기간이지만, 평소에는 잘 하지 않던 종목들을 접목해 보면서 나에게 가장 맞는 운동 방법이 무엇일까 고민하던 기억이 납니다.

나중에 알게 된 사실이지만, 단기간에 근육을 늘리면서 체지방을 떨어뜨리는 일은 매우 힘든 과제임을 깨달았습니다. 이것을 전문 용어로 '린 매스 업(Lean mass up)' 또는 '상승 다이어트'라 부르는데, 어느 정도 근육이 붙어 있는 상태에서는 굉장히 어려운 과제임을 알게 된 것입니다. 이 밖에도 다이어트 기간에는 근육과 체지방의 관계에 대해 경험적으로 알게 된 사실들이 많습니다. 이 내용들은 책의 뒷부분에 자세히 다루도록 하겠습니다.

끝으로 촬영 준비 기간은 약 2주로 설정했습니다. 바디 프로필은 여느 촬영과 다르게 몸을 노출하고 찍는 사진입니다. 따라서 제모, 헤어, 의상 준비 등을 위한 약간의 시간이 필요했습니다. 실제 준비 기간은 일주일 정도였지만, 다이어트의 성공 여부와 몸 컨디션에 따라 그 기간을 탄력적으로 쓰기로 마음 먹었습니다.

나. 운동 프로그램 짜기

전체 일정을 수립한 다음에는 8개월 동안 수행할 운동 방법을 고민했습니다. 운동 프로그램을 구성하는 방법에는 여러 가지가 있습니다. 요즘에는 여러 인터넷 사이트와 유튜브에도 다양한 방법들이 소개되고 있기 때문에 조금만 관심을 기울이면 노하우를 쉽게 찾을 수 있습니다.

저도 이 중 일부를 참고했는데, 결국 어느 누구의 운동 방법을 따르기보다 본인에게 맞는 프로그램을 짜는 것이 정답이었습니다. 3분할, 5분할 이런 것들은 차치하더라도 본인의 몸 상태와 목표 수준, 그리고 끝까지 수행할 수 있는 의지가 가장 중요했기 때문입니다.

전체 기간 중에서는 근비대에 집중하는 '벌크 업'과 체지방을 집중적으로 감량해 나가는 '다이어트'에 초점을 맞추었습니다. 개인마다 기초 체력과 출발점이 다르기 때문에 같은 시간을 준비해도 성과는 다를 수밖에 없습니다. 따라서 아래 구성한 프로그램도 꼭 정답은 아닙니다. 개인적으로는 8개월 후 골격근량 37kg, 체지방률 8~10% 수준을 목표로 삼았습니다. 또한, 앞서 출력한 인바디 결과표를 토대로 세부 프로그램을 짜기 시작했습니다.

개인마다 약점이 있겠지만, 사무실에 앉아 일을 했던 저는 '골반후방경사'와 '라운드 숄더'가 있었습니다. 그동안 얼마나 자세가 엉망이었는지 유연성도 떨어지고, 운동할 때 올바른 자세를 잡기 무척 힘들었습니다. 따라서 준비 운동과 정리 운동을 하는 시간을 꼭 지키겠다 다짐했고, 스트레칭과 근막 이완 마사지를 하는 것도 잊지 않았습니다. 전체 계획에 따라 1주 단위로 몸의 변화를 살펴보기로 하였으며, 필요한 지식은 틈틈이 공부하면서 전문가에게 자문을 구했습니다.

운동 프로그램

| 기본 정보

신장, 체중 : 178cm, 81.3kg	목표 수준 (2021년 5월 말 기준)
골격근량 36.1kg, 체지방률 21.5% (2020. 10. 5 기준)	: 골격근량 35~37kg, 체지방률 8~10%

| 운동 방향

- 주 5~6일, 1일 운동 시간 약 2~2.5시간

- 아침 : 07:00~08:00, 점심 : 12:00~13:00, 저녁 : 18:00~19:30

| 벌크 업

종류	오전(1시간)	오후(1~1.5시간)	프로그램
준비 운동(10%)	스트레칭 및 워밍업		기본 스트레칭, 팔 벌려 뛰기 등 워밍업
본 운동(80%)	복근 유산소	3분할 가슴, 이두 하체, 어깨 등, 삼두	하루씩 로테이션 프리 웨이트+웨이트 머신 유산소 : 주 3회(월, 수, 금) 오전만 함
정리 운동(10%)	스트레칭 및 마사지		취약 부위 집중 스트레칭 근막 이완 마사지

| 다이어트

종류	오전(1시간)	오후(1~1.5시간)	프로그램
준비 운동(10%)	스트레칭 및 워밍업		기본 스트레칭, 팔 벌려 뛰기 등 워밍업
본 운동(80%)	복근 유산소	3분할 가슴, 이두 하체, 어깨 등, 삼두	하루씩 로테이션 프리 웨이트+웨이트 머신 유산소는 주 5회(월~금) 오전만 함
정리 운동(10%)	스트레칭 및 마사지		취약 부위 집중 스트레칭 근막 이완 마사지

| 부위별 운동 내용(예시)

종류		내용
스트레칭 및 근막 이완 마사지		척추 기립근, 요방형근, 골반 및 어깨 스트레칭 등 폼 롤러, 마사지건을 이용한 근막 이완 마사지
유산소 운동		싸이클 또는 트레드밀 40분 벌크 업 기간 : 주 3회(아침) 다이어트 기간 : 주 5회(아침)
웨이트 트레이닝	가슴	바벨 벤치 프레스 4~5세트 덤벨 벤치 프레스 4~5세트 플라이 또는 체스트 머신 4~5세트 기타 : 덤벨 플라이, 푸쉬업 외
	등	데드리프트 4~5세트 렛 풀 다운 4~5세트 롱풀 4~5세트 기타 : 풀 업 4~5세트 외
	하체	바벨 스쿼트 4~5세트 레그 프레스 4~5세트 레그 익스텐션 4~5세트 기타 : 라잉 레그 컬 4~5세트 외
	어깨	밀러터리 프레스 4~5세트 덤벨 숄더 프레스 4~5세트 기타 : 사이드 레터럴 레이즈 4~5세트 외
	팔	이두 : 바벨 컬, 덤벨 컬 4~5세트 삼두 : 케이블 푸쉬 다운, 덤벨 킥백 4~5세트
	복부	크런치, 레그 레이즈, 에어 바이시클 각 4~5세트

다. PT 없이 혼자 할 수는 없을까?

   제가 운동 계획을 수립했을 당시에는 코로나19 바이러스(COVID-19) 확진자가 연일 400~500명 이상 웃돌던 시기였습니다.[3] 헬스장 이용 여부도 불투명했지만, 트레이너에게 PT를 받을 수 있을지도 미지수였지요. 바디 프로필 경험이 있는 분들은 대부분 PT를 받았기 때문에 아래와 같이 필요성을 일러 주었습니다.

---

3) 2020년 10월 시점이며, 오미크론 등 변이 코로나 바이러스가 퍼지기 전의 상황임.

"정확한 자세로 운동하려면 PT받아야 한다. 그래야 몸이 더 좋아질 수 있다."

"정해진 기간 내에 원하는 몸을 만들려면, 트레이너의 도움이 꼭 필요하다."

"엄격한 식단 관리를 위해서는 감시사가 필요하다."

이 밖에도 여러 이유들이 있었는데, 저도 처음에는 돈을 들이면 열심히 하게 되지 않을까 하는 생각에 고민을 많이 했습니다. 그런데 한편으론 이런 생각도 했습니다.

"트레이너 도움 없이는 어느 정도 수준까지 몸이 변할 수 있을까?"

"코로나 때문에 헬스장도 문 닫는 마당에, PT 스케줄을 모두 따라갈 수 있을까?"

"의지만 있다면 식단 관리도 혼자서 해 볼 수 있지 않을까?"

누군가의 도움을 받으면 좀 더 빨리 효과를 볼 수 있었습니다. 하지만 스스로 정한 목표였기에 일정도 직접 짜고, 모르는 부분은 공부해 가면서 해 보기로 마음 먹었습니다. 결과가 좋지 않을 수 있지만, 한 번쯤 시행착오를 겪어야 더 발전할 수 있다는 생각 때문이었습니다.

운동을 할 때 가장 중요한 것은 결국 본인의 '의지'입니다. 스스로 계획한 시간에 운동하고, 식단을 지킬 수 있느냐가 최대 관건인 것입니다. 누군가가 감시자의 역할을 해 줄 순 있지만, 실행의 주체는 결국 본인입니다. 다이어트 기간에는 식단과 컨디션 관리 때문에 무척 힘들었지만, 의지가 꺾이지 않게끔 페이스를 조절하고자 노력했습니다.

제가 운동을 하던 시기에는 한 달간 헬스장이 폐쇄된 적도 있습니다. 헬스장을 열어도 마스크를 쓰고 운동한 적이 태반이었지요. 하지만 혼자 해 보기로 결심한 뒤로는, 어떠한 악조건이 찾아와도 견디는 오기가 생겼습니다. 어떤 날은 새벽에 베란다에서 맨몸 운동을 하기도 했고, 저녁에 아파트 주차장을 운동장 삼아 뛰기도 했습니다. 지금 생각해 보면 참 우습지만, 당시에는 이가 없으면 잇몸으로 해 보자는 마음뿐이었습니다.

첫 헬스장 폐쇄는 2020년 12월부터 2021년 1월 말까지 계속되었지만, 이때는 몸뿐만 아니라 정신적으로 강해지는 시기였습니다. 이윽고 확진자 수는 조금씩 줄어 들었고, 사회적 거리 두기가 완화된 시점에는 좀 더 편하게 운동할 수 있었습니다. 마스크를 쓰고 운동하긴 했지만, 헬스장 문이 열렸다는 사실만으로도 너무나 감사해 하며 운동하던 기억이 납니다.

3

아차,
비용을 따져 봐야 되겠구나!

스튜디오도 예약했고 앞으로의 계획도 수립하였으니, 이제 운동에만 집중하면 되겠다 생각했습니다. 하지만 며칠이 지나자 알 수 없는 불안감이 엄습하기 시작했습니다. 생각해 보니 그 불안감의 원인은 운동 외적으로 해야 하는 일들과 이에 수반되는 비용 때문이었습니다.

'사람들이 대부분 몸을 태웠구나……. 그렇다면 태닝을 해야 한다는 건데.'
'하체가 드러나는 컨셉은 제모가 필요하군. 의상을 어떻게 할지도 고민인데……'

난생 처음 도전하는 일이다 보니, 뒤늦게 준비해야 하는 부분들이 눈에 들어왔습니다. 지금 생각해 보면 당연한 것들이지만, 당시에는 모든 것이 생소했습니다. 또한 일반인 중 바디 프로필 목적 외에 태닝을 하는 분들이 과연 몇이나 될까 생각도 들었지요.

나중에 알게 된 사실이지만, 태닝 중에는 피부를 까맣게 태우는 것 외에도 하얗게 만드는 '화이트 태닝'도 있다는 걸 그때 처음 배웠습니다. 단순히 헬스장과 스튜디오 비용만 생각했던 저는 이 시점이 되어서야 바디 프로필 준비에 드는 비용을 따져 보기 시작했습니다.

한 가지 팁을 드리면, 여러분도 저처럼 비용을 따져 보는 것이 좋습니다. 그 이유는 앞서 말씀 드린 것처럼, 의외로 준비해야 할 사항들이 많기 때문입니다. 또한 아래 적혀 있지 않지만 PT를 생각하고 있다면, 회당 5~10만 원의 비용이 추가로 발생됩니다. 표에 적힌 내용은 바디 프로필 준비에 필요한 활동과 비용 내역입니다. 중요하다 생각되는 부분은 부연 설명을 남겼으니, 계획을 짤 때 참고하기 바랍니다.

바디 프로필 준비 비용

구분	비용(예시)	필요성	비고
스튜디오	20~40만 원	필수	헤어, 메이크업을 옵션에 포함시키는 스튜디오가 다수
헤어, 메이크업	5~20만 원	선택	
운동 보조 용품	10~30만 원	선택	스트랩, 폼 롤러, 매트, 밴드, 마사지건 등
보조 식품	5~20만 원	선택	유산균, 멀티 비타민, BCAA 등
* 태닝	20~40만 원	선택	실내 태닝 10~20회
* 제모(왁싱)	2~50만 원	선택	제모 크림(셀프), 왁싱 숍 비용
* 의상	10~50만 원	필수	속옷, 청바지, 정장 등
사진 보정본	3~5만 원	선택	1장 추가 시
헬스장	2~10만 원	필수	1개월 기준
단백질 보충제	2~5만 원	선택	
식단	10~20만 원	필수	

가. 스튜디오, 헤어, 메이크업

스튜디오 예약 비용은 서비스, 컨셉에 따라 천차만별이지만 보통 20~40만 원 선에 형성되어 있습니다. 헤어 스타일링과 메이크업을 옵션으로 포함시키는 경우가 많고, 청바지, 구두, 셔츠 등을 대여해 주는 곳도 있습니다.

사실 헤어와 메이크업은 여러분이 직접 하거나 자주 찾는 숍에서 해도 관계 없습니다. 하지만 첫 프로필 촬영만큼은 스튜디오에서 받는 것이 좋습니다. 왜냐하면 총 소요되는 시간과 컨디션 관리 때문입니다. 겪어 보면 아시겠지만, 바디 프로필 촬영 당일에는 가급적 불필요한 체력 소모를 하지 않는 것이 좋습니다.

나. 운동 보조 용품, 보조 식품

준비 사항에는 운동 보조 용품과 보조 식품도 꼭 포함시키어 합니다. 이는 선택 사항이긴 하지만, 시간이 흐르면 흐를수록 필요성을 느껴 찾게 되는 것들입니다. 저 같은 경우에도 부상 방지를 위해 스트랩과 무릎 보호대를 구입했습니다. 전혀 사용할 것 같지 않던 폼롤러와 마사지건도 뒤늦게 구입했는데, 근막 이완과 테라피의 중요성을 절실히 깨달았기 때문입니다.

운동할 때 먹는 보조 식품도 마찬가지입니다. 운동을 하는 것만큼 먹는 것도 무척 중요하기 때문에 당장 필요하지 않더라도 비용에는 포함시켜 놓는 것이 좋습니다. 보조 식품의 종류로는 유산균, BCAA, 멀티 비타민 등이 있습니다. 실제로 바디 프로필 촬영 이후에는 먹는 것이 중요하다는 것을 몸으로 느낍니다. 자연식을 통해서도 영양 공급이 이루어질 수 있지만, 바쁜 직장인들에게 보조 식품은 필수입니다. 따라서 최소한의 구매 비용 정도는 포함시켜 놓는 것이 좋습니다.

다. 태닝, 제모, 의상

다음으로 태닝, 제모, 의상에 드는 비용입니다. 위 표를 보면 따로 별(*) 표시를 해 두었는데, 이는 이 항목들이 그만큼 중요하다는 것을 뜻합니다. 왜 그런지 하나씩 살펴보도록 하겠습니다.

첫 번째로, 태닝은 보통 실내 태닝을 기준으로 10회 이상 실시합니다. 굳이 피부까지 태울 필요가 있느냐 묻는 분도 있는데, 바디 프로필이 결국 몸을 부각시켜 사진을 찍는 것이므로 가급적이면 하시는 것을 추천드립니다. 일반적으로 숍에서 태닝을 하는 경우 오일은 별도로 구매해야 합니다. 가격은 5~10만 원 선이며 초, 중급자의 경우 중간 정도 가격의 제품을 많이 선택합니다.

두 번째로, 제모는 실시 부위에 따라 가격이 달라집니다. 일반적으로 속옷만 입고 찍는 컨셉의 경우 겨드랑이와 다리 제모는 필수입니다. 그런데 왁싱 숍에서 견적을 받아보면, 보통 30~40만 원 선이기 때문에 생각보다 비용이 비쌉니다. 따라서 중요 부위를 제외하고는 본인이 직접 제모하는 것도 방법입니다. 인터넷에 '셀프 제모'를 검색하면, 2~3만 원 선에 질 좋은 제품들이 많이 나와 있으므로 적극 활용해 보기 바랍니다.

참고로 저는 다이어트에 돌입하기 전까지 태닝과 제모에 큰 고민을 하지 않았습니다. 그러다 촬영 50일 전이 되어서야 관심을 보이기 시작했는데, 태닝과 제모가 촬영 컨셉과 관련이 있다는 사실을 깨닫고 얼마나 당황했는지 모릅니다. 남자의 경우 하체 근육에 자신이 없고, 다리에 털이 많으면, 굳이 제모를 하지 않아도 됩니다. 왜냐하면 의상으로 그 부분을 가릴 수 있기 때문입니다. 예를 들어 슬랙스나 청바지를 입음으로써, 맨 다리를 보여 주지 않고도 충분히 촬영에 임할 수 있습니다.

또한, 태닝을 한 뒤 몸의 앞쪽보다 뒤쪽에 더 자신감이 생겼다면, 등과 어깨를 강조해서 찍는 것도 고려해 볼 수 있습니다. 태닝은 하면 할수록 피부의 음영이 진해지므로, 포즈 연습을 하면서 컨셉을 바꿔 볼 수 있는 것입니다. 이 밖에도 태닝과 제모는 실시하는 시점과 횟수도 매우 중요합니다. 이 부분은 촬영 준비 편에서 자세히 다루도록 하겠습니다.

9 to 6 직장인 운동 시간 정하기 : 아침 운동 vs 저녁 운동

  직장인 입장에서 바디 프로필을 준비하다 보면, 운동 시간을 어떻게 할애해야 할지 고민에 빠지게 됩니다. 출퇴근 시간이 9 to 6가 일반적이기 때문에, 오전 8시 이전 또는 저녁 7시 이후에 운동하게 되지요. 본인 스케줄에 맞게 운동하는 것이 가장 좋겠지만, 바디 프로필처럼 특정 시점을 정해 놓고 하는 일이면 효과적인 운동 시간을 따지게 될 것입니다.

  운동은 아침에 하느냐 저녁에 하느냐에 따라 장단점이 있습니다. 직장인은 하루 한 시간 운동하기도 벅차기 때문에, 각각의 장단점을 알고 있는 것과 모르고 있는 것은 큰 차이입니다. 다음은 아침 운동과 저녁 운동의 주요 특징입니다.

아침 운동 vs 저녁 운동

1. 아침 운동

가. 우리 몸의 상태
- 아침 공복 상태에서는 몸 속에 저장된 탄수화물의 양이 적다.
- 당장 에너지원으로 쓰일 탄수화물(잉여 글리코겐)이 적고, 혈당은 낮은 상태이다.

나. 특징
- 아침 공복 상태에서 운동하면 지방 연소율이 높다.
- 저강도의 걷기 또는 소근육 운동이 좋고, 다이어트에도 효과적이다.
- 몸 속에 저장된 탄수화물, 즉 잉여 글리코겐이 적기 때문에 고강도의 운동(스쿼트, 데드리프트 등)은 피하는 것이 좋다.
- 고혈압, 당뇨 환자는 되도록 아침 운동을 피하는 것이 좋다.

* 고혈압 환자 : 자는 동안 혈관이 좁아져 있는 상태인데, 아침에 운동을 하면 갑자기 혈관이 확장되어 터질 수 있다.
* 당뇨 환자 : 아침 공복에는 혈당이 낮은 상태인데, 아침에 운동을 하면 혈당이 더 떨어져 저혈당 증세가 나타날 수 있다.

2. 저녁 운동

가. 우리 몸의 상태
- 몸 속에 저장되어 있는 탄수화물의 양이 아침보다 많다.
- 아침보다 몸이 충분히 풀려 있는 상태이며, 혈당이 채워져 있는 상태이다.

나. 특징
- 혈당이 어느 정도 채워져 있는 상태이므로, 아침보다 고강도 운동(스쿼트, 데드리프트 등)을 하기 유리하다.
- 저녁 운동을 한 다음, 밤 10~12시 사이에 취침하면 성장 호르몬이 더욱 왕성히 분비되고 근육 생

성에도 도움을 줄 수 있다.

3. 직장인들이 겪는 공통적인 사실들

- 보통 9 to 6 출퇴근 시간을 따르는 경우가 많다.
- 대부분 아침 9시까지 출근해야 하며, 씻고 준비하는 시간이 필요하다.
- 중요한 일과 급한 일을 해야 하는 시간은 주로 오전 9~12시이다.
- 불가피하게 야근을 해야 하거나 회식을 하는 경우가 있다.

위 사실들을 종합해 보면, 직장인 입장에서 운동 시간을 정할 수 있는 몇 가지 팁을 얻을 수 있습니다. 사람마다 차이는 있겠지만, 아래 내용은 여러분들이 운동 계획을 세울 때 유용하게 참고할 수 있을 것입니다.

9 to 6 출퇴근 직장인이 운동 시간 정하는 방법

- 어차피 아침에는 출근을 해야 하고, 준비하는 시간이 필요하다.
   : 되도록 교통 체증이 없는 6~7시에 헬스장을 찾아 30분이라도 운동하고 씻자.
- 아침에는 가벼운 유산소 운동 또는 소근육 위주의 운동을 하라.
   : 아침 공복 상태에서는 에너지원으로 쓰일 탄수화물이 부족하기 때문에, 무리한 고강도 운동은 근손실은 물론, 간의 피로도를 높일 수 있다.

또한, 가볍게 운동해야 집중 근로 시간(오전 9~12시)에 몰입할 수 있고, 피로도도 적다.

- 아침 운동 전에 가볍게 '과일 주스'를 한 잔 마셔라.
   : 아침 공복에는 체내에 저장된 탄수화물 양이 적으므로, 운동할 때 쓰일 에너지원이 부족한 상태이다. 바나나, 고구마보다 체내에 빨리 흡수되는 액상 과당(주스)이 좋고, 인슐린도 적게 분비된다.
- 직장 근처에 헬스장이 있다면, 점심시간에 운동하는 것을 고려해 볼 수 있다.
   : 평소 아침 잠이 많고 시간을 효율적으로 쓰고 싶다면 점심 운동을 추천한다.

아침 운동과 마찬가지로 3~40분 정도 할 수 있는 가벼운 유산소 운동 또는 소근육 위주의 운동을 추천한다.

- 퇴근 후 저녁 시간에는 큰 근육 위주의 고강도 운동을 하라.

  : 아침보다 몸이 풀려 있는 상태이고, 혈당도 채워져 있으므로 운동 효율이 높다.

  또한, 취침 3시간 전 저녁 운동은 성장 호르몬 분비와 숙면에도 도움을 줄 수 있다.

III

한시적 '근육 돼지'가 되라,
벌크 업

벌크 업은 근성장에 집중하는 단계입니다. 이번 장에서는 이 시기에 운동하면서 느낀 것과 유의해야 할 사항들을 정리하였습니다. 저는 바디 프로필을 준비하기 전에도 웨이트 트레이닝만큼은 꾸준히 진행해 왔습니다. 특이 사항으로 2020년 12월에는 코로나 바이러스(COVID-19)의 여파로 한 달간 헬스장 문을 닫는 일이 있었습니다. 이 기간에는 제가 다니던 센터를 찾지 못했고, 모든 운동을 홈 트레이닝으로 대체했습니다. 자칫 운동을 포기할 수도 있는 시기였지만, 집에 있는 도구들로 어떻게든 해 보고자 노력했습니다.

돌이켜 보면 당시 운동하며 정리했던 부분이 100% 정답은 아니었습니다. 이번 장의 내용 중 일부는 운동을 오래한 분들 입장에서 너무나 당연한 이야기일 수도 있습니다. 하지만 책의 목적이 저와 비슷한 직장인들에게 도움이 되고자 하는 것이므로, 꼭 필요한 부분들만 추려서 정리하였음을 알려드립니다.

BODY PROFILE

1

벌크 업의 의미부터
다시 생각해 보다

워밍업 한 달은 운동 스케줄부터 이것저것 챙기다 보니 정신 없이 지나간 시간들이었습니다. 본격적인 과정에 돌입하기 앞서, 저는 벌크 업의 목적과 의미부터 명확히 짚고 넘어가기로 했습니다. 지난 시절 여기저기에서 주워들은 것이 많았지만, 수박 겉 핥기 식으로 알고 있다 보니 부족한 점이 많았습니다. 따라서 시간이 좀 걸리더라도 개념부터 확실히 잡고 운동하기로 마음먹었습니다. 아래는 벌크 업과 다이어트에 대한 사전적 정의입니다.

벌크 업 vs 다이어트

- **벌크 업(bulk up)**
  근육량의 증대를 위해 강도 높은 운동을 하면서 식사량을 늘리고, 체격을 키우는 것.

- **다이어트(diet)**
  체중 조절이나 체지방 조절을 위해 식사량과 음식 종류를 제한하여 섭취하는 것.

보디빌딩에서 벌크 업은 근육량의 증대를 위해 고강도 운동을 하면서 식사량을 늘려 나가는 것을 뜻합니다. 쉽게 말해 몸집과 풍채를 키운다는 말이지요. 몸을 만드는 분들은 일정 기간 동안 고칼로리의 식사와 고중량 운동을 병행하면서 체지방과 근육을 키웁니다. 그런 다음 다이어트를 하면서 근육량은 유지하고, 체지방을 최대한 걷어 내는 커팅(cutting) 과정을 거치지요.

다시 말해, 근육은 우리 몸에 영양소를 충분히 공급해 주면서 에너지가 넘쳐흐를 때 성장할 수 있습니다. 즉 벌크 업은 우리 몸에 필요 이상의 열량을 섭취해 주면서 근육이 커지기 위한 최적의 환경을 조성해 주는 것을 뜻합니다.

성공적인 벌크 업이라면 근육과 체지방을 약 6:4 비율로 늘려 나가는 것이 좋습니다. 사실 5:5 비율로 늘려도 무난한 벌크 업이라 할 수 있지요. 반대로 체중이 늘었어도 근육에 비해 지방량이 더 많다면, 그것은 차라리 '살크 업'에 가깝습니다. 따라서 수시로 체성분 비율을 체크하면서 체중을 늘려 나가는 것이 좋습니다.

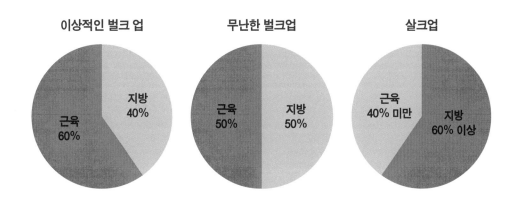

저는 오래 전부터 '린 매스 업' 또는 '상승 다이어트'를 꿈꿔 왔습니다. 즉 근육을 늘리면서도 체지방은 늘리지 않을 방법이 없을까 고민했던 것입니다. 운동 고수들은 모두 아는 사실이지만 이것은 장기적으로 실현되기에는 무척 어렵습니다. 경력 1년 미만의 초심자에게는 가능한 일일지 몰라도, 어느 정도 근육이 붙어 있는 상태에서는 실현되기 어려운 것입니다. 적어도 크로스핏(Crossfit)처럼 고강도 컨디셔닝 운동이 아니면, 이러한 목적을 달성하기 무척 어렵습니다.

하지만 지금도 여러 헬스장에서 이러한 상승 다이어트를 명분 삼아 회원들을 모집하고 있는 것도 사실입니다. 어찌됐든 초보자 입장에서 단기간에 효과를 볼 수 있고, 트레이너 입장에서도 설득하기 쉬우니까요. 저도 한동안은 몸이 커지는 게 싫고, 어떻게든 체지방을 줄여야 한다는 생각에 식사량부터 줄이던 때가 있었습니다. 지금 생각해 보면 마냥 '근육 돼지'가 되기 싫어 그 과정을 몇 번이나 반복했는지 모릅니다. 아직 목표 근육량에 도달하지도 않았고, 스트렝스의 증대도 일어나지 않았는데 말이지요.

결론부터 말씀드리면, 효과적으로 벌크 업하기 위해서는 높은 중량으로 근육을 자극시키면서 고칼로리 식단을 병행하는 것이 관건입니다. 몸에 에너지가 충만해야 중량을 칠 수 있고, 식사량을 늘리는 것 자체가 그 에너지를 뒷받침할 연료가 되기 때문입니다. 어찌 보면 한시적으로 근육 돼지가 되는 것은 어쩔 수 없는 일입니다. 그런데 이런 기본적인 사항들을 무시한 채 운동을 하니, 몸이 더 좋아지지 않는 게 당연했습니다.

지금 떠올려 보면 과거에는 식단 관리도 엉망이었습니다. 몸은 아직 헬린이인데 생각만 어설픈 보디빌더처럼 하고 있으니, 한동안 탄수화물을 끊다시피 했지요. 근육을 키우기 위해서는 단백질을 풍부하게 섭취해 주어야 하는 것은 맞습니다. 그런데 벌크 업 기간에는 탄수화물과 비타민, 지방 등 다양한 영양소를 풍부하게 섭취해 주어야 몸을 더욱 건강하게 키울 수 있습니다. 고강도 운동을 하기 위해서는 우선적인 에너지원인 탄수화물을 무서워하지 말아야 하는 것입니다.

그렇게 벌크 업의 목적부터 다시 생각해 보니 고쳐야 할 점들이 한두 가지가 아니었습니다. 아래는 그동안 제가 놓치고 있었거나 잘못했던 점들입니다. 초보자 입장에서 충분히 겪을 수 있는 시행착오들이니, 꼭 한 번 읽어 보기 바랍니다.

2

바보야,
그러니까 몸이 그대로지

저는 바디 프로필을 준비하기 훨씬 이전부터 웨이트 트레이닝을 했습니다. 그러나 어느 순간부터는 운동하는 시간에 비해 몸의 성장이 더뎠기 때문에, 어떤 부분이 문제이고 개선해야 하는지 검토가 필요했습니다. 아래는 과거 몇 년간 운동을 하면서 놓친 부분들을 정리한 것입니다. 여러분에게도 이 내용들이 도움이 되었으면 합니다.

스트렝스의 증대를 소홀히 한 점	식단, 수면 시간을 기록하지 않음	단순 관절 운동의 비중이 컸던 점	스트레칭, 마사지를 소홀히 한 점

가. 운동 횟수는 신경 썼지만 스트렝스의 증대를 소홀히 했다

저는 벌크 업 기간에 일주일 몇 회 운동한다는 계획을 넘어 좀 더 중대한 목표를 세웠습니다. 바로 3대 운동(벤치 프레스, 바벨 스쿼트, 데드 리프트)의 1RM[4] 목표 무게를 정해 놓고, 이를 초과 달성하는 것이었습니다.

잠시 헬스를 처음 시작하던 때를 떠올려 보겠습니다. 그때는 몇 달 동안 근육량이 급격히 늘면

---

4) 1RM(1 Repetition Maximum) = 1회 최대로 들어 올릴 수 있는 중량.

서 우상향하는 인바디 그래프를 보고 뛸 듯이 기뻐했습니다. 그런데 시간이 흐르면서 그래프는 지그재그를 그리며 요동치기 시작했습니다. 어느 정도 수준까지는 몸이 드라마틱하게 변하지만, 이후부터는 순수 근육량만 늘려 나간다는 것이 얼마나 고통스러운지 몸소 체험한 것입니다.

당시에는 체중이 늘면 근육량이 늘었다 착각했고, 체중이 줄어 체지방도 함께 빠지면 지방만 빠졌다 착각했습니다. 체중, 근육량, 체지방량, 수분 비율 등을 종합적으로 보고 판단해야 했지만 당장 보고 싶은 데이터만 본 것입니다. 쉽게 말해 헬스장에 매일 출근 도장을 찍고 있었지만, 스트렝스(Strength)의 증대에 소홀히 한 부분이 원인이었습니다. 그러다 보니 몸에는 큰 변화가 없고, 체중만 고무줄처럼 늘었다 줄었다 하는 정체기가 찾아왔습니다.

당연한 이야기겠지만, 본인의 중량 실패 지점에서 멈추지 않고 다음 스텝을 밟아야만 더 큰 성장이 일어날 수 있습니다. 여러분이 만약 근육 사이즈를 키우고 싶다면, 대표적인 운동만이라도 1RM 중량을 정해 놓고 초과 달성하는 것을 목표로 삼으십시오. 적어도 벌크 업을 하는 기간에는 총 운동 시간보다 근육량을 얼마나 더 늘렸는지가 관건입니다.

몇 달 동안 땀 흘리면서 운동해도 들고 있는 무게가 계속 제자리이면, 근육도 그 무게를 지탱할 수 있는 수준에 머물러 있을 것입니다. 결국 근성장을 위해서는, 좀 더 중량을 올리면서 자극을 주는 수밖에 없습니다.

나. 식단, 수면에 대한 기록을 하지 않았다

모두가 알고 있듯이 몸 관리에 꼭 필요한 세 가지는 '운동, 영양, 휴식'입니다. 충분한 영양 공급이 없이는 운동을 아무리 열심히 해도 근성장이 일어나지 않습니다. 그동안 저는 운동에만 신경썼을 뿐 식단 기록을 소홀히 했습니다. 적어도 하루에 칼로리가 얼마나 필요한지, 음식은 얼마나 섭취하고 있는지 알아야 했지만 그렇게 하지 않은 것입니다.

뒷 부분에 다시 다루겠지만, 몸을 만들 때 운동만큼 중요한 것은 '식단'입니다. 어찌 보면 운동 방법을 찾는 시간보다, 식단에 신경 쓰는 시간이 몇 배는 더 들지도 모릅니다. 실제로 바디 프로필을 포기하는 대부분의 이유가 운동보다는 식단관리에 실패해서인 경우가 많습니다. 따라서 이번 도전 기간에는 운동 수행 능력의 증대는 물론, 영양 공급이 잘 이뤄지고 있는지 빠짐없이 체크하기로 했습니다.

다음으로 '수면'에 대한 기록입니다. 운동을 할 때는 잠을 충분히 자 주어야 다음 날 컨디션이 좋습니다. 운동만 죽어라 하고 쉴 시간을 못 주게 되면, 피로감만 쌓이고 몸의 회복이 더딜 수밖에 없습니다. 회복이 더디면, 목표하는 근성장이 늦어질 수밖에 없는 것입니다.

근육은 운동을 할 당시가 아닌, 휴식을 취하면서 영양 공급이 충분히 이루어졌을 때 커집니다. 초보자들이 가장 착각하는 것 중에 하나가, 운동할 때 잠시 커진 몸을 보고 흐뭇해 하는 것입니다. 운동할 때 커진 근육은 펌핑으로 도드라져 커 보이는 것일 뿐, 실제 커진 것이 아니라는 점을 명심해야 합니다. 어찌 됐든 여러분이 매일 운동을 하고 있다고 가정한다면, 하루에 최소 6시간은 숙면을 취해야 합니다. 누워 있거나 소파에 앉아 쉬는 것도 휴식이지만, 가장 좋은 휴식은 역시 수면입니다.

그런데 과거에 저는 수면 시간이 매우 불규칙적이었습니다. 하루 5시간 이상 잠을 자지 않은 적도 있고, 주말이면 새벽에 잠들기 일쑤였지요. 늦게까지 딴짓을 하면서 논 건 생각하지 못하고, 더 이상 나아지지 않는 몸을 보며 한탄한 적이 많았습니다.

따라서 바디 프로필을 준비하는 동안에는 잠자는 시간을 꼼꼼히 체크해 보기로 했습니다. 스마트폰 기본 앱 중에는 일일 수면 시간을 체크하는 기능이 있습니다. 8개월 동안 이를 적극 활용해 보기로 했으며, 가급적이면 밤 11시 전에 잠자리에 들고자 노력했습니다.

다. 복합 관절 운동보다 단순 관절 운동 비중이 컸다

저는 등 운동을 할 때 데드 리프트를 잘 하지 않았습니다. 그 이유는 자세를 잡기 무척 어려웠기 때문입니다. 대신 '랫 풀 다운'이나 '바벨 로우'를 대체 운동으로 실시했습니다. 사실 데드 리프트는 등, 허리, 엉덩이 뒷태 라인을 잡는 매우 효과적인 운동입니다. 그런데 전완근[5]이 약하고, 등에 정확한 사극을 주지 못하는 것 같아 이 운동을 기피했습니다. 턱걸이의 한 종류인 '풀 업', '친 업'도 잘하지 않았는데, 다른 운동으로 대체할 수 있다고 믿었기 때문입니다. 그렇게 근육 발달을 위한 최우선 순위 종목들을 제쳐 두고, 다른 운동들에 관심을 두기 시작했습니다.

그런데 앞서 언급한 '데드 리프트', '풀 업'은 2개 이상의 관절을 쓰는 대표적인 복합 관절 운동입니다. 복합 관절 운동은 고립 운동인 단순 관절 운동보다 더 많은 근육과 근섬유를 개입시킵니다. 확실히 같은 시간 운동을 해도 효과가 매우 높습니다. 마냥 자세를 잡기 어렵다고 미뤄 둘 운동들이 아니었던 것입니다.

복합 관절 운동 vs 단순 관절 운동

구분	복합 관절 운동	단순 관절 운동
체력 소모	높음	낮음
집중력 소모	높음	낮음
고중량 안정성	높음	보통
근성장	높음	보통

생각해 보면 저는 하체 운동을 할 때도 주로 '레그 프레스'와 '라잉 레그 컬'을 택했습니다. 그 이유는 스쿼트를 할 때 골반의 가동 범위가 매우 좁게 나왔기 때문입니다. 예를 들어 백 스쿼트를 할 때는 엉덩이가 땅에 닿을 듯 말듯 밀어 줘야 했지만, 허리 디스크가 무서워 그러질 못했습니다. 운동을 하더라도 바벨 원판의 무게를 덜 치거나 무릎을 반만 굽혀 실시했습니다.

---

5) 전완근(前腕筋, antebrachial muscles) : 팔꿈치부터 손목까지 이어지는 근육, 악력과 관련되어 있다.

앞서 언급한 단순 관절 운동이 잘못된 것은 아닙니다. 하지만 단순 관절 운동의 비중이 복합 관절 운동의 비중보다 큰 것은 확실히 근성장을 더디게 만든 이유입니다. 따라서 이번 기회에는 '스쿼트', '데드 리프트', '풀 업' 같은 운동의 비중을 늘려 보기로 했습니다. 어렵지만 복합 관절 운동을 메인 운동으로 가져 가기로 한 것입니다. 단순 관절 운동은 메인 디쉬 이후에 먹는 디저트의 느낌으로 그 비중을 30% 이하로 줄였습니다. 실제로 그렇게 운동 방법을 바꾸니 몸이 급격하게 변하기 시작했습니다. 또한 평소에 잘 하지 않던 운동으로 자극을 주니, 효과를 보게 된 점도 많았습니다.

라. 취약 부위의 스트레칭과 마사지를 소홀히 했다

저는 본 운동의 자세와 종목에는 큰 관심을 보였습니다. 하지만 스트레칭과 마사지에는 딱히 신경을 쓰지 않았습니다. 아마도 이건 운동 초보자들 대부분이 비슷하리라 생각됩니다. 부족한 시간을 쪼개어 운동하는 만큼, 한시라도 빨리 몸을 풀고 본 운동에 들어가길 원할 것이기 때문입니다. 그래서 헬스장 한 켠에 마련되어 있는 폼롤러와 매트는 거들떠보지도 않았습니다. 심지어 매트에 누워 폼롤러를 굴리는 분들을 보면 한심하다 생각한 적도 있습니다.

그런데 웨이트 트레이닝에서 중요한 것은 '정확한 자세'와 '가동 범위', 그리고 '점진적 과부하'입니다. 여러분도 웨이트 트레이닝의 핵심이 '가장 적은 중량으로 가장 큰 무게를 느끼게 하는 것'이란 말을 들어 본 적 있을 것입니다. 스트레칭을 해 주지 않으면 유연성이 떨어질 수밖에 없고, 유연성이 떨어지면 정확한 자세가 나오기 어렵겠지요. 자세가 바르지 않은 상태에서 무게에만 욕심내면, 원하는 부위에 정확한 자극을 줄 수 없습니다. 결국 부상 위험이 높아지게 되는 것입니다.

저는 평소 스쿼트를 할 때 양쪽 골반의 움직임이 미묘하게 다르고, 엉덩이를 끝까지 밀어 내지 못했습니다. 가동 범위가 좁으면 골반과 허리 스트레칭을 자주 해 주어야 했지만, 그렇게 하지 않았지요. 욕심이 있다 보니 무게를 치는 데만 급급했고, 부상을 당할 뻔한 적이 한두 번이 아닙니다. 이모든 것이 기본적인 스트레칭과 테라피, 마사지 등을 소홀히 한 결과였습니다. 여러분도 수행 능력과 성과를 최대로 높이고 싶다면, 취약 부위 스트레칭과 근막 이완 마사지를 꼭 해 주어야 합니다.

그렇게 스트레칭의 중요성을 깨닫고는 워밍업 마지막 주에 그 부분들을 총 정리했습니다. 평소 유연성이 떨어지는 부위가 어디인지 살폈고, 그 부분은 주말과 평일 스트레칭 시간에 풀어 주기로 한 것입니다. 저 같은 경우에는 허리와 골반이 특히 취약했습니다. 따라서 요방형근, 대둔근, 척추기립근의 마사지 방법을 따로 찾아 정리했습니다.

관련 정보를 찾을 때 여러 책과 자료들을 참고했습니다. 이 중에는 일본의 물리 치료사인 아리카와 조지가 쓴 『해부학적 근육 홈트』가 큰 도움이 되었는데요. 혹시나 혼자서 근육의 각 명칭과 기능을 이해하고, 스트레칭하는 방법을 알고 싶다면 이 책을 추천드립니다. 두께도 얇고, 그림이 있기 때문에 쉽게 읽을 수 있을 것입니다.

저는 운동 전후는 물론이고, 일할 때도 습관적으로 스트레칭 해 주는 것을 잊지 않았습니다. 집에서도 자그마한 폼롤러를 장만하여 틈만 나면 허벅지에 끼고 살았지요. 항상 느끼는 것이지만, 일찍부터 그 중요성을 깨닫고 실천했으면 얼마나 좋았을까 후회하던 기억이 납니다.

벌크 업 시기,
운동의 기본은?

아래는 벌크 업 기간에 기본적으로 알고 있어야 한다고 생각한 내용들을 정리한 것입니다. 운동 명칭을 제외한 부위별 운동 방법은 인터넷 등 다양한 경로를 통해 알 수 있으므로 생략하였습니다. 대신 바디 프로필을 준비할 때 이것만큼은 꼭 알아야 하지 않을까 하는 내용들을 추렸습니다.

가. '준비 운동', 어쩌면 본 운동보다 중요할 수 있다

저는 준비 운동의 중요성을 뒤늦게 깨달은 케이스입니다. 취약 부위에 대한 마사지나 스트레칭도 등한시했으니 준비 운동에 대한 무관심은 말할 것도 없지요. 운동을 한 지 1년이 넘은 시점에도 준비 운동을 가볍게 생각했고, 본 운동 이후에 하는 '정리 운동'의 개념도 나중에야 배웠습니다.

대부분 직장인들이 저와 비슷하리라 생각되는데, 운동할 시간이 워낙 부족하기 때문에 준비 운동쯤 대충해도 되지 않나 여기는 경우가 많습니다. 그런데 여러분이 아래의 경우 중에 한 가지라도 해당된다면, 준비 운동과 정리 운동에 10~20%를 할애해야 합니다.

준비 운동, 정리 운동에 10~20% 이상 할애해야 하는 사람

- 이제 막 헬스를 시작한 30대 이후 초보자.
- 2~3일 간격으로 운동하는 사람.

저도 처음에는 두 가지 모두 해당되는 사람이었는데, 시간이 흐를수록 그 필요성을 절실히 깨달았습니다. 준비 운동과 정리 운동을 해야 하는 이유는 다음과 같습니다.

1) 부상 방지.
2) 본 운동의 효율성과 효과성 극대화.
3) 운동 후 피로 감소.

위 사항들이 중, 고등학교 시절 교과서에나 나올 법한 얘기들이라 건성으로 받아들이실 수 있습니다. 그런데 제 경험을 바탕으로 위 사항들이 무엇을 의미하는지 하나씩 설명해 드리도록 하겠습니다.

먼저 바디 프로필이든 시합 준비이든 보디빌딩을 하는 가장 큰 목적은 '몸을 균형 있게 가꾸는 것'입니다. 각종 부위의 근육을 일정 사이즈까지 키우려면, 무거운 중량을 드는 웨이트 트레이닝이 반드시 수반되어야 합니다. 그런데 웨이트 트레이닝을 하기 전에 준비 운동을 철저하게 하지 않으면, 부상 위험이 그만큼 높아집니다. 그 이유는 근육의 온도가 충분히 데워지지 않거나, 관절이 경직된 상태에서는 최대한의 힘을 발휘하기 어렵기 때문입니다. 이것은 밀거나 당기는 운동 가릴 것 없이 모든 운동이 그렇습니다.

저는 예전에 어깨를 충분히 풀어 주지 않은 상태에서 벤치 프레스를 하다 크게 다칠 뻔한 적이 있습니다. 그날도 귀찮음을 핑계로 준비 운동과 스트레칭을 등한시했지요. 빈 바(Bar)를 놓고 워밍업 세트라도 해 주어야 했지만, 이를 무시한 채 곧바로 본 운동으로 들어갔습니다. 결국 무리하게 힘을 쓰다가 어깨 후면과 승모근이 시큰거려 며칠 고생한 적이 있지요.

본 운동을 한 뒤 진행하는 정리 운동도 마찬가지입니다. 큰 근육을 쓰는 운동일수록 몸을 충분히 풀어 주어야 하는데, 정리 운동을 하지 않으면 몸이 점점 뻣뻣해지고 고생하게 됩니다. 저도 처음에는 단순히 근육이 뭉친 것으로 여겼지만, 정리 운동을 한 날과 하지 않은 날을 비교하면 컨디션의 차이가 컸습니다.

여러분이 만약 주 5일 이상 운동을 한다면, 근육이 충분하게 이완되고 부드러워진 상태에서 해야 능률도 오릅니다. 매일같이 무거운 중량과 세트 수에만 집착하면 근육은 늘 긴장되고 경직되기 마련입니다.

우리 몸의 근육은 마치 고무줄에 비유할 수 있습니다. 탄성이 있으면서도 수축과 이완이 부드럽게 이루어지도록 유지해야 하는 것입니다. 그러려면 시간이 걸리더라도 마사지를 지속적으로 해주어야 합니다. 고무줄도 시도 때도 없이 잡아 당기기만 하면, 결국 끊어질 수밖에 없겠지요. 근육도 마찬가지인데 펌핑이 된 채 딱딱한 상태만 유지한다고 마냥 좋은 것은 아닙니다.

한편, 매일 운동하는 사람은 몸에서 받아들이는 부하나 중량에 대한 스트레스 적응도가 높습니다. 하지만, 훈련 일이 2~3일 간격으로 벌어지는 사람들은 외부 자극에 대한 적응도가 떨어지기 마련입니다. 따라서 간헐적으로 웨이트 트레이닝을 하는 사람이면, 사전에 몸이 충분히 예열될 수 있도록 풀어 주어야 합니다. 우리의 몸은 나이가 들수록 유연성이 떨어지고 회복 속도가 더뎌질 수밖에 없습니다. 따라서 초보자라면 준비 운동과 워밍 업하는 시간을 절대 아까워하지 말아야겠습니다.

사실 준비 운동의 필요성은 경력이 오래된 분들이 더욱 절실히 깨닫고 있습니다. 그들은 바이오리듬과 텐션을 떨어뜨리지 않는 것이 얼마나 중요한지 몸으로 알고 있습니다. 한 번 부상을 당하면 운동을 다시 하기까지 몇 배의 시간이 든다는 걸 경험적으로 체득했기 때문입니다. 따라서 여러분도 조급함을 버리고 운동 효과를 최대한 높일 수 있도록 시간을 할애하기 바랍니다.

다음은 부상을 당하지 않으면서도 운동 효과를 극대화할 수 있는 순서입니다.

운동 효과를 극대화하려면?

관절 부위 체조 → 워밍 업, 스트레칭 → 준비 세트 → 본 운동 → 쿨 다운[6] → 스트레칭

첫 번째, '관절 부위 체조'는 발목, 무릎, 어깨, 손목 등 부상 당하기 쉬운 관절 부위를 풀어 주는 것입니다. 두 번째로 '워밍 업'은 트레드밀을 타거나 팔 벌려 뛰기 등으로 실시할 수 있습니다. 워밍 업의 목적은 심박수를 높이면서 본 운동을 하기 전 몸을 예열해 주기 위함이라 보시면 되겠습니다. 다음으로 '스트레칭'은 허리, 골반, 어깨 등 근육의 최대 이완과 수축을 돕기 위한 예비 동작입니다.

스트레칭 다음에 실시해야 할 것은 '준비 세트'입니다. 본 운동을 할 때에는 준비 세트를 1~2회가량 실시하고 진행하는 것이 좋습니다. 보통 이를 생략하는 경우가 많은데, 이러한 예비 동작을 해야 하는 이유가 있습니다. 그것은 바로 큰 중량으로 자극을 주기 전, 몸이 긴장하지 않도록 신호를 줌으로써 부상을 피하는 것입니다.

또한, 본 운동을 마친 뒤에는 '쿨 다운' 목적으로 약 10분 정도 런닝머신을 타 주는 것이 좋습니다. 쿨 다운의 목적은 본 운동에서 높아진 심장 박동을 천천히 내려 주는 데 있습니다. 또한 극심한 중량 운동으로 뭉친 근육들을 풀어 주는 목적도 있지요. 쿨 다운 이후에는 짧은 시간 동안 스트레칭을 하고 모든 운동을 마칩니다.

앞서 살펴본 바와 같이 장기적인 관점에서는 준비 운동과 워밍 업이 본 운동만큼 중요합니다. 무엇보다 부상을 방지하는 것이 운동 고수로 가는 지름길인 것입니다. 모든 일이 그렇지만, 우리가 하는 운동도 사전 준비를 철저히 해야만 100% 효과를 볼 수 있습니다.

---

6) 쿨 다운(cool down) : 본 운동 후 맥박, 호흡 등을 서서히 정상으로 되돌리는 정리 운동.

나. 맨몸 운동 vs 프리 웨이트 vs 웨이트 머신

우리는 근육을 키우기 위해 웨이드 트레이닝을 실시합니다. 근성장을 위해서는 어떤 방식을 택하든 몸에 스트레스를 주어야 합니다. 그 스트레스는 바로 '저항'과 '부하'인데요. 부하를 줄 수 있는 방법에는 크게 세 가지가 있습니다.

첫 번째는 본인의 체중을 이용한 '맨몸 운동'입니다. 두 번째는 덤벨과 바벨 등을 이용한 '프리 웨이트'이며, 세 번째로 '웨이트 머신'을 이용한 방법이 있습니다. 세 가지 중 어떤 방법을 택해도 관계없지만, 각 운동 방법의 특징을 알고 하는 것이 몸을 만드는 데 유리할 것입니다.

아래에 각 운동 방법의 개요와 추천 종목들을 남겨 드립니다. 추천 종목은 제가 실제로 해 보면서 느낀 장점들을 토대로 정리하였습니다. 직장인의 입장에서 크게 공감이 될 종목들이며, 여러분들에게도 도움이 될 것이라 믿습니다.

웨이트 트레이닝의 세 가지 방법

맨몸 운동	프리 웨이트	웨이트 머신

1) 맨몸 운동

맨몸 운동은 말 그대로 본인의 체중을 부하로 이용하는 것입니다. 몸을 만든다고 하면 흔히 덤벨이나 바벨로 '쇠질' 하는 모습만 떠올리기 쉽습니다. 그런데 여러분의 체중도 충분히 유용한 저항 도구로 활용될 수 있습니다. 대표적으로는 턱걸이와 팔 굽혀 펴기 그리고 윗몸 일으키기가 있습니다.

여러분도 한 번쯤 해 보셨겠지만, 맨몸 운동만으로도 상당한 수준의 신체 능력이 요구됩니다. 예나 지금이나 체력 테스트에 빠짐없이 등장하는 것이 달리기, 팔 굽혀 펴기, 윗몸 일으키기이기 때문입니다.

어떤 분들은 맨몸 운동만으로도 엄청난 수준의 몸을 만들어 내는 걸 볼 수 있습니다. 가장 대표적인 경우가 바로 '기계 체조' 선수들이지요. 올림픽에 참가한 기계 체조 선수들을 살펴보면, 근력은 물론 순발력과 유연성이 뛰어나다는 걸 알 수 있습니다. 잘 모르시는 분들은 런던 올림픽 금메달리스트 양학선 선수를 떠올리면 이해가 될 것입니다.

맨몸 운동은 몸 이외에 별다른 도구가 필요하지 않아 편하다는 장점이 있습니다. 또한 균형 감각과 유연성을 키우는 데도 매우 좋지요. 맨몸 운동 중 한 가지 종목을 추천해 드리면, 복근 운동인 '크런치'가 있습니다. 크런치는 제가 실제 해 본 운동 중 가장 효과가 있었는데요. 왜 그런지 그 이유를 하나씩 살펴보겠습니다.

크런치는 우선 복근, 특히 상복부를 발달시키는 데 매우 탁월한 운동입니다. 누울 수 있는 공간만 있으면 어디서든 할 수 있다는 장점이 있지요. 또 다른 운동으로 하복부 중심의 레그 레이즈가 있지만, 허리가 약한 분들에게는 이보다 쉬운 크런치를 추천합니다.

저도 처음 운동을 시작할 때 유튜브를 보며 '행잉 레그 레이즈'를 따라하던 기억이 있습니다. 그런데 철봉에 매달려 하는 이 운동은 체중이 많이 나가거나 허리가 약한 분들에게는 다소 위험합니다. 운동 당시에는 잘 느끼지 못하다가 허리에 반동을 심하게 준 나머지, 파스를 붙이고 고생하는 분들을 여럿 보았습니다. 잘못된 자세로 운동을 하면 부상 당할 위험이 있는 종목이 바로 레그 레이즈인 것입니다.

사실 자극 위주로 운동했을 때 가장 효과를 볼 수 있는 부위가 '어깨'와 '복부'입니다. 그런데 복부는 맨 바닥에서 하는 크런치만으로도 충분히 자극을 줄 수 있습니다. 혹시 집에 요가 매트나 평평한 벤치가 있다면 더욱 효과적입니다.

제가 이 종목을 추천해 드리는 이유를 한 가지 더 말씀드리면, 운동을 할 수 있는 '기회'와 '시간' 때문입니다. 분할 운동을 해 본 분들은 알겠지만, 가슴부터 하체까지 주 5일을 번갈아 운동하다 보면 상대적으로 복근을 할 시간이 없습니다.

직장인 대부분은 바쁜 시간을 쪼개어 운동합니다. 헬스장에서는 대부분 가슴, 등, 하체와 같은 '큰 근육'을 쓰는 운동을 많이 하지요. 시간이 남더라도 팔이나 어깨 운동을 하지, 복근 운동을 하는 분은 극히 드뭅니다. 그런데 여러분이 크런치를 한다면, 굳이 헬스장에서 할 필요가 없습니다. 왜냐하면, 집에서도 충분히 할 수 있는 운동이 바로 크런치이기 때문입니다. 잠자기 전에 거실에서 10분 정도만 할애하면 다섯 세트는 거뜬히 할 수 있습니다. 따라서 없는 시간을 쪼개 운동을 한다면 크런치를 적극 추천해 드립니다.

크런치(Crunch)

이유 : 부상 위험이 적다. 집에서도 자투리 시간에 쉽게 할 수 있다.
출처 : www.weighttraining.guide

2) 프리 웨이트

프리 웨이트(Free Weight)는 아령과 역기라 불리는 '덤벨', '바벨'을 이용한 근력 운동입니다. 이 두 가지 도구만으로도 할 수 있는 운동이 수십 가지이기 때문에 웬만한 운동은 프리 웨이트로 끝낼 수 있다고 봐도 됩니다. 사실 맨몸 운동이나 머신이 아니더라도 초, 중급자 분들은 프리 웨이트만으로도 충분히 멋진 몸을 만들 수 있습니다. 저 또한 80% 이상의 운동을 프리 웨이트로 실시했고, 바디 프로필을 준비하는 많은 분들이 이 방식을 선호합니다. 프리 웨이트는 두 가지 큰 특징이 있습니다.

첫째, 프리 웨이트를 하면 정확한 중량 측정이 가능해집니다. 부위별로 본인에게 맞는 무게를 쓰기 때문에, 운동 수행 능력에 대한 객관적인 측정이 가능해지는 것입니다.

둘째, 근육과 관절이 움직이는 방향에 따라 몸을 움직이기 때문에, 동작을 제한하지 않습니다. 웨이트 머신처럼 별도의 고정 장치가 없기 때문에, 근육 간 협응이 이루어진다는 점도 큰 장점입니다.

제가 추천해 드리는 프리 웨이트의 운동 종목은 세 가지입니다. 하나는 헬스장에서 자주 하는 '바벨 스쿼트'이며, 나머지 두 개는 집에서도 할 수 있는 '덤벨 컬'과 '아놀드 프레스'입니다. 추천 이유는 다음과 같습니다.

먼저 '스쿼트'는 헬스장에서 할 수 있는 하체 운동 중 첫 번째로 꼽힙니다. 헬스장에 가 보면 알겠지만, 유난히 바벨 스쿼트를 하는 자리에는 사람들이 붐빕니다. 왜 그런지는 스쿼트를 해 보면 쉽게 이해가 될 것입니다. 이 운동은 다른 운동과 비교했을 때 허벅지와 엉덩이를 포함한 모든 하체 근육을 단련시키는 탁월한 운동입니다. 런지와 레그 프레스도 있지만 운동 효과가 큰 것은 역시 스쿼트입니다.

집에서는 바벨과 원판을 들여놓기 어렵기 때문에, 이 운동은 주로 헬스장에서 하는 것이 일반적입니다. 우리 몸의 약 60%를 차지하고 있는 것은 하체 근육입니다. 이 중 25%가 허벅지 근육에 해당하기 때문에, 헬스장에서 할 수 있는 운동 한 가지를 추천한다면 바벨 스쿼트를 꼽는 것입니다. 이 운동의 효과에 대해서는 뒷부분의 '스쿼트 예찬론자가 되다.'에서 한 번 더 다루도록 하겠습니다.

두 번째는 '덤벨 컬'과 '아놀드 프레스'입니다. 제가 이 운동들을 추천하는 이유는 크런치와 같은 '편의성' 때문입니다. '덤벨 컬'과 '아놀드 프레스'는 누구나 할 수 있는 가장 기본적인 팔, 어깨 운동입니다. 수행 방법도 단순히고, 덤벨 2개만 있으면 어디서든 힐 수 있다는 장점이 있습니다. 바벨은 부피가 커서 보관하기 어렵지만, 덤벨은 크기가 작고 대형 마트에서도 쉽게 구입할 수 있습니다. 운동을 할 때도 한 평 남짓한 공간만 있으면 되기 때문에 집에서도 편하게 할 수 있습니다.

헬스장에서는 하체, 등, 가슴 같은 큰 근육 위주의 운동을 하고, 집에서는 작은 근육 위주의 운동을 하면 시간을 아낄 수 있습니다. 직장에 다니면서 부위별로 빈틈없이 운동하고 싶다면, 팔, 어깨, 복근 운동을 집에서 하는 것도 괜찮은 방법입니다.

덤벨 컬(Dumbell Curls)　　　　아놀드 프레스(Arnold Press)

이유 : 덤벨은 바벨보다 부피가 작고, 공간을 덜 차지하므로 보관이 쉽다.
집에서도 쉽게 팔과 어깨 운동을 할 수 있다.
출처 : https://weighttraining.guide

3) 웨이트 머신

웨이트 머신(Weight Machine)은 1960년대부터 만들어지기 시작했으며, 블록과 케이블 등으로 구성된 저항 운동 기구입니다. 대부분의 웨이트 머신은 프리 웨이트로 할 수 있는 운동들을 기구화한 것입니다. 따라서 굳이 머신을 사용하지 않아도 프리 웨이트를 통해 근력 운동을 끝낼 수 있습니다. 예를 들어, 체스트 프레스 머신을 쓰지 않더라도 벤치 프레스와 덤벨 프레스만으로 가슴 운동을 마칠 수 있는 것입니다.

그렇다면 웨이트 머신은 왜 쓰는 것일까요? 프리 웨이트만으로도 충분히 효과를 볼 수 있는데 말이지요. 한 마디로 이유를 설명하면 '편리함' 때문입니다. 웨이트 머신은 원판을 끼우고 빼는 수고스러움 없이 간단하게 중량 조절을 할 수 있습니다. 또한 기구마다 고정된 궤적이 있기 때문에 초보자도 쉽게 자세를 익힐 수 있지요. 누군가 옆에서 자세를 알려 주지 않아도 쉽게 이용할 수 있습니다.

그런데 웨이트 머신은 몇 가지 치명적인 단점이 있습니다.

첫째, 머신은 주로 한 가지 기구에 한 가지 훈련 종목만 할 수 있도록 고안되어 있습니다. 프리 웨이트와 달리 근육 간 협응력을 키우는 데는 제한적이지요. 둘째, 머신은 모든 사람들에게 딱 맞는 운동 범위를 제공하지 못합니다. 왜냐하면, 사람마다 신체 구조가 다르기 때문입니다. 이런 이유들 때문에 웨이트 머신은 보디빌딩에서 상급자들의 훈련 방식에 주로 사용되며, 초보자들에게는 몇 가지 특별한 목적으로만 이용되고 있습니다.

한 가지 더 말씀드릴 점은, 많은 분들이 프리 웨이트보다 머신이 더 안전하고 초보자에게 적합하다 착각하는 것입니다. 웨이트 머신이 쓰기 편한 것은 맞지만, 반드시 안전하다고는 볼 수 없습니다. 오히려 선수들이나 상급자에게 유용한 것이 머신이며, 효과만을 놓고 봤을 때 초급자에게는 프리 웨이트가 훨씬 더 좋습니다.

개인적으로 효과를 본 웨이트 머신 종목은 '라잉 레그 컬'과 '케이블 트라이셉스 익스텐션'입니다. 제가 이 운동을 추천해 드리는 이유는, 프리 웨이트로 운동하기 힘든 부위를 쉽게 할 수 있도록 도와주기 때문입니다. 사실 허벅지 뒷 부분에 해당하는 '햄스트링(슬굴곡근)'과 팔 뒷쪽에 해당하는 '삼두'는 자극을 주기가 무척 어렵습니다.

'스티프 레그 데드리프트'와 '딥스'가 있긴 하지만, 자세를 잘못 잡으면 허벅지 뒷 부분보다는 허리에, 삼두보다는 가슴 바깥 쪽에 더 자극이 오기 때문입니다. 초보자의 경우 스티프 레그 데드리프트와 딥스를 할 때 엉뚱한 곳에 자극을 주는 경우도 많습니다. 또한 잘못된 자세로 운동하는 경우가 많아 무릎, 승모근 통증을 호소하는 분도 있지요.

라잉 레그 컬(Lying Leg Curls)

케이블 트라이셉스 익스텐션(Cable Triceps Extension)

이유 : 자극을 주기 힘든 부위를 효과적으로 운동할 수 있다.

출처 : https://weighttraining.guide

여러분이 만약 허벅지 뒷 부분만 공략하고자 한다면, '라잉 레그 컬'이 가장 좋습니다. 또한 부상 위험 없이 삼두에 자극을 줄 수 있는 운동이 바로 '케이블 트라이셉스 익스텐션'입니다. 정확한 자세로 팔꿈치를 고정시키고 하면 '아, 이래서 머신을 쓰는구나……'를 바로 느끼실 수 있습니다. 사실 이 운동들은 프리 웨이트로 운동하기에는 힘든 부위이기 때문에 머신으로 고안되었다고 봐도 됩니다. 자극을 주기 힘든 부위를 효과적으로 운동할 수 있기 때문에 이 두 가지 종목을 적극 추천합니다.

다. 'N분할법'과 운동 빈도 찾기

앞서 우리는 웨이트 트레이닝의 기본적인 종류에 대해 알아 보았습니다. 맨몸 운동부터 웨이트 머신 활용 운동까지 장단점이 있기 때문에, 본인에게 맞는 방법을 택하는 것이 좋습니다. 그런데 웬만한 근력 운동은 프리 웨이트만으로 충분히 진행할 수 있습니다. 따라서 경력 3년 이하의 초, 중급자라면 프리 웨이트에 집중할 것을 추천해 드립니다.

기본적인 운동 종류를 이해했으면 다음으로 '빈도'를 고민해야 합니다. 일주일에 며칠을 할지 정해야 하고, 어떤 부위를 어떻게 운동할지도 정해야 합니다. 인터넷이나 서적들을 뒤져 보면 '3분할'이니 '5분할'이니 하는 이야기들이 나오는데, 부위별로 몇 번씩 운동할지 정해 놓은 것이라 보면 되겠습니다.

분할법은 웨이더의 훈련 기술 원칙(Weider Training Principles)에서 유래한 것입니다. 이는 현대 보디빌딩의 체계를 확립했다고도 평가 받는 미국의 조 웨이더(Joe Weider)가 고안한 것으로 그가 이야기한 서른두 가지 원칙 중 하나입니다.

웨이더의 훈련 기술 원칙에는 분할법 외에도 초급자가 알고 있으면 도움되는 '점진적 과부하의 원리'나 '주기 훈련'에 대한 내용도 담고 있습니다. 이 밖에 두 가지 운동을 교대로 하는 '슈퍼 세트[7]'

---

7) 슈퍼 세트(super set) : 한군데의 근육 운동을 한 다음 바로 반대편 근육을 위한 운동을 하는 것. 운동 시간이 부족하고, 강한 펌핑감을 얻고 싶을 때 진행한다.

나 같은 부위에 두 가지 운동을 바꿔가며 실시하는 '컴파운드 세트'도 소개하고 있지요. 알고 있으면 꽤 유용한 내용들이 담겨 있기 때문에 관심 있는 분들은 한 번씩 찾아보기 바랍니다.

어찌됐든 분할법은 수많은 프로 선수들을 통해 검증된 방법이므로, 운동 빈도를 정할 때 요긴하게 활용할 수 있을 것입니다.

1) 초보자에게는 적합하지 않은 분할법

우선 말씀드릴 부분은 웨이트 경험이 전혀 없는 초보자 분들에게는, '분할법'을 적용시키는 것이 무리라는 점입니다. 운동 경험이 있어도 기초 체력이 떨어지는 분들에게는 분할법을 추천하지 않습니다. 왜냐하면 이 분들에게는 한 부위를 한 시간 이상 집중해서 운동한다는 것 자체가 매우 힘든 일이기 때문입니다. 농담 반 진담 반으로 자칫 바디 프로필을 준비해야 할 몸으로 엑스레이를 찍게 될지도 모릅니다.

가령 5분할을 예로 들어 보겠습니다. 오늘이 첫날이며 가슴 운동을 하는 날이라 가정하겠습니다. 기초 체력이 없는 분들에게는 한 시간 동안 가슴 운동만 하는 게 무척 고역일 수 있습니다. 처음 한두 세트는 올바른 자세를 유지했지만, 이후 세트부터 힘이 부쳐 자세가 흐트러질 수 있습니다. 어떻게든 한 시간을 채웠더라도 다음 날 통증이 심해 운동을 쉬게 될지도 모릅니다.

이와 같은 이유로 운동을 처음 시작하는 분들에게는 '무분할 운동'을 추천해 드립니다. 하루에 한 시간이 주어졌을 때 상체부터 하체까지 모든 부위를 한 종목씩 실시하는 것입니다. 기초 체력을 향상시키기 위해서는 하루에 한 부위를 집중적으로 운동하는 것보다 전신 운동이 훨씬 효과적입니다.

한 가지 팁을 더 드리면, 전신 운동을 할 때 하체부터 시작하십시오. 운동을 오래 한 분들은 익히 알고 있는 사실이지만, 하체가 상체보다 상대적으로 더 힘듭니다. 또한 상체보다 근육이 더 붙어 있기 때문에 같은 시간을 운동해도 하체를 먼저 하는 것이 좋습니다. 몸을 빠르게 성장시키길 원한다면, 확실히 상체보다는 하체가 우선인 것입니다.

무분할 운동은 비디 프로필을 준비하는 첫 달의 워밍 업 운동으로 추천되기도 합니다. 처음부터 무리하게 힘을 쓰기보다 조금씩 웨이트 트레이닝에 몸을 적응시켜 주는 것이 좋기 때문입니다. 본 운동을 하기 전에 준비 운동으로 몸을 예열해 주는 것처럼, 장기적인 운동 계획을 짤 때도 마찬가지입니다. 적어도 한 달은 무분할로 운동을 해 주면서 몸을 풀어 주는 것이 좋습니다. 시간이 지나면 조금씩 중량을 높여서 해도 탄력을 받을 것입니다.

아래는 대표적인 무분할 운동법의 예입니다. 짐작하셨겠지만, 운동 루틴이 공식처럼 정해져 있는 것은 아닙니다. 어떤 부위를 먼저 할지는 표를 참고해서 여러분이 직접 짜 보기 바랍니다.

무분할 운동법(예시)

하체	가슴	등	팔, 어깨
바벨 스쿼트	바벨 벤치 프레스	데드 리프트	덤벨 컬, 숄더 프레스
레그 프레스	푸쉬 업	풀업	바벨 컬, 레터럴 레이즈

2) 나에게 맞는 'N분할법' 찾기

앞서 무분할 전신 운동으로 체력이 좋아졌다면, 어느 순간부터는 한 부위를 한 세트만으로 끝내기 부족하다 느낄 것입니다. 이때부터는 해당 부위의 근육을 성장시키기 위해 더 큰 자극과 스트레스가 필요합니다. 다시 말해, 이 시점이 되면 부위별로 나누어서 운동을 해 주면 되는 것입니다. 분할법은 운동할 부위를 어떻게 구분짓느냐에 따라 2분할에서 5분할까지 나눌 수 있습니다.

분할 운동의 효과에 대해서는 사람마다 의견이 다릅니다. 하지만 처음 시작할 때는 2분할이 낫다는 의견이 지배적입니다. 하루는 상체를 하고, 다음 날 하루는 하체 운동을 함으로써 몸 전체를 단련시키는 것입니다.

일반적으로 한 부위에 자극을 주면서 탈진할 정도로 운동했다면, 그 부위는 이틀(약 48시간) 정도 쉬어 주는 것이 좋습니다. 근육이 회복되고 성장하는 시간을 주기 위함인데, 빠른 근성장을 위해서는 부위별로 주 2회 운동할 수 있도록 계획을 짜면 됩니다.

저 같은 경우에는 줄곧 3분할로 운동을 신행했습니다. 1일차에는 가슴과 이두, 2일차에는 하체와 어깨, 3일차에는 등과 삼두 운동을 했지요. 이렇게 하면 일주일 동안 2회씩 운동할 수 있고, 하루는 쉴 수 있습니다. 처음에는 주 5일 운동을 했지만, 부위별 2회씩 하기로 마음먹은 뒤로는 월~토 주 6일 운동을 하고, 일요일 하루만 쉬었습니다.

처음에는 저도 2분할로 해 보고 5분할로도 해 보았습니다. 그런데 2분할은 몸의 피로도가 높아 오래 진행하지 못했습니다. 근육통이 채 가시기도 전에 격일로 그 부위의 운동을 해야 했기 때문에 저에게는 맞지 않았습니다. 다음으로 가슴, 하체, 팔, 등, 어깨를 하루씩 나누어 하는 5분할도 잠시 시도한 적 있습니다. 이 경우 한 부위의 운동을 다시 하기까지 너무나 오랜 시간이 소요되었기에 만족스럽지 못했습니다. 결국 이런저런 시행착오를 거쳐 3분할을 선택하게 되었지요. 벌크 업과 다이어트 기간 모두 3분할법을 고집했습니다.

위 경험에서 유추할 수 있듯이 분할법에는 100% 정답이 없습니다. 스포츠 잡지나 유튜브 채널들을 보면 2분할이 좋다, 5분할이 좋다 말이 많은데, 결국 본인에게 맞는 N분할법을 찾는 것이 정답입니다. 왜냐하면 사람마다 체력도 다르고, 신체 밸런스도 다르며, 취약 부위가 다르기 때문입니다. 결국은 운동을 하면서 본인에게 맞는 빈도수를 찾는 것이 관건입니다.

아래는 보디빌딩 선수들이 자주 이용하는 분할 운동법입니다. 참고하여 본인에게 맞는 분할법과 종목을 찾아 빈도수를 정하면 되겠습니다.

분할 운동법

구분	월	화	수	목	금	토	일
3분할	가슴/이두	하체/어깨	등/삼두	(휴식)	가슴/이두	하체/어깨	등/삼두
4분할	가슴/이두	등/삼두	하체	어깨	(휴식)	가슴/이두	등/삼두
5분할	가슴	하체	등	이두/삼두	어깨	(휴식)	가슴

라. 무게 vs 반복 vs 세트, 뭣이 중헌디?

헬스장에 가 보면 다양한 사람들의 모습이 눈에 띕니다. 혼자만 있는 곳이 아니다 보니 운동하는 모습도 각양각색이지요. 손목에 스트랩을 차고 150kg 데드 리프트를 드는 사람, 2kg짜리 핑크 덤벨을 들고 어깨 운동을 하는 사람, 한 시간 동안 사이클만 타는 사람 등등……. 모두 본인의 신체 조건과 목표에 따라 열심히 땀을 흘립니다.

보디빌딩은 역도나 파워 리프팅처럼 기록 경기가 아니기 때문에, 무조건 무거운 중량만 드는 것이 정답은 아닙니다. 마라톤처럼 42.195km를 뛰는 것도 아니므로 온종일 달리기만 할 필요도 없지요. 근육의 크기, 선명도, 신체 균형 등이 얼마나 아름다운지 보는 심미적 스포츠이므로 그것에만 집중하면 됩니다. 더구나 대회에 출전하는 것이 아니라 본인 만족을 위해 운동하는 것이라면, 그 목적에 맞게 하는 것이 좋습니다.

하지만 원하는 몸매가 다르더라도 근육의 발달을 위해서라면, 본인의 한계치를 뛰어 넘는 노력들이 필요합니다. 일반적으로 근육의 사이즈를 키우고 싶을 때는 '고중량, 저 반복' 운동을 권하며, 근육의 선명도와 데피니션[8]을 높이고자 할 때는 '저중량, 고 반복' 운동을 추천합니다. 이런 저런 사항들을 일일이 기억하기 어려울 땐, 정확한 자세와 테크닉을 견지하는 범위 내에서 부상당하지 않게 하는 것을 최우선으로 삼으면 됩니다.

무엇에 초점을 맞출 것인가?

고중량 저 반복? 저중량 고 반복?
⇓
정확한 자세와 테크닉을 견지하는 범위 내에서

위 말이 너무나 당연하게 들리겠지만, 일반인이라면 '부상당하지 않게'라는 말을 곱씹어 볼 필요

---

8) 데피니션(definition) : 몸의 체지방률을 낮추어 근육의 형태가 또렷하게 나타난 상태.

가 있습니다. 이것은 제가 절실히 깨달은 부분인데, 초보자일수록 유난히 다른 분들이 운동하는 모습을 신경 쓰는 경우가 많습니다. 누가 100kg 바벨을 들고 있으면, 나도 왠지 그렇게 해야 할 것 같은 착각에 빠지는 것입니다.

저 같은 경우에도 이런 우를 범한 적이 있는데 대표적인 경우가 어깨 운동을 할 때입니다. 어깨 운동을 할 때에는 무게보다 자극에 더 신경 써야 합니다. 그런데 저는 주위 시선 때문에 그렇게 하지 않은 적이 많습니다. 남자가 왠지 2kg짜리 핑크 덤벨을 들고 있으면 부끄럽다 생각을 한 것입니다. 그런데 지금 생각해 보면 참 쓸데없는 행동이었습니다. 괜히 무리하다 부상이라도 당하면 본인만 손해이기 때문입니다.

반복, 세트 수도 마찬가지입니다. 보디빌딩에서 반복과 세트는 훈련 량을 표현하는 가장 기본적인 단위입니다. 턱걸이를 예로 들면, 철봉에 한 번 올라갔다 내려오는 것이 1회 반복입니다. 턱걸이를 연속해서 10회 하고 내려온 뒤, 잠시 후 다시 10회를 하면 '10회 반복 2세트'를 한 것입니다. 유튜브나 여러 매체를 보면 '5×5'니, '10×10'니 하는 말들이 나오는데, 바로 반복 횟수와 세트 수를 의미하는 것입니다.

운동할 때 가장 많이 쓰이는 횟수가 10회이긴 합니다. 일반적으로 본인이 들 수 있는 최대 무게에서 80~90%의 중량으로 8~10회 반복하는 것이 근육 발달에 효과적인 것으로 알려져 있기 때문입니다. 다만 이러한 횟수도 절대적 기준은 될 수 없습니다. 왜냐하면 신체 부위와 종목에 따라 적용되는 기준이 다르기 때문입니다.

예를 들어, '덤벨 프레스'와 '덤벨 플라이'는 똑같이 가슴을 발달시키는 운동입니다. 하지만 각 종목에 쓰이는 덤벨의 무게, 횟수, 세트 수는 다릅니다. 덤벨 프레스는 무거운 중량을 이용해 실시하는 반면, 덤벨 플라이는 이보다 가벼운 중량을 쓰는 것이 일반적이기 때문입니다. 따라서 웨이트 트레이닝을 할 때는 중량, 세트, 횟수에만 의존할 것이 아니라, 정확한 자세로 부상당하지 않게 하는 것이 첫째입니다.

또한 몇 가지 중요한 사항을 더 말씀드리면, '중량 실패 지점'과 '휴식'의 필요성을 아는 것입니다. 운동을 아무리 열심히 해도 이전보다 중량을 더 치지 못하면, 근육은 더 성장할 수 없습니다. 따라서 본인이 들 수 있는 최대 중량과 횟수, 실패 지점을 기억하고 있는 것이 좋습니다. 힘들더라도 자신의 실패 지점과 한계를 알고, 그 것을 뛰어넘을 수 있도록 노력해야 하는 것입니다.

예를 들어, 이번 달에 들어올린 벤치 프레스의 무게가 70kg라면, 다음 달에는 반드시 75g 정도는 들어 보겠다는 각오가 필요합니다. 시간이 지날수록 중량을 늘려 나가야 훈련의 의미가 있는 것입니다. 또한, 근육의 성장과 회복을 위해 그 부위의 통증이 사라질 때까지 운동을 쉬어 주는 것도 필요합니다. 잘 작동되는 기계일수록 기름칠도 해 주고, 기능 점검도 해 주는 것처럼 우리의 몸도 적절한 휴식이 필요한 것입니다.

어찌 보면 헬스도 장기적인 싸움입니다. 더구나 우리는 직장인이기 때문에, 남들이 권하는 운동 방식이나 세트 수에만 집착할 필요는 없는 것이지요. 오랜 기간 운동할 수 있도록 본인 만의 항상성을 유지하는 것이 가장 좋습니다. 반짝 이벤트 삼아 몇 달만 운동하고 끝낼 것은 아니기 때문에, 지치지 않게 오랫동안 할 수 있는 방안을 연구해야 합니다.

마. 스쿼트 예찬론자가 되다

많은 분들이 알고 있듯이 하체 운동의 꽃은 '스쿼트'입니다. 보디빌딩과 파워 리프팅, 역도 모두 스쿼트를 공통적으로 포함하고 있는 것만 봐도 알 수 있지요. 심지어 '역도 = 스쿼트'라 할 수 있을 정도로 두말할 나위 없습니다. 역기를 드는 방법이 다를 뿐이지, 큰 의미에서는 모두 비슷한 것입니다.

제가 수많은 운동 중 스쿼트를 예찬하는 이유는, 이 종목이 가지고 있는 중요성이 그만큼 크기 때문입니다. 헬스를 처음 하는 초보자나 오래한 상급자 모두 가릴 것 없이 몸을 빠르게 발달시키고 싶은 마음은 매한가지입니다. 그런데 수 많은 종목 중 몸을 가장 빨리 만들 수 있는 한 가지를 고르라면, 주저 없이 스쿼트를 꼽습니다.

여성 스포츠 트레이너 중 '심으뜸'이라는 분이 있습니다. 지금은 너무나 유명인이 되었지만, 10년 전 우연히 신입 사원 교육 연사로 이 분을 모신 적 있습니다. '요가와 스트레칭'이라는 주제로 2시간 특강을 해 주셨는데, 그때 잠시나마 큰 자극을 받았습니다. 지금도 그렇지만 당시 심으뜸 님은 상당히 건강미 있는 몸을 보여 주셨는데, 무엇보다 하체가 탁월했지요. 왠만한 남자보다 허벅지가 탄탄했고, 전체적인 밸런스가 좋아 감탄했습니다. 대체 비결이 뭐냐 물어보았더니, 그분은 주저 없이 스쿼트를 추천했습니다. 하루에도 1,000개씩 한다고 했는데, 그 말을 듣고 저는 자리에서 까무러칠 뻔 했습니다.

이 책에는 군이 스쿼트를 하는 방법에 대해 논하지 않겠습니다. 대신 심으뜸 님 같은 트레이너들이 이 운동을 왜 그토록 예찬하는지 그 이유를 하나씩 살펴보겠습니다.

첫째, 스쿼트는 대퇴사두근과 대둔근, 대퇴이두근 등 거의 모든 '하체 근육군'을 쓰는 운동입니다. 복합 관절 운동이면서 척추 기립근이나 복직근 등 몸통의 코어 근육을 발달시키는 데 효과적인 운동이기도 합니다. 한 가지 운동만으로 하체의 모든 부분을 발달시키는 종목은 스쿼트가 유일하다고 볼 수 있습니다.

둘째, 스쿼트를 하면 '심폐 능력의 향상'에 도움이 됩니다. 이 운동은 분명 제자리에서 앉았다 일어나기만 하는 동작일 뿐이지만, 유산소 운동을 할 때처럼 심장이 두근대는 걸 느낄 수 있습니다.

또한 스쿼트는 뱃살을 빼는 데도 무척 효과적입니다. 이 부분은 조금 의아해 하실 수도 있는데요. 스쿼트는 허벅지와 엉덩이가 주 타겟 지점임에도 불구하고, 복부와 허리 살이 함께 빠지는 경험을 할 수 있습니다.

셋째, 스쿼트는 '호르몬 분비의 펌프 역할'을 합니다. 근육 발달에 결정적인 역할을 하는 테스토스테론은 주로 고중량 운동을 할 때 왕성하게 분비됩니다. 그런데 이 조건에 정확히 부합하는 종목이 바로 스쿼트입니다. 이 밖에도 스쿼트는 수많은 운동 중 한 가지로 치부해 버리기에는 인체 시스템 전반에 끼치는 영향력이 매우 크다고 할 수 있습니다. 그렇기 때문에 수많은 체육인들이 극찬하며 권하고 있지요.

　사실 수많은 훈련 중 스쿼트만 잘 해도 득 되는 것이 많습니다. 확실히 이 운동은 할 때마다 힘들고 고되기 때문에 대부분의 사람들이 기피합니다. 아이러니한 부분이지만, 미국에서는 한때 'Shut up, Squart'라는 말이 유행처럼 번졌습니다. 괴롭지만 그만큼 효과가 분명하다는 것이겠지요. 따라서 하기 싫은 이 운동이야말로 여러분의 몸을 가장 빠르고 효과적으로 변화시키는 종목임을 기억하십시오. 힘든 것을 참고 이겨 내면, 가장 많은 수확을 얻을 수 있는 것이 바로 스쿼트인 것입니다.

Shut up, Squart!

출처 : https://weighttraining.guide

4

고군분투! 벌크 업 시기에 배운 여러 가지 교훈들

앞서 나열한 내용 대부분이 벌크 업 시기에 수행한 운동 방식들의 이야기였다면, 이번 시간에는 제가 이 기간에 배운 교훈들을 남겨 볼까 합니다.

사실 운동 방법에 대한 이야기보다, 직접 부딪히고 깨우친 내용들을 나누는 게 더 의미 있다고 봅니다. 그런 부분들을 후기처럼 남겼으니, 도움이 된다 여겨지는 내용에 체크하면 되겠습니다. 주제가 무척 다양하기 때문에, 글을 엮은 순서는 임의로 정하였습니다.

가. 인생 최대 몸무게 갱신과 몇 번의 '멘붕'

첫 번째는 저의 실패 경험담입니다. 앞서 여러 번 언급하였던 것처럼, 저는 바디 프로필을 준비하기 훨씬 전부터 웨이트 트레이닝을 실시해 왔습니다. 아래는 본격적으로 바디 프로필에 도전하기 전인 2020년 4월부터 9월까지의 식단, 운동 프로그램, 인바디 측정 결과입니다.

먼저 결과만 말씀드리면, 이 기간 동안 진행했던 벌크 업은 절반의 성공이었습니다. 그 이유는 근성장을 목표로 운동했지만, 생각보다 몸이 나아지질 않았기 때문입니다. 이때는 아는 것도 부족했고, 몸집을 키우기 위해 갖은 노력을 다했습니다.

올바른 벌크 업 방법과 식단에 대해 설명해 드리는 것도 좋지만, 아래 내용을 보고 무엇이 문제였는지 반면교사 삼아 보는 것도 공부가 될 것입니다.

'절반의 성공'을 거둔 과거의 벌크 업

1) 식단, 운동

- **[아침 운동]** 07:00~07:50(약 50분)
  이두+어깨 또는 삼두+어깨
  유산소 없이 위 운동만 격일로 했음.

- **[아침 식사]** 08:10
  고구마 3개, 닭가슴살 100g, 브로콜리 한 줌, 토마토 1개, 아몬드 8알, 프로틴 1컵.

- **[점심 식사]** 12시 30분
  일반식(쌀밥, 반찬)

- **[간식]** 15:00
  닭가슴살 100g, 우유 200ml

- **[저녁 운동]** 18:00~19:00(약 60분)
  가슴, 하체, 등 3분할로 웨이트 트레이닝을 실시함. 운동 후 프로틴 1컵.

- **[저녁 식사]** 20:00
  일반식(밥+반찬)

위 내용을 보면 6개월 동안 유산소 운동은 전혀 하지 않았음을 알 수 있습니다. 철저하게 웨이트 트레이닝만 고집했지요. 아침에는 팔과 어깨 운동을 했고, 저녁에는 주로 큰 근육 위주의 운동을 했습니다. 그리고 주말에는 운동을 전혀 하지 않았지요.

식단에 대해 말씀드리면, 월요일부터 금요일까지는 위 식단을 모두 지켰습니다. 대신 금요일 저녁에는 치팅을 한다는 명분하에 햄버거 같은 패스트푸드 메뉴를 선택했습니다. 그리고 토요일, 일요일에는 세끼 내내 일반식을 먹었지요. 개인적으로는 라면을 무척 좋아해 주말 점심 한 끼 정도는 라면을 택하기도 했습니다.

한 가지 더 말씀드리면, 운동 후에는 단백질 보충제를 물이나 우유에 타서 마셨습니다. 마이프로틴(MYPROTEIN)에서 출시한 '아이솔레이트 임펙트웨이'가 입맛에 맞아 오랫동안 즐겨 찾았지요.

2) 인바디(InBody) 측정 결과

다음은 2020년 5월부터 10월까지 한 달 간격으로 찍은 인바디 측정 결과입니다. 사진으로 출력물을 찍어 둔 것이 있지만, 화질이 좋지 않아 주요 결과치만 표로 정리하였습니다.

체중(kg) weight	76.1	77.2	79.4	79.8	80.1	81.3
골격근량(kg) Skeletal Muscle Mass	34.2	35.2	35.9	36.2	36.6	36.1
체지방률(%) Percent Body Fat	20.8	19.2	20.6	19.5	21.9	23.9
측정 일시	20.5.6 07:38	20.6.3 08:42	20.7.7 07:31	20.8.5 07:52	20.9.7 09:11	20.10.6 08:24

- 체중 : 75.1kg → 81.3kg, 6kg 이상 증가
- 골격근량 : 최소 34.2kg, 최대 36.6kg
- 체지방률 : 최저 19.2%, 최고 23.9%

위 표를 보면 전체적으로 체중은 늘고, 골격근량과 체지방률이 들쭉날쭉했음을 알 수 있습니다. 참고로 저는 10년 동안 체중 75kg를 거의 넘긴 적이 없습니다. 그런데 이 기간에 처음으로 80kg를 넘기면서 인생 최대 몸무게를 갱신했지요. 체구가 커지다 보니 전에 입던 와이셔츠와 바지는 맞지 않았고, 급기야 105(XL), 34인치로 늘려 입었습니다.

한 가지 이해가 되지 않았던 것은, 운동을 열심히 했는데도 골격근량과 체지방이 들쭉날쭉했다

는 점입니다. 식사량이 늘어서 체중이 불어난 건 이해가 되었지만, 골격근량이 늘었다 줄었다 하는 건 참으로 속상한 일이었습니다. 또한 체지방률이 23.9%가 된 순간에는 내가 이러려고 운동을 했나 싶을 정도로 큰 자괴감에 빠졌습니다. 나름대로 건강한 돼지를 꿈꿨는데, 결과적으로는 그냥 살찐 돼지가 된 느낌이었으니까요.

결국 이 기간에는 몇 번 멘붕을 겪으며 정체기가 찾아왔습니다. 명확한 이유도 모른 채 인바디 결과에만 의존해서 일희일비하기를 반복했지요. 당시에는 체지방만 늘고, 골격근량이 늘었다 줄었다 하니 정말 미칠 지경이었습니다. 그리고 무엇이 잘못되었는지 도무지 알 수 없었습니다. 이후 시간을 갖고 무엇이 문제인지 살펴보기로 했습니다.

하나씩 따져 보면서 가장 첫 번째로 운동 강도의 증대를 소홀히 한 점을 반성했습니다. 또한 식단, 생활 습관도 손볼 곳이 많았음을 알게 되었지요. 몸 관리를 위해서는 모든 수행 과정과 결과를 기록해 놓는 것이 중요하다고 느낀 것도 바로 이때부터입니다.

여러분도 어느 순간에는 스스로 운동을 잘하고 있다고 생각하고 있을지 모릅니다. 하지만 그것은 인상적으로 그렇게 느끼는 것일 뿐, 실제로는 운동량이 매우 부족할 수도 있습니다. 따라서 객관적으로 자신을 바라보기 위해 과정과 결과에 대한 기록을 해 놓는 것이 좋습니다. 저도 인생 최대의 몸무게를 갱신하면서 여러 가지 시행착오를 겪어 보니, 그동안 잘못한 점들이 하나둘씩 눈에 들어오기 시작했습니다. 그리고 그 부분들을 고쳐 나가기로 마음먹었습니다.

나. 처음일수록 '기본 운동'을 70% 이상의 비율로

운동을 하다 보면, 급격하게 몸이 변하는 시기가 있습니다. 그러다가 변화가 전혀 없는 정체기도 찾아오지요. 처음 몇 달은 눈에 띄게 근육이 늘고 지방량은 줄어듭니다. 몸이 워낙 드라마틱하게 변하기 때문에 어느 순간부터 자만심에 빠지게 되지요.

금방이라도 연예인들처럼 몸짱이 될 것만 같고, 마치 내가 '근수저'인 것 같은 착각에 빠집니다. 그러다 시간이 흐르면 차츰 변화가 더뎌지기 시작하는데, 이때부터 각종 거짓 정보들과 유혹에 휩싸입니다.

그도 그럴 것이 체지방률 20% 수준의 일반인이라면, 1년에 5kg 이상 순수 근육량을 증량시키는 것이 매우 어렵다 보시면 됩니다. 우리가 온종일 운동만 하는 선수는 아니기 때문에, 직장인들에게는 불가능에 가까운 도전인 것입니다. 누군가 만약 몇 달 만에 5kg 이상 순수 근육량을 증량시켰다면, 그분은 운동을 이제 막 시작한 초보자이거나, 스테로이드 약물을 투여했을 가능성이 높습니다.

TV나 유튜브를 보면 도움되는 정보를 제공하는 곳들이 있습니다. 하지만 초보자들에게 적합하지 않은 내용을 전달하는 곳도 많이 있지요. 특히 유튜브는 진입 장벽이 낮기 때문에 그릇된 정보를 전달하기 쉽습니다. 상급자 수준에 맞는 운동을 가르쳐 주거나, 구독자 수를 늘리기 위해 자극적인 소재를 다루는 채널도 많이 있습니다.

대표적인 사례가 바로 '상승 다이어트'에 관한 것입니다. 근육량을 늘리는 동시에 체지방을 떨어뜨릴 수 있다는 내용은, 운동을 처음 하는 분들에게 귀가 솔깃해지는 이야기일 수밖에 없습니다. 초보자들의 경우 아직 근성장이 한계치에 도달하지 않았기 때문에, 한동안은 체지방을 줄이면서 근육량을 늘리는 것이 가능합니다. 즉 상승 다이어트가 단기적으로는 틀린 말이 아닌 것입니다. 그런데 문제는 그 이후부터 입니다. 처음 몇 개월 동안 몸이 급격하게 변하는 걸 경험했기 때문에, 그 이후로 요행을 좇는 경우가 많습니다.

저도 운동을 하면서 가장 재미있던 순간이 첫 6개월까지 였습니다. 몸의 변화가 두드러지는 시기다 보니 자만심은 하늘을 찔렀고, 표정과 행동에도 그런 것들이 나타났지요. 이대로 바짝 몇 개월 더하면, 선수처럼 몸을 만들 수 있다고 느꼈기 때문입니다.

운전을 해 본 분들은 알겠지만, 교통사고가 가장 많이 일어나는 시기는 이제 막 자신감이 붙는 1년쯤 되는 시기입니다. 처음에는 법규도 잘 지키고, 양보 운전도 하면서 안전을 최우선으로 삼다가, 금세 자만심이 생기는 것입니다.

운동도 마찬가지입니다. 어느 정도 시간이 지난 시점부터는 어떻게 움직이느냐에 따라 몸이 더 좋아질 수도 있고, 망가질 수도 있습니다. 저도 한때 스스로를 중급자라 여기던 시절이 있었습니다. 지금 생각해 보면 우습지만, 이때는 웨이트 트레이닝을 할 때도 일부러 난이도 있는 종목을 택했습니다.

예를 들어, 가슴 운동을 할 때에는 벤치 프레스가 가장 기본 중에 기본이라 할 수 있습니다. 사실 가슴을 발달시키는 운동은 여러 종목을 할 필요없이 벤치 프레스를 메인으로 하고, 보조 운동을 한 가지만 추가해서 진행해도 좋습니다. 비율로 따지면 7:3 정도의 수준으로, 벤치 프레스만 집중해도 충분히 멋진 근육을 만들 수 있는 것입니다. 그런데 당시 무슨 겉멋이 들었는지, 여러 잡지식이 많아지면서 기본 운동을 소홀히 하기 시작했습니다.

가슴 밑 근육을 발달시키려면 벤치 프레스로 부족하다느니, 모양을 예쁘게 만들려면 플라이를 해야 한다느니 하는 조언들에 휩쓸린 것입니다. 맞는 말이긴 하지만, 적어도 운동을 처음 시작하는 초보자들에게는 벤치 프레스만으로도 충분합니다. 저도 처음에는 종목을 세분화해 벤치 프레스, 덤벨 프레스, 덤벨 플라이, 딥스를 각 5세트씩 나누어 한 적 있습니다. 그런데 들이는 노력에 비해 효과가 미미했으니, 지금 생각해 보면 참 초보다운 행동이었습니다.

애석하지만 초보자들은 가슴 운동을 할 때 '윗 가슴'과 '밑 가슴'을 잘 구분 짓지 못합니다. 숙련된 트레이너가 자세를 봐 준다면 모를까, 혼자 운동할 때는 정확하게 자극을 주기 어려운 것입니다. 따라서 아직 경력이 짧다면, 군이 서너 개씩 종류를 세분화 할 필요는 없습니다. 적어도 기본 운동인 벤치 프레스와 덤벨 프레스 2개만으로도 충분히 멋진 가슴을 만들어낼 수 있습니다.

하체도 마찬가지입니다. 군이 어려운 운동을 여러 개 할 필요없이, 스쿼트 하나만 집중해도 충분히 하체가 좋아질 수 있습니다. 정 구분을 해야겠다 싶으면, 바벨을 잡는 자세를 바꾸어 보기 바랍니다. 같은 바벨 스쿼트라도 '프론트 스쿼트'와 '백 스쿼트' 두 개민으로도 색다른 자극을 줄 수 있습니다.

조급증이 있는 분들은 자세가 충분히 숙지되어 있지 않은 상태에서 상급자의 운동을 따라하려는 경향이 있습니다. 남이 어떻게 운동하는지를 눈여겨보는 것도 좋지만, 경력이 짧으면 기본에 충실하는 것이 가장 좋습니다. 당분간 기본 운동을 70% 이상의 비율로 두어도 충분히 목표하는 바를 이룰 수 있는 것입니다.

한 가지 더 말씀드리고 싶은 점은 '자세'입니다. 훈련을 하다 보면 유난히 무게에만 집착하는 분들이 있습니다. 근비대를 이루려면 이전보다 더 큰 중량을 쳐야 하는 것은 맞습니다. 하지만 그건 어디까지나 정확한 자세를 견지할 수 있는 범위 내여야 합니다. 저 또한 귀가 따갑게 들어 온 내용이지만, 자주 간과했던 부분이지요. 근성장에 있어 가장 중요한 것은 원하는 부위에 얼마나 정확한 자극을 주느냐 입니다. 그래서 숙련된 트레이너일수록 이런 말을 자주 합니다.

"웨이트 트레이닝의 핵심은 가장 적은 무게를 가지고도,
가장 큰 중량을 느낄 수 있게 하는 것이다."

본인이 무게에 욕심이 있는지 없는지 확인해 볼 수 있는 방법은, 운동을 함께 하는 파트너 또는 트레이너에게 모니터링을 요청하는 것입니다. 대부분 본인이 감당할 수 있는 무게보다 큰 중량을 들게 되었을 때 자세가 흐트러지게 됩니다. 따라서 본인이 들 수 있는 최대 무게(1RM)의 약 80% 수준에서, 흐트러지지 않게끔 운동하는 것이 효과적이라 하겠습니다.

다. 단백질 섭취에 대한 시행착오 썰

운동하는 사람들에게 빼놓을 수 없는 관심사 중 하나는 '단백질 섭취를 어떻게 하느냐?' 입니

다. 굳이 운동을 하지 않아도 근육을 키우는 데 단백질이 필수라는 것쯤은 누구나 잘 알고 있습니다. 성인 남성을 기준으로 단백질 일일 권장량은 체중당 1g 수준이지만, 헬스를 하는 사람이라면 1.5~2g 정도까지 늘릴 필요가 있습니다.

또한, 최근 여러 논문에서 고강도 운동을 지속적으로 하는 사람이라면, 단백질을 2~3g까지 섭취하라 권장하고 있습니다. 단백질은 우리 몸의 근육 생성뿐만 아니라 각종 조직과 세포(손톱, 머리카락, 세포의 재생 등)에도 영향을 미치므로 생각보다 많은 양이 필요한 것입니다. 아래는 일반적으로 알려진 단백질의 섭취 권장량입니다.

단백질 섭취 권장량

- **운동을 하지 않는 사람인 경우**
  - 한국 영양 학회 권장량 : 체중 1kg당 약 0.83g
  - 미국 일반 성인의 일일 권장량 : 체중 1kg당 약 0.8g

- **운동을 주기적으로 하는 사람인 경우**
  - 미국 체력 관리 협회(NSCA) 권장량 : 체중 1kg당 1.5~2.0g
  - 캐나다 맥마스터대학 마크 타르노폴스키(Mark Tarnopolsky) 박사의 연구.
    1) 주 3~5회, 45분~1시간의 운동량 : 체중 1kg당 1.0g
    2) 주 5회 이상, 1시간 이상의 운동량 : 체중 1kg당 1.2g
    3) 고도로 훈련하는 운동 선수급 : 체중 1kg당 1.7~2g

위 내용을 토대로 체중 70kg 남성이 운동을 주기적으로 한다고 가정했을 때, 하루 필요한 단백질의 양을 알아보겠습니다.

예) 단백질 일 섭취 권장량(체중 70kg, 남성) = (1.5~2g)×70 = 105~140g

그런데 이렇게만 보면 체감이 안 되실 수 있습니다. 따라서 우리가 즐겨 찾는 '닭가슴살'을 예로 들어 보겠습니다.

보통 닭가슴살 한 팩(100g)에는 21~23g의 단백질이 함유되어 있습니다. 위 남성을 기준으로 하루 권장량을 채우려면 닭가슴살을 5~6팩 정도는 먹어 줘야 한다는 계산이 나옵니다. 그런데 이는 실로 엄청난 양이지요. 일반적인 식사를 통해 제공되는 단백질도 있기 때문에 실제로는 3~4팩 정도로 보시면 되겠습니다.

저도 매일 닭가슴살만 먹기에는 입도 아프고 질려서 고민이 많았습니다. 그러다가 단백질 섭취에 대한 여러 가지 시행착오를 거쳤고 저만의 노하우도 생겼지요. 사람마다 운동하는 시간과 패턴이 다르므로 차이는 있을 것입니다. 하지만 본인에게 맞는 단백질 섭취에 보탬이 되도록 제 경험을 정리해 보았습니다.

1) 먹어 보니 이렇더라 : '닭가슴살, 소고기, 참치'

저는 평소 먹는 것에 관심이 없었습니다. 하지만 운동을 시작한 뒤로 단백질 섭취 방법에 관심을 갖기 시작했지요. 운동 생리학과 영양학을 공부해 보니, 하루에 탄수화물 섭취량은 넘치는 데 비해 단백질과 비타민 섭취가 턱없이 부족하다는 사실을 깨닫게 되었습니다. 본격적으로 운동을 하면서부터는 하루 권장량을 채운다는 것이 얼마나 어려운 일인지도 체감하게 되었지요.

처음 제 체중이 75kg 정도였으니, 운동을 하는 동안에는 하루 100g 이상 단백질 섭취를 하기 위해 별 짓을 다했습니다. 시쳇말로 쇠질하는 것(?)보다 먹는 것이 더 힘들다고 느낀 적도 많았으니 말이지요. 결국 하루에 먹는 메뉴의 구성도 이전과는 비교할 수 없을 정도로 많이 바뀌었습니다. 다른 건 몰라도 닭가슴살과 멀티 비타민 정도는 꼭 챙겨야겠다고 느낀 것도 이때부터입니다.

식사를 통한 영양 섭취는 중요한데, 가급적이면 단백질은 보충제를 통한 공급보다 자연식을 찾는 것이 가장 좋습니다. 자연식을 통한 단백질 섭취 방법에는 여러 가지가 있는데요. 아래는 그동안 제가 닭가슴살, 돼지고기, 소고기 등을 먹어 보며 연구한 내용입니다.

단백질 양, 칼로리(kcal) 비교

구분	단백질 양, 칼로리
닭가슴살	100g당 23g, 106kcal
소고기 우둔살	100g당 21g, 135kcal
돼지고기 안심	100g당 20g, 134kcal
연어	100g당 20g, 106kcal
참치	100g당 20g, 340kcal
계란	1개당 6g(흰자 4g, 노른자 2g)

위 표에서 보시는 바와 같이 100g당 제공되는 단백질의 양은 닭가슴살이 23g으로 가장 높습니다. 소 우둔살이나 돼지 안심보다 칼로리는 낮고, 단백질 공급량은 높지요. 닭가슴살은 다른 식품과 비교했을 때 대략 연어와 비슷한 수준입니다.

또한 위 표에는 생략되었지만, 우리가 즐겨 찾는 돼지 삼겹살은 100g당 16g의 단백질을 제공해 줍니다. 그런데 칼로리는 350kcal로 매우 높지요. 완전 식품의 대명사인 계란과 비교해도 노른자를 포함해 4개는 먹어야 겨우 닭가슴살 한 조각과 비슷한 수준이라 할 수 있습니다. 근육량을 늘리는 벌크 업 시기는 물론, 총 섭취 칼로리를 줄여 나가는 다이어트 기간에도 닭가슴살은 완벽한 단백질 공급원이 되는 것입니다.

| 가격과 편의성을 따졌을 때

다음은 비용과 편의성입니다. 요즘에는 온라인으로 위 식품들을 쉽게 주문해서 먹을 수 있습니다. 배송 기간은 하루에서 이틀 정도 소요되지요. 처음엔 저도 '랭킹닭컴'이나 '아임 닭' 같은 쇼핑몰에서 닭가슴살을 주문해서 먹었습니다. 포장 방식과 조리 방법은 다르지만, 보통 30팩 기준 4만 원 정도의 비용이 든다고 보면 됩니다.

저는 냉동 포장된 닭가슴살을 전날 저녁에 냉장실로 옮겨 해동했습니다. 그런 다음, 아침마다 전자렌지에 돌려 용기에 담아 가지고 다녔지요. 섭취 시간은 아침 운동 후 오전 8시, 저녁 운동 전 오후 4시에 한 팩씩 먹었습니다. 오전에 먹는 닭가슴살은 주로 집에서 싸온 것을 섭취했고, 오후에는 편의점에서 구입할 수 있는 제품을 이용했습니다. 처음에는 도시락을 2개씩 가지고 다닌 적도 있고, 계란으로 대체한 적도 있습니다. 그런데 신선도와 먹는 시간을 따졌을 때, 위 방법이 가장 좋았습니다.

그러다 몇 개월 후부터는 닭가슴살이 질려 소고기 우둔살이나 설도로 바꾼 적도 있습니다. 그런데 소고기의 경우 가격이 비쌉니다. 일반적인 슬라이스 팩은 20팩 기준 4~5만 원 꼴이지요. 처음 메뉴를 바꾸었을 때는 식감도 좋고 퍽퍽함이 덜해 좋았지만, 한 달이 지난 뒤에는 닭가슴살과 혼합해서 섭취하였습니다. 이유는 닭가슴살에 비해 소고기가 먹기 번거로웠기 때문입니다.

소고기 슬라이스를 드셔 본 분들은 알겠지만, 먼저 해동해서 프라이팬에 구워야 하기 때문에 시간이 많이 소요됩니다. 따라서 비용 대비 편의성을 따졌을 때, 확실히 소고기보다는 닭가슴살이 좋았습니다. 대신 같은 닭가슴살이라도 조리를 해서 먹거나 종류를 바꿔 주면서 질리지 않게 노력했습니다.

다음으로 말씀 드릴 것은 '참치'입니다. 참치는 캔으로도 나오고, 맛도 좋기 때문에 많은 분들이 선호합니다. 저도 한동안 참치 캔을 즐겨 찾았는데, 편의성은 좋지만 통조림이라 신선도가 떨어지고, 칼로리가 높은 편이어서 먹는 빈도를 줄였습니다. 또한, 먹을 땐 기름을 충분히 짜 준 뒤 섭취해야 했으므로, 다시 닭가슴살로 되돌아오거나 고등어, 연어 같은 생선을 더 찾게 되었습니다. 또한, 위 표에 다루지는 않았지만 오리고기도 닭가슴살의 대체 식품으로 좋았습니다. 오리는 닭과 마찬가지로 단백질의 함량이 높고, 칼로리가 낮았기 때문에 외식할 때 즐겨 찾는 메뉴였습니다.

2) 또 다른 단백질 공급원 : '단백질 보충제'

앞서 살펴본 것처럼, 단백질은 식사를 통해 섭취하는 것이 가장 좋습니다. 사실 탄수화물, 지방, 비타민 등 가릴 것 없이 모든 영양소가 그렇지요. 그런데 단백질과 비타민의 경우 일반식으로만 권장량을 채우기엔 한계가 있습니다.

특히 직장인들은 회사 동료들과 식사를 하는 경우가 대부분입니다. 가끔 회식이 있는 날도 있기 때문에 권장량을 채우는 것이 무척 어렵지요. 아침, 점심, 저녁에 닭가슴살을 가지고 다니는 것도 어려울 뿐더러, 하루 한 끼 정도는 못 챙기는 게 다반사입니다.

게다가 우리가 즐겨 찾는 '한식'은 기형적일 정도로 단백질 함량이 부족합니다. 일상에서 흔히 접할 수 있는 메뉴 상당수가 탄수화물 위주인 것을 보면 알 수 있지요. 이 점을 고려했을 때 또 다른 형태의 단백질 공급원을 찾는 것은 어찌 보면 당연한 일이라 할 수 있습니다. 저 또한 이런 이유들 때문에 단백질 보충제를 찾게 되었는데, 경험상 보충제의 이점들을 살펴보면 다음과 같습니다.

단백질 보충제의 이점

- 식사만으로 충족하기 힘든 단백질 권장량을 채울 수 있다.
  : 닭가슴살 1개(100g) 단백질 공급량 23g = 단백질 보충제 1스쿱당 약 20g

- 천연 식품, 일반식으로 영양 공급을 하는 것보다 3~4배 저렴하다.

- 물, 우유에 타서 먹기 때문에 쉽고 빠르게 단백질을 공급해 준다.

단백질 보충제의 종류는 WPC, WPI, WPH, WPIH 등이 있습니다. 우유에서 추출한 유청 단백질을 어떠한 방식으로 추출하느냐에 따라 구분되는 것이니, 본인에게 맞는 것을 찾으면 되겠습니다.

간혹 잘 모르시는 분들은 단백질 보충제와 아나볼릭 스테로이드를 혼동하는 경우도 있습니다. 보충제 자체가 운동에 관계없이 근합성을 극대화하고, 근육을 발달시킬 수 있다고 착각하는 경우입니다. 그런데 단백질 보충제는 이런 스테로이드와는 전혀 무관합니다. 또한 이런 약물을 쓰는 것은 그 자체로 불법이니, 구입하실 때 꼭 확인해 보도록 해야 합니다.

저 같은 경우에는 영국에 본사를 둔 '마이프로틴(MYPROTEIN)'의 제품을 주로 이용했습니다. 다른 회사 제품보다 가격이 저렴하고 품질이 좋았으며, 가끔씩 할인 이벤트를 해서 즐겨 찾았지요. 단백질 보충제를 음용하는 시기는 주변에서 이런 저런 말들을 들으면서 많이 헷갈렸습니다. 결론만 말씀드리면, 소화가 잘 안되는 시간과 잠자는 시간만 피해 섭취하면 크게 상관없다는 점입니다.

처음엔 저도 운동 후 1시간 이내에 섭취하는 것이 바람직하다고 믿었습니다. 소위 사람들이 말하는 '기회의 창'이라는 말을 맹신했지요. 근육 회복을 위해서는 영양소를 빠르게 흡수할 수 있는 운동 직후 1시간 이내가 가장 좋다고 말하는 것들입니다.

한때 피트니스계에서는 이 말이 정설처럼 떠돌아다녔는데, 최근 연구들에 따르면 이 말은 꼭 정답은 아닐 수 있다는 결론이 나왔습니다. 물론 마라톤처럼 몇 시간을 뛰거나, 하루 5시간 이상 격한 운동을 하는 선수들의 경우는 예외입니다. 왜냐하면, 가급적 빠른 시간 내에 고탄수화물과 구연산 등을 섭취해 주어야 근육 회복과 피로 회복에 도움이 되기 때문입니다.

그런데 일반인들의 경우 이 정도로 탈진 직전까지 운동하는 경우가 드뭅니다. 즉 우리 같은 사람들은 '운동 후 1시간 이내'라는 말에 얽매일 필요가 없다는 뜻입니다. '기회의 창'이라는 말은, 보충제가 없으면 운동 효과가 사라진다는 인식을 심어 주기 위한 일종의 마케팅이라 생각하면 되겠습니다.

사실 여러분이 주 5일 이상 운동을 꾸준히 하고 있다면, 보충제는 운동 전, 후 어떤 시기에 드셔도 상관없습니다. 특히 근육을 키우는 벌크 업 기간에는 운동 중에 조금씩 드셔도 무방하다 말씀드리고 싶습니다.

사실 운동 중에는 소화가 어렵고, 체할 수 있기 때문에 음식물을 섭취하는 것이 금물입니다. 하지만 벌크 업이 목적이라면, 운동 중에도 탄수화물과 단백질이 함유된 쉐이크를 섭취해 주는 것이 추가적인 칼로리를 섭취해 줄 수 있는 방법이기도 합니다. 속이 불편하지 않다면, 액체로 된 단백질과 탄수화물 쉐이크를 조금씩 자주 마셔 주는 것도 도움이 될 수 있습니다.

강도 높은 웨이트 트레이닝을 할 때에는 수분과 함께 지속적인 에너지 공급이 필요합니다. 다만 식사를 할 때 닭가슴살이나 생선 등 자연식으로 섭취할 수 있는 단백질이 충분하다면, 굳이 운동을 하면서까지 보충제를 찾지 않아도 됩니다.

요즘에는 프로틴 바와 쿠키 등과 같이 간식으로 먹을 수 있는 단백질도 많이 나와 있습니다. 따라서 이런 것들을 활용하는 것도 좋은 방법이 될 수 있습니다. 어찌되었든 하루 3~4시간 간격으로 단백질이 충분히 흡수될 수 있도록 공급해 주는 것이 관건입니다. 즉 보충제는 자연식에서 단백질 공급을 놓쳤을 때 대체재를 찾는다는 마음으로 접근하면 되겠습니다.

라. '코로나 바이러스', 위기가 기회가 되다.

여러분 모두 100% 만족하는 환경에서 운동하는 것이 아닌 것처럼, 저 역시 바디 프로필을 준비하는 동안 어려운 상황들이 몇 번 있었습니다. 그중 대표적인 것이 코로나 바이러스(COVID-19)로 인한 '집합 체육 시설 방문 제한'이었습니다. 아마 이 부분은 헬스장에 다니는 많은 분들이 크게 공감할 것입니다.

난생 처음 겪는 상황이기도 했고, 방역을 위해 헬스장을 몇 번씩 폐쇄했으니 의욕이 꺾이는 것은 당연했습니다. 특히 2021년 1월에는 상황이 심각했습니다. 추운 날씨 속에 확진자 수는 연일 500명을 넘겼고, 식당은 물론 카페에 가는 것도 제한되었으니 말이지요. 그야말로 생전 처음 맛보는 지옥 같은 나날들이었습니다. (*오미크론 등 변이 코로나 바이러스가 퍼지기 전 상황임.)

당시 주변에서는 "운동은 무슨 운동이냐. 괜히 민폐 끼치지 말고 조용히 있자."는 분위기였습니다. 본격적으로 운동을 해 보고자 한 시기여서 상심이 컸지만, 사회적 거리 두기 단계가 격상되면서 헬스장 출입은 더 이상 꿈도 못 꾸는 지경이 되었습니다. 그런데 시간이 흘러 생각해 보니, 이때가 제게는 굉장히 소중한 시간이었습니다. 운동에 대한 오기가 생긴 것도 이 시점이었고, 어떻게든 방법을 찾아보려 한 것도 이때였기 때문입니다.

처음에는 일상생활도 제한되고, 헬스장까지 못 가게 되니 모든 걸 포기할까 고민했습니다. 그런데 한편으론 '꼭 헬스장에 가야만 운동을 할 수 있는 걸까?' 생각도 들었습니다. 왜냐하면 이 상황은 서뿐만 아니라 모두가 겪는 특수 상황이었고, 집에서도 충분히 할 수 있었기 때문입니다. 무엇보다 더 이상 이런 저런 핑계를 대며 몸 관리를 소홀히 하고 싶지 않았습니다. 그렇게 마음을 고쳐먹으니, 부정적인 생각보다 긍정적인 생각들이 자리 잡기 시작했습니다.

'홈 트레이닝 하면 시간이 절약될 수 있겠는데…… 이참에 연구를 좀 해 볼까?'
'가족과 보낼 수 있는 시간이 더 많아졌네. 당분간 헬스장 비용은 굳겠군.'

그렇게 마음먹으니 하나둘씩 방법이 보이기 시작했습니다. 상황이 어렵다고 모든 것을 포기하기에는 시기상조였던 것입니다.

우선 아파트 베란다에 고이 모셔 둔 8kg짜리 덤벨 2개가 눈에 들어왔습니다. 이사 다니면서 몇 번씩 버릴까 망설였는데, 막상 쓸 기회가 생기니 그렇게 기쁠 수 없었습니다. 사실 덤벨만 있어도 해머 컬, 숄더 프레스, 런지 등 가벼운 팔, 다리 운동을 할 수 있습니다.

그러다 방법이 또 없을까 고민했는데, 인터넷에 검색해 보니 작은 사이즈의 '평 벤치' 하나와 '일체형 바벨'을 찾았습니다. 생각보다 가격이 저렴했고, 집에 놓고 쓰기에도 나쁘지 않았습니다. 그렇게 보관과 사용이 쉬운 도구를 몇 가지 구비하니, 할 수 있는 운동의 가짓수가 많아졌습니다.

어떤 분들은 이런 제 모습을 보고 유난 떤다 하실 수도 있습니다. 하지만, 당시에는 그 어떤 비싼 운동 기구들보다 이게 낫겠다 판단했습니다. 그렇게 위 도구들을 가지고 프리 웨이트와 맨손 운동을 병행하기 시작했는데, 생각보다 좋은 점들이 많았습니다.

첫째, 집에서 운동하니 불필요한 준비 시간이 사라졌습니다. 헬스장에 가면 이동하는 시간과 운동복을 갈아 입는 시간이 필요했는데, 집에서는 그럴 필요가 없으니 시간이 절약되었지요.

둘째, 평소에 잘 하지 않던 운동을 할 수 있어 좋았습니다. 근육 발달을 위해서는 매번 똑같은 운동만 하기보다 다양한 운동으로 몸을 자극해 주는 것이 좋습니다. 평소에는 잘 하지 않던 푸쉬 업과 런지 등을 하니, 각 부위에 색다른 자극을 줄 수 있어 좋았습니다.

그런데 가장 만족스러웠던 것은, 코로나 사태로 몸은 힘들었지만 정신적으로 강해지는 계기가 마련되었다는 점입니다. 사실 이러한 상황에서는 바디 프로필은 물론, 모든 것을 포기할 수도 있습니다. 일상생활뿐만 아니라 몸 자체를 움직이기 힘든 특수 상황이기 때문입니다. 그런데 같은 상황을 겪더라도 그 상황을 기회로 받아들일 수 있다는 사실을 그때 깨달았습니다.

이 책을 쓰게 된 것도 코로나 사태를 겪으면서 느낀 점들을 기록해 둔 것이 계기가 되었습니다. 혼자 운동하며 겪은 시행착오를 일기처럼 남기곤 했는데, 그 글들이 모여 원고가 된 것입니다. 어찌 보면 운동뿐만 아니라, 회사 업무나 기타 생활에 있어서도 마음가짐을 어떻게 갖느냐가 무척 중요합니다. 남들도 똑같이 겪고 있는 상황을 어떻게 받아들이고, 대처하느냐가 성장의 밑거름이 되는 것입니다.

사실 직장인 신분이면 운동할 때 여러 가지 제한 사항이 생기기 마련입니다. 다시 말해, 운동을 하는 것보다 이러한 특수 상황과 스트레스를 어떻게 이겨 내느냐가 관건일 수도 있습니다. 코로나 19 상황을 예로 들었지만, 앞으로 여러분의 도전에 어떠한 악조건이 닥칠지 알 수 없습니다. 하지만 우리는 운동을 업(業)으로 하는 사람들이 아니기 때문에, 순간적인 위기를 슬기롭게 대처하는 능력도 필요합니다.

옛말에 '이가 없으면 잇몸으로 해결한다.'는 말이 있습니다. 어떤 일을 준비할 때 남들은 모두 안 된다, 어렵다 하는 순간들도 찾아올 것입니다. 그런데 그럴 때일수록 진짜 그게 안 되는 일인지 따져 볼 필요도 있습니다. 저 같은 경우에는 모두가 안 된다고 할 때, 차선책을 강구했기 때문입니다.

제 경험에 비추어 보면, 악조건을 헤쳐 나가는 것은 본인의 마음가짐에 달려 있습니다. 바디 프로필을 준비하는 분들은 짧게는 6개월, 길게는 1년 이상을 공 들입니다. 인생 샷을 남기기 위해 목표를 세웠지만, 환경이 받쳐 주지 않으면 처음 그 마음이 눈 녹듯 사라질 것입니다. 그리고 그 환경을 원망하면서 금세 포기하게 될지도 모르지요. 그런데 악조건이 닥쳤을 때 잠시 생각을 정리해 보는 것도 좋습니다. 곧장 포기하는 것보다, 시간을 두고 방법을 모색해 보면 상황을 타개해 나갈 해결책들이 보이기 때문입니다.

5

벌크 업 목적이 아니더라도
웨이트 트레이닝은 반드시 해라

헬스를 처음 하는 분들은 센터에서 1~2시간씩 웨이트 트레이닝만 하는 것이 무척 지루할 수 있습니다. 몇 주 정도는 의욕에 불타오를지 몰라도 시간이 흐르면 금세 따분하고 재미 없어지는 것입니다. 그러다가 시간이 흐르면 헬스장 한 켠에 마련된 스피닝, 골프, 요가 등에 눈을 돌리기 시작합니다. 왜 재미 없는 '쇠질'만 해야 하는지 이해가 되지 않을 뿐더러, 다른 스포츠에 관심을 갖기 시작하는 것입니다.

처음에는 바디 프로필 때문에 웨이트 트레이닝을 시작했지만, 당최 근력 운동을 왜 해야 하는지 그 이유를 찾지 못할 때도 있습니다. 특히 여성 분들의 경우 웨이트 트레이닝보다 유산소 운동만 고집하는 분도 있습니다. 몸에 우락부락한 근육이 생기는 게 싫을 뿐더러, 웨이트 트레이닝이 그만큼 힘들고 고되기 때문입니다. 그런데 살면서 바디 프로필 목적이 아니어도 근력 운동을 해야 하는 이유는 굉장히 많습니다.

이번 시간에는 우리가 평소 근육을 키워야 하는 이유와 웨이트 트레이닝의 필요성에 대해 알아보도록 하겠습니다.

가. 살이 찌지 않는 몸을 원한다면 '근육'을 키워라

평소 먹고 싶은 것을 미음껏 먹어도 살이 찌지 않는디면 얼미니 좋을까요? 여러분도 알디시피 원치 않게 살이 찌면 불편한 것이 한두 가지가 아닙니다. 옷도 맞지 않을 뿐더러 자신감도 떨어지고, 일상 생활에 지장을 주는 것입니다.

그런데 살이 찌지 않는 몸을 원한다면, 우리 몸의 근육량을 늘려 놓는 것이 답이 될 수 있습니다. 근육이 많으면 체형도 유지될 수 있고, 다이어트 후에 찾아오는 요요 현상도 어느 정도 막을 수 있는 것입니다.

우리는 가끔 운동 선수들과 모델들이 먹는 것을 밝히면서도 한결 같은 체형을 유지하는 걸 볼 수 있습니다. 그럴 수 있는 이유는 여러 가지가 있겠지만, 기초 대사량과 활동 대사량이 남들보다 월등히 높기 때문에 가능한 일일 것입니다. 그들은 먹는 식사량이 많은 만큼, 평소 운동도 열심히 하고, 높은 대사량을 유지하기 위해 관리하고 있습니다.

그런데 앞서 언급한 웨이트 트레이닝은 근육을 늘리는 가장 직접적이고도 쉬운 방법입니다. 살이 찌지 않는 몸을 만들려면 근육이 많아야 하고, 근육 증대를 위해서는 소위 말하는 '쇠질'과 친해져야 하는 것입니다. 다른 운동으로도 근육을 키울 수 있지만, 역시 가장 쉬운 방법은 직접적인 자극을 주는 웨이트 트레이닝입니다.

우리 몸의 근육은 매일 합성과 분해를 반복하면서 조금씩 만들어지고 있습니다. 전체 근육량 중 약 1.8%가 매일 다시 만들어지고 있는 것입니다. 또한, 1kg의 근육량을 유지하기 위해 약 541kcal의 에너지가 쓰입니다.

아래 근육이 적은 사람(25kg)과 근육이 많은 사람(40kg)이 있다고 가정해 보겠습니다.

근육량에 따른 대사량 비교

근육량 40kg인 사람   근육량 25kg인 사람

근육이 적은 사람은 하루에 합성되는 근육량의 비율(1.8%)에 따라 0.45kg을 다시 생성해 냅니다. 그런데 이 사람에게는 근육 1kg당 약 541kcal의 에너지가 필요하기 때문에, 0.36kg를 만들기 위해서는 243kcal의 열량이 필요합니다. 반대로 근육이 많은 사람(40kg)은 하루 합성되는 근육량이 0.72kg이며, 이때 필요한 열량은 약 390kcal입니다.

이 둘의 에너지 소비 차이를 비교해 보면, 하루에 약 147kcal 차이가 납니다. 한 달을 기준으로 따져 보면, 근육이 많은 사람은 적은 사람보다 약 4,410kcal의 에너지를 더 쓴다는 계산이 나옵니다. 3개월이면 약 13,230kcal인데 이는 실로 엄청난 수준임을 알 수 있습니다.

그런데 체지방 1kg의 열량은 약 7,200kcal로 알려져 있습니다. 이에 따르면, 근육이 많은 사람은 적은 사람보다 3개월에 약 1.8kg이상의 체지방을 태울 수 있는 것입니다. 만약 1년으로 환산해 보면, 약 7kg 이상의 체지방을 더 태울 수 있습니다. 다소 이론적인 이야기이긴 하지만 어마어마한 차이인 것입니다.

이러한 사실들이 바로 우리가 웨이트 트레이닝을 해야 하는 이유이고, 지방 대비 근육량을 늘려야 하는 이유입니다. 몸에 근육이 많을수록 에너지의 소모량이 크고, 같은 양의 음식을 먹어도 살이 찌지 않는 것입니다.

저는 헬스를 시작한 이후로 평소보다 먹는 양이 늘었지만, 쉽게 살이 찌지 않는다는 걸 깨달았습니다. 운동을 한 이후로 근육이 많아지면서 체질이 변한 것이지요. 그런데 이러한 사실은 체력 소모가 큰 활동을 하는 분들을 보면 쉽게 이해할 수 있습니다.

과거 올림픽에서 개인 통산 22개의 금메달을 획득한 수영 선수 마이클 펠프스(Michael Phelps)는 여러 가지로 이슈가 된 적 있습니다. 선수 시절에 그가 하루 12,000kcal를 먹어 치운다는 소식에 전 세계 언론들은 경악을 금치 못했습니다. 일반 성인 남자의 5배가 되는 칼로리를 섭취한다고 하니, 경기력 못지않게 식사량도 주목을 받은 것입니다. 그런데 수영이 주 종목이던 마이클 펠프스도 근육량의 증대를 위해 빼놓지 않고 했던 운동이 바로 '웨이트 트레이닝'입니다. 그만큼 근육을 키우는 가장 직접적인 운동을 거르지 않았던 것입니다.

이와 같은 사례에서 살펴볼 수 있듯이, 우리는 몸에 소비되는 열량을 높이기 위해서라도 근육을 키워야 합니다. 더구나 30대 이후부터는 그나마 몸에 가지고 있던 근육도 조금씩 줄어듭니다. 따라서 대사량을 높이면서 근육량을 유지하기 위해서는 웨이트 트레이닝이 필수인 것입니다.

나. 30대 이후 직장인들이 '근감소증'에 유의해야 하는 이유

여러분들은 '근감소증'이란 말을 들어 보신 적 있나요? 우리 몸의 근육은 24~25세를 기점으로 차츰 감소하기 시작합니다. 40세 이후부터는 10년마다 약 8~10%씩 줄어들게 되지요. 사실 신체 나이 상으로 가장 근육이 많고, 멋있는 시기는 25세 무렵입니다.

보통 30대에 접어들면 몸이 점점 통통해지는 걸 경험할 수 있는데, 이것은 나이가 듦에 따라 근육의 양이 줄어들기 때문입니다. 이렇게 노화에 따른 근육량의 감소를 '근감소증' 또는 '사코페니아 (Sarcopenia)'라 부릅니다.

우리 같은 직장인들은 각종 회식과 술자리, 운동 부족에 의해 체형이 망가지는 경우가 많습니다. 특히 앉아서 일하는 사무직인 경우가 대부분 그렇지요. 그런데 30대 이후 직장인들일수록, 근력 운동을 더욱 열심히 해야 합니다. 왜냐하면, 근감소증은 특별한 통증이나 자각 증상이 없기 때문에 가볍게 여기기 쉽기 때문입니다. 과거 체력만 믿고 몸을 방치해 두면, 그나마 있던 근육도 줄어들고 몸이 더 약해질 수밖에 없습니다.

다음은 근감소증이 지속될 때 생기는 문제와 자가 테스트 방법입니다.

근감소증이 지속될 때 생기는 문제

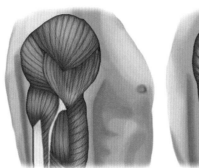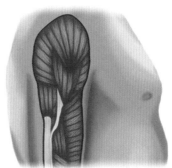

출처 : https://sci-fit.net

- 몸의 균형이 무너져 쉽게 넘어지거나 골절상을 입는다.
- 앉아 있거나 서 있는 동작이 불편하다.
- 심근경색, 뇌질환의 위험도가 높아진다.
- 살이 잘 빠지지 않고, 당뇨병 위험이 높아진다.

• 테스트 1. 손가락 고리로 종아리 잡기

양손 엄지손가락과 검지손가락으로 원(○)을 만들어, 종아리의 가장 두꺼운 부분을 잡아 본다.

손가락이 겹칠 때	손가락이 닿을 때	손가락과 손가락이 벌어질 때
근감소증 위험군	근감소증 예비군	근감소증에 안전함

• 테스트 2. 근감소증 선별 질문지 체크

아래 총 5개 질문에 체크해 본다. 10점 만점에 4점 이상일 시 근감소증을 의심할 수 있다.

질문	점수
1. 근력 : 무게 4.5kg 박스 들어서 나르는 것이 얼마나 어려운가? (배 한 박스 무게)	0점 : 전혀 어렵지 않다 1점 : 조금 어렵다 2점 : 매우 어렵다
2. 의자에서 일어서기 : 의자에서 일어나 침대로의 이동이 얼마나 어려운가?	0점 : 전혀 어렵지 않다 1점 : 조금 어렵다 2점 : 매우 어렵다
3. 낙상 : 지난 1년 동안 몇 번이나 넘어졌는가?	0점 : 전혀 없다 1점 : 1~3회 2점 : 4회 이상
4. 보행 보조 : 방 한쪽에서 다른 쪽 끝까지 걷는 것이 얼마나 어려운가?	0점 : 전혀 어렵지 않다 1점 : 조금 어렵다 2점 : 매우 어렵다
5. 계단 오르기 : 10개의 계단을 쉬지 않고 오르는 것이 얼마나 어려운가?	0점 : 전혀 어렵지 않다 1점 : 조금 어렵다 2점 : 매우 어렵다

한국형 근감소증 선별 질문지(SARC-F 질문지) : 경희대학교 가정의학과 원장원, 김선영 교수 연구팀 개발(2018)

근감소증이 진행되면 근육과 관절에 악영향을 미칩니다. 남들보다 쉽게 넘어지거나 골절상을 입을 확률도 높아지지요. 또한 앉아 있는 자세와 서 있는 자세까지 좋지 않으면, '로코모티브 신드롬[9]'으로 이어질 가능성도 높아집니다. 쉽게 말해 근육이 줄어드는데, 생활 습관마저 좋지 않으니

---

9) 로코모티브 신드롬(Locomotive Syndrome) : 뼈·척추·관절·신경·근육 등 운동과 관련된 기관이 약해져 통증이 생기고, 나중에는 걷는 데 어려움을 느끼는 질환. '운동기능저하증후군'이라고도 함.

몸이 점점 병드는 것입니다.

또한, 근감소증은 콜레스테롤 수치와 혈압 상승으로 인한 심질환, 뇌질환, 당뇨병 등과도 밀접한 관련이 있습니다. 지금까지 근감소증은 50대 이후 고령자의 문제로만 다루어져 왔습니다. 하지만, 최근에는 운동이 부족한 젊은 사람들에게까지 위험성이 알려지고 있지요. 특히 앉아서 일하는 사무직 직장인일수록 각별히 유의해야 하는 것입니다.

본인이 근감소증 위험이 있는지, 없는지 여부는 몇 가지 간단한 테스트로 알아볼 수 있습니다.

첫 번째는 '손가락 고리로 종아리 잡기.'입니다. 이것은 손가락으로 원(O) 모양을 만들어 몸의 일부를 잡아 보는 것인데요. 양손의 엄지손가락과 검지손가락을 편 다음, 종아리의 가장 두꺼운 부분을 잡아 봄으로써 근감소증을 체크해 볼 수 있습니다. 양손의 엄지와 검지 손가락이 서로 겹칠 정도로 종아리가 잡히면, 근감소증 위험군에 속한다고 볼 수 있습니다.

두 번째는 '근감소증 선별 질문지'를 체크해 보는 것입니다. 이것은 경희대학교에서 2018년 개발한 것으로 근력, 보행 보조, 의자에서 일어나기, 계단 오르기, 낙상 등 총 5가지의 문진을 통해 근감소증을 확인해 볼 수 있습니다.

근감소증을 방지하기 위해서는 여러 방법들이 있지만, 우선 시행해야 할 것은 충분한 근력 운동과 단백질 섭취입니다. 적당한 웨이트 트레이닝으로 근육을 잃지 않도록 하면서, 하루에 필요한 단백질 권장량을 챙기는 것이 먼저인 것입니다. 특히 30대 이후의 직장인일수록, 각종 사회생활과 윤택한 삶을 유지하기 위해 근력 운동을 꾸준히 해야 하겠습니다.

IV

바디 프로필 성패의 핵심 Key, '식단 관리'

BODY PROFILE

여러분 주변에 운동을 하는 분들이 있다면, 그분들의 모습을 살펴보기 바랍니다. 모두 그런 건 아니지만, 분명 운동을 오래 했는데도 체형이 그대로이거나, 옷 벗었을 때의 모습이 멋지지 않은 분들이 있을 것입니다. 운동을 한다고 해서 무조건 식스팩이 생기는 것도 아니고, 훈련의 종류와 목적에 따라 체형이 다르게 발달할 수 있습니다.

여러분 중에는 열심히 운동을 했는데도 생각만큼 몸이 만들어지지 않아 울상인 분도 있을 것입니다. 실제로 제 주변에는 바디 프로필을 목표로 운동을 시작한 분들이 여럿 있었습니다. 그런데 촬영을 며칠 앞두고 포기하는 분들이 태반이었습니다.

'당근 마켓' 같은 중고 거래 사이트를 뒤져 보면, 태닝 회원권과 PT 이용권을 싸게 양도한다는 글들을 볼 수 있습니다. 야심 차게 계획을 세웠지만, 실제 촬영까지 마치는 분들은 극히 드문 것입니다. 바디 프로필이라는 것이 결국 몸을 촬영하는 것이므로, '보여 줄 만한 몸'이 완성되지 않았다고 판단되면 쉽게 포기해 버리는 경우가 많습니다.

하루에 한 시간씩, 1년 이상 운동했지만 몸의 변화가 더디다면, 첫 번째로 '운동 강도'와 '식단'을 의심해 볼 수 있습니다. 대부분의 사람들은 운동에 대해서는 지식도 많고 계획도 잘 짜는 편입니다. 그런데 상대적으로 식단에 무지한 경우가 많습니다. 본인의 체중과 대사량, 그리고 운동량에 따라 하루 몇 칼로리를 섭취해야 하는지 모르는 분들도 많지요.

관심이 있어도 벌크 업 기간에는 식사량을 늘리고, 다이어트 기간에는 소식(小食)을 해야 한다는 생각에 그치는 분들이 많습니다. 그런데 몸을 만드는 성공의 열쇠는 정확하고 빈틈없이 계산된 식단에 있다고 해도 과언이 아닙니다. 어찌 보면 운동에 신경 쓰는 시간보다, 식단을 고민해야 하는 시간이 몇 배 더 들지도 모르는 것입니다.

따라서 이번 시간에는 바디 프로필 준비의 핵심이라고 할 수 있는 식단 관리에 대해 알아보겠습니다. 또한, 직장인 입장에서 식단을 관리할 때 무엇에 유의해야 하는지 살펴보도록 하겠습니다.

1

3대 운동만큼 중요한
'3대 영양소'

헬스를 하는 사람이면 3대 운동을 모르는 분은 거의 없을 것입니다. 가슴, 하체, 등의 대표 운동인 벤치 프레스, 바벨 스쿼트, 데드 리프트를 일컫는 말이지요. 웨이트에 3대 운동을 빼놓을 수 없다면, 식단에도 빼놓을 수 없는 세 가지가 있습니다. 그것은 바로 탄수화물, 단백질, 지방입니다.

여러분이 막 헬스를 시작했다면, 3대 운동과 3대 영양소는 영영 머릿속에서 떠나지 않게 될 것입니다. 우스갯소리로 들리겠지만, 실제 프로필 촬영일까지 여러분을 쫓아다니는 건 자그마한 운동 도구와 도시락이기 때문입니다. 그만큼 먹는 것과 운동이 전부라고 해도 과언이 아닙니다.

각설하고, 학창 시절에 배운 3대 영양소의 정의를 떠올려 보겠습니다. 탄수화물, 지방은 우리 몸이 움직일 때 쓰이는 중요한 에너지원입니다. 또한 단백질은 근육의 생성과 회복에 꼭 필요하므로 빼놓을 수 없는 영양소이지요.

3대 필수 영양소

탄수화물 (1g당 4kcal)	단백질 (1g당 4kcal)	지방 (1g당 9kcal)

각 영양소가 우리 몸에서 어떤 역할을 하는지는 굳이 설명하지 않겠습니다. 그보다는 몸 관리를 할 때 위 영양소를 고려해 식단을 짜는 것이 왜 어려운지부터 살펴보겠습니다.

또한, 일일 대사량을 알면 하루에 어느 정도의 음식물을 섭취해야 하는지 가늠해 볼 수 있습니다. 즉 대사량에 따라 영양소의 비율을 어느 정도로 배분하는 것이 나은지 확인해 볼 수 있는 것입니다. 결론부터 말씀드리면, 멋진 몸을 만들기 위해서는 그동안 여러분이 해 온 식사 패턴과 인식을 송두리째 바꾸어야 합니다. 평소 식습관에서 벗어나는 것이 첫째이며, 앞으로 바뀔 음식들과 섭취 방식에 익숙해지는 것이 둘째입니다.

어쩌면 앞으로 바뀔 식습관 때문에 대인 관계도 달라질 수 있습니다. 이게 무슨 뚱딴지 같은 소리냐 하겠지만, 여러분이 그동안 술자리를 즐겨 찾았다면 금세 이해가 될 것입니다. 이제부터 최소 6개월 동안은 좋든 싫든 그 모임들을 피해야 합니다. 술은 물론이고, 술을 좋아하는 사람들과도 당분간 떨어져 지내야 하는 것입니다.

또한, 여러분이 매 끼니마다 맵고 짠 음식을 즐겨 찾았다면, 몸을 만드는 기간만큼은 그 음식들을 피하십시오. 다시 말해 그동안 해 오던 식사에 대한 인식을 바꾸는 것이 첫째입니다. 그것을 지킬 각오가 되었다면, 본인에게 맞는 식단을 설정하고 지켜 나가면 되겠습니다.

2

나는 무엇을 먹고 살았을까?
열량에 대한 '팩트 폭격'

식단을 짤 때 가장 중요한 것은, 본인의 '일일 대사량'과 섭취하는 음식의 '열량(Kcal)'를 명확히 아는 것입니다. 당연한 이야기겠지만, 사람마다 체형이 다르고, 기초 대사량과 활동 대사량도 다릅니다. 또한, 운동량도 다르기 때문에 천편일률적으로 같은 식단을 제시할 수는 없습니다. 내가 먹는 음식의 성분과 칼로리가 어느 정도인지 알고 있어야, 막연하게 '적게 먹어야 한다.'는 부담감에서 벗어날 수 있습니다.

대사량에 따른 식단 구성은 뒤에서 다루도록 합니다. 우선은 그동안 우리가 먹어온 음식들을 살펴보는 시간을 갖겠습니다. 지피지기(知彼知己)라는 말도 있듯이, 몸을 관리하기 위해 어떤 것을 먹어야 할지 먹지 말아야 할지 아는 것도 중요하겠지요. 세상 모든 음식들을 망라할 수 없지만, 아래 대표적인 음식들을 정리했으니 참고하기 바랍니다.

가. 한식 메뉴의 열량

메뉴	1회 섭취량	열량(Kcal)
삼계탕	1마리+찹쌀 30g	800
갈비탕	갈비 1대+밥 1공기	580
비빔밥	1인분	580
순두부찌개	뚝배기(소)+밥 1공기	580
냉면	냉면 사리 300g	500

김밥	1줄, 300g	480
물냉면	냉면 사리 300g	450
육개장	고기 50g+밥 1공기	490
설렁탕	고기 50g+밥 1공기	480
김치찌개	뚝배기(소)+밥 1공기	480
불고기	1인분(250g)	300
전복죽	1대접	300
쌀밥	1공기(210g)	300

첫 번째로 한식입니다. 우선 위의 표를 보고 꽤 충격 받은 분들이 있을 것입니다. 성인 기준 하루 권장 칼로리가 남자는 2,600kcal, 여자는 2,000kcal인 점을 고려해 볼 때 위 음식들의 칼로리가 생각보다 높기 때문입니다.

삼계탕, 비빔밥, 냉면의 경우 열량이 500kcal를 훌쩍 넘습니다. 김밥 한 줄의 열량도 480kcal로 거의 비슷하지요. 게다가 위 표에는 밑 반찬의 열량이 포함되어 있지 않습니다. 여러분이 평소 한식을 찾는다면, 메인 음식을 먹으면서 김치와 나물 같은 반찬을 함께 찾을 것입니다. 그 음식들까지 고려하면 한 끼 식사에 섭취하는 칼로리 양이 생각보다 높습니다.

또한, 우리는 한식을 먹을 때 '흰 쌀밥'을 찾는 경우가 많습니다. 연세가 있는 분들은 유독 밥을 먹어야 식사를 했다고 느끼는 분도 많지요. 여러분도 한 번쯤 우리나라 국민들이 '고탄수화물, 저단백, 고염분' 식사에 길들여져 있다는 얘기를 들어 본 적 있을 것입니다. 다 그런 건 아니지만, 식탁에 쌀밥, 국, 김치 세 가지가 빠져 있으면, 섭섭해하는 분들이 많이 있기 때문입니다. 어릴 때부터 끼니마다 밥과 국이 필수로 들어가 있었던 걸 떠올리면 이해가 될 것입니다. 영양 성분에 있어서는 한식도 꽤 훌륭합니다. 하지만, 가급적이면 고기와 생선 등을 골고루 섭취해 단백질 권장량을 채우고, 짜지 않게 먹는 습관을 들이는 것이 좋습니다.

나. 일식, 중식, 양식 메뉴의 열량

구분	메뉴	1회 섭취량	열량(Kcal)
일식	회덮밥	1인분	520
	유부 초밥	1인분(10개)	500
	메밀국수	면 350g	450
	생선 초밥	1인분(10개)	340
	김 초밥	1인분(10개, 1줄)	360
중식	짜장면	1인분	660
	짬뽕	1인분	550
	볶음밥	1인분	720
	잡채밥	1인분	720
	탕수육	1접시	1,780
양식	햄버그 스테이크	1인분(밥, 스프 포함)	900
	콤비네이션 피자	1조각(100g)	250
	미트 소스 스파게티	1인분	700
	오므라이스	1인분	700
	양송이 스프	1인분	220
기타	라면	1개	500
	햄버거	1개	330
	도넛	1개(60g)	250
	소보로빵	1개(60g)	200
	에이스(과자)	1봉지(154g)	810
	양파링(과자)	1봉지(95g)	470
	새우깡(과자)	1봉지(85g)	440
	소주	1병	400

다음으로 한식을 제외한 나머지 대표 메뉴들입니다. 조리 방식에 차이는 있겠지만, 대체로 일식이 다른 메뉴들보다 열량이 낮다는 걸 알 수 있습니다. 일본인들의 경우, 메인 메뉴 외 밑 반찬이 따로 없고 소식하는 편이기 때문에 어느 정도 일리 있는 사실입니다.

중식, 양식의 경우 조리하는 데 기름을 많이 씁니다. 따라서 열량도 꽤 높은 편이지요. 주목할 만한 점은 빵과 과자의 칼로리가 매우 높다는 것입니다. 간식으로 여겨지던 과자들이 생선 초밥 1인분보다 열량이 높습니다. 몸 관리하는 분들에게는 피하는 것이 상책이겠지요.

이와 같이 한식부터 양식까지 몇 가지 메뉴들을 살펴보았습니다. 보면서 느끼셨겠지만, 우리가 생각하는 것 이상으로 단일 메뉴 음식들의 열량이 높다는 걸 알 수 있습니다. 특별한 에너지 소모나 운동을 하지 않는다면, 삼시세끼 위 메뉴들만 챙겨 먹어도 살이 찔 수밖에 없는 것입니다.

또한 위에 나열한 메뉴 대부분은 열량이 높지만, 영양 효율은 그리 좋지 않은 것들입니다. 일식을 제외하고는 밀가루로 만든 음식들이 많고, 높은 열량에 비해 영양소를 골고루 섭취하기에는 어려움이 많습니다. 하루 한 끼 정도는 괜찮지만, 몸을 만드는 시기에는 추천하기 힘든 것들입니다.

이쯤 되면 난색을 표하는 분도 있을 것입니다. '아니 그럼 대체 무얼 먹으란 말이냐?' 반문하는 분도 있겠지요. 저도 여러분과 똑같은 과정을 거쳐 왔기에 그 마음을 충분히 이해합니다. 왜냐하면 우리가 그동안 먹어 온 음식 대부분을 버려야 할지 모르기 때문입니다. 그러나 굳이 메뉴들을 하나씩 나열하면서 언급했던 이유는, 조금이라도 식단의 중요성을 피부에 와 닿게 하기 위함입니다. 그동안 우리가 먹어 온 음식이 어떤 것들이며, 어느 정도 열량이 되는지 눈으로 확인해야 하기 때문입니다. 알고 먹는 것과 모르고 먹는 것은 분명히 차이가 있습니다. 또한, 몸을 만든다면 평소엔 잘 찾지 않았지만, 영양 효율이 높은 식품들을 눈여겨봐야 합니다.

아래는 몸을 만드는 데 좋은, 이른바 '열량이 낮으면서 영양 효율은 높은' 식재료들입니다. 무조건 이 재료들을 선택할 필요는 없지만, 식단을 짤 때 유용한 참고 사항이 될 수 있을 것입니다.

다. 열량이 낮은 식품, 식재료

메뉴	1회 섭취량	탄수화물	단백질	지방	열량(Kcal)
소고기 우둔살	100g		21g		135
소고기 안심	100g		21g		154
돼지고기 안심	100g		20g		134
닭가슴살	100g		23g		106
닭 안심	100g		23g		110
스크램블 에그	계란 2개		12g		180
계란 오믈렛	계란 2개		12g		152
계란찜	계란 2.5개		15g		210
연어	1마리		23g		139
그릭 요거트	1개, 150g		12g		70
고구마	1개, 100g	31g			93
바나나	1개, 100g	22g			79
찐 양배추	1/4통	5g			17
방울토마토	10개	4g			20
브로콜리	1/2송이	3g			17
아메리카노	350ml	4g			10
캐슈넛	5알			6g	70

3

뭐? '대사량'도 모르고
식단을 짠다고?

앞서 우리는 식단 관리가 왜 어려운지 알아보았습니다. 몸을 만들기 위해서는 그동안 즐겨 찾던 메뉴들을 피해야 하고, 생활 습관도 하나씩 바꿔 나가야 하기 때문입니다. 그런데 식단 관리를 위해 지켜야 할 사항이 몇 가지 더 있습니다. 그것은 바로 '하루에 먹는 식사량과 영양소의 배분'을 어떻게 결정짓는지에 관한 것입니다.

일반적으로 체중을 유지해야 하거나 벌크 업을 하는 기간에는 탄, 단, 지 섭취 권장 비율이 50% : 30% : 20%입니다. 또한 체중 감량을 해야 하거나, 다이어트를 하는 기간에는 40% : 40% : 20%가 이상적인 비율이라 할 수 있습니다. 전체적으로 먹는 음식물의 양으로 따지면 벌크 업 > 다이어트가 되겠지요.

그런데 이는 권장 비율일 뿐, 그보다 궁금한 점은 '하루 얼마만큼의 칼로리를 섭취해야 하는지.'에 대한 것입니다. 벌크 업 기간이든 다이어트 기간이든, 하루 필요한 '전체 칼로리의 양을 아는 것이 첫째인 것입니다. 이 문제만 해결되면 탄 : 단 : 지는 권장 섭취 비율과 질량에 따라 분배만 하면 되기 때문에 그리 어려운 일은 아닙니다.

가. 하루에 필요한 전체 칼로리

하루에 필요한 전체 칼로리, 즉 일일 소비 대사량을 계산하는 방식은 여러 가지가 있습니다. 계산법에 따라 크게 두 가지로 나눌 수 있는데 '식이 기록법'과 '추정 공식법'이 그것입니다. 기본적인 개념은 다음과 같습니다.

식이 기록법과 추정 공식법

• 식이 기록법
- 본인이 며칠 동안 먹은 식단을 직접 기록해서 열량을 따져 보는 방법이다.
- 보통 3일에서 7일 동안의 식단을 분석한다.
- 시간이 오래 걸리는 대신 정확도가 높다.

• 추정 공식법
- 본인의 키, 체중, 활동량을 대입해 1일 소비 열량을 계산하는 방법이다.
- 공식에 대입해 산출하기 때문에 계산이 빠르다.
- 식이 기록법에 비해 정확도가 떨어질 수 있다.

식이 기록법은 개인마다 식단이 다르고 작성과 분석에 오랜 시간이 소요됩니다. 따라서 세부적인 작성 방법과 산출에 대해서는 뒷 부분의 부록에 싣도록 하겠습니다. 여기에서는 그보다 쉽고 빠르게 대사량을 산출할 수 있는 추정 공식법을 따르도록 하겠습니다.

추정 공식법에는 대표적으로 '해리스-베네딕트 계산법'과 '스코필드 계산법'이 있습니다. 요즘에는 두 계산법에 근거해 키와 몸무게를 입력하면, 자동으로 열량을 산출해 주는 사이트도 있습니다. 스코필드 계산법은 한 번씩 찾아보길 바라며, 이 책에서는 좀 더 대중적인 해리스-베네딕트 계산법을 소개해드립니다.

계산식을 알려 드리기 전에, 먼저 기초 대사량과 활동 대사량에 대한 이해가 필요합니다. 사람마다 신체 조건이 다르고, 운동량도 다르기 때문에 구분해서 살펴봐야겠지요. 용어가 생소해서 머리 아프다 생각하실 수 있지만, 하나하나 뜯어 보면 별 것 없습니다. 아래는 기초 대사량의 정의와 계산식입니다.

기초 대사량의 정의와 계산식

· 기초 대사량의 정의
- 사람의 '생명 유지'에 필요한 최소한의 열량
- 체온 유지, 심장 박동 등 특별한 활동을 하지 않아도 소모되는 열량
- 성별, 나이, 체중 등 신체 조건에 따라 다름

· 기초 대사량의 계산 (Harris-Benedict Equation)
- 남자 : 66.5 + (13.75 × 체중) + (5.003 × 키) - (6.755 × 나이)
- 여자 : 655.1 + (9.563 × 체중) + (1.850 × 키) - (4.676 × 나이)

예) 178cm, 39세(남)
- 바디 프로필 계획 전(체중 : 81.3kg)

  66.5 + (13.75 × 81.3) + (5.003 × 178) - (6.755 × 39) = 1,811kcal

- 바디 프로필 촬영 직전(체중 : 67.8kg)

  66.5 + (13.75 × 67.8) + (5.003 × 178) - (6.755 × 39) = 1,626kcal

위 예시는 제 기초 대사량을 계산해 본 것입니다. 보시다시피 나이와 키는 똑같습니다. 그런데 바디 프로필을 찍기 전과 촬영 직전 체중을 비교해 보면, 13.5kg의 차이가 난다는 걸 알 수 있습니다. 계산식에 따라 기초 대사량을 계산하면, 186kcal만큼의 차이가 난다는 것도 알 수 있지요.

위 예시를 통해 우리는 두 가지 중요한 사실을 알 수 있습니다.

첫 번째는 '동일한 사람'이라 하더라도 키, 체중에 따라 기초 대사량이 달라진다는 점입니다. 즉 바디 프로필 촬영이 가까워질수록, 체중 감량을 하면서 기초 대사량도 함께 떨어집니다. 따라서 이 기간에는 식단을 더욱 타이트하게 짤 수 밖에 없는 것입니다.

두 번째는 위와 같이 기초 대사량만 따져 봐도 '모든 사람'의 식단을 한 가지로 통일해서 제시할 수 없음을 알 수 있습니다.

다음은 '활동 대사량'과 '전체 대사량'에 대한 이해입니다.

활동 대사량, 전체 대사량의 정의와 계산식

- **활동 대사량의 정의**
  - 우리가 하는 모든 활동으로 인해 소모되는 열량
  - 사람마다 활동량과 운동량이 다르기 때문에 활동 대사량이 다름

- **신체 활동에 따른 상수(Harris-Benedict Equation)**

구분	Physical Activity Level
운동을 전혀 하지 않는 경우	1.2
일주일에 1~3일 정도 가벼운 운동을 하는 경우	1.375
일주일에 3~5일 정도 적당한 수준의 운동을 하는 경우	1.55
일주일에 6~7일 정도 격한 운동을 하는 경우	1.725
하루 2회 이상 격한 운동을 하는 경우	1.9

- **전체 대사량과 활동 대사량의 계산**
  예) 178cm, 39세(남), 위 표에서 상수 1.725를 곱함

- **바디 프로필 계획 전 (81.3kg)**
  전체 대사량 = 1,811 kcal × 1.725 = 3,124kcal
  활동 대사량 = 3,124 - 1,811 = 1,313kcal

- **바디 프로필 촬영 직전 (67.8kg)**
  전체 대사량 = 1,626 kcal × 1.725 = 2,805kcal
  활동 대사량 = 2,805 - 1,626 = 1,179kcal

위 계산식을 살펴보면, 하루에 어느 정도 활동을 하는지에 따라 전체 대사량이 달라짐을 알 수 있습니다. 저 같은 경우에는 8개월 동안 매일 운동하다시피 했습니다. 따라서 활동 상수는 1.725를 곱해 계산했지요.

그런데 사람마다 활동량과 운동량이 다를 수밖에 없습니다. 즉, 같은 키와 체중이더라도 활동량

에 따라 전체 대사량이 달라질 수밖에 없는 것입니다. 또한 본인이 평소 어떤 일을 하고, 어느 정도의 활동을 하느냐에 따라 전체 대사량이 달라집니다. 따라서 위 계산식은 대략적인 참고 용도로만 알아두면 되겠습니다.

중요한 것은 위 산식을 통해 본인에게 필요한 '하루 전체 칼로리'를 계산할 수 있다는 점입니다. 하루에 섭취해야 할 칼로리를 알면 식단은 계획적으로 짤 수 있습니다. 즉 본인의 일일 대사량을 알면, 3대 영양소를 고려해서 식단을 짜는 일은 매우 간단하게 해결될 수 있습니다.

나. '일일 대사량'을 토대로 식단을 구성하라

하루에 필요한 칼로리, 즉 '일일 대사량'을 알고 있다면 식단을 구성하는 일은 더 이상 어려운 일이 아닙니다. 우리는 이미 3대 필수 영양소가 탄수화물, 단백질, 지방이라는 사실을 알고 있습니다. 각 영양소 1g당 몇 kcal의 열량을 발생시키는지 알면, 체중 유지를 위해 어떻게 식사를 해야 할지 답이 나옵니다.

제가 프로필을 촬영하기 직전인 67.8kg의 체중을 예로 들어 보겠습니다.

1일 대사량을 토대로 계산한 영양소의 질량

- **기본 정보**
  - 178cm, 67.8kg, 39세(남), 주 6회 운동

- **1일 대사량(기초 대사량+활동 대사량) = 2,805kcal**

- **3대 영양소 비율과 칼로리**
  - 탄수화물(40%) : 단백질(40%) : 지방(20%)
  - = 1,122kcal : 1,122kcal : 561kcal(67.8kg 유지 시)

- **1일 대사량을 토대로 계산한 3대 영양소의 질량**
  - 탄수화물(g) = 1,122/4kcal = 280.5g
  - 단백질(g) = 1,122/4kcal = 280.5g
  - 지방(g) = 561/9kcal = 62g

좀 복잡해 보이지만, 위 질량은 1일 대사량을 탄 : 단 : 지 비율로 나눈 것에 불과하다는 걸 알 수 있습니다. 즉 키 178cm, 39세인 남자가 체중 67.8kg를 유지하기 위해서는 하루 탄수화물 280.5g, 단백질 280.5g, 지방 62g을 섭취해야 한다는 계산이 나옵니다. 물론 이것은 다이어트를 하면서 주 6일 고강도 운동을 한다는 전제입니다.

단백질의 경우, 하루 섭취 권장량이 체중(kg)당 1g 수준입니다. 하지만 강도 높은 근력 운동을 하는 경우에는 1.5g 이상이 필요하고, 고강도 운동을 하고 있을 때에는 체중(kg)당 2~3g이 필요합니다. 저 같은 경우에는 당시 체중이 67.8kg였으므로, 하루 136~203g 이상을 섭취해야 했던 것입니다. 지방의 경우 식품 의약품 안전처에서 정한 하루 섭취 권장량이 51~55g 수준입니다. 따라서 위 1일 대사량에 따른 영양소의 질량이 어느 정도 맞는 수치임을 알 수 있습니다.

만약 1일 대사량과 섭취하는 양이 같다면 체중은 유지될 것입니다. 하지만 이것은 어디까지나 체중을 '유지'한다는 가정하에 계산한 것입니다. 본인이 주 6일 운동을 하면서 체중을 늘리고 싶다면 1일 대사량보다 많은 양을 섭취하면 되고, 체중을 줄이고 싶다면 대사량보다 적은 양을 섭취하면 됩니다.

체중, 1일 대사량, 1일 음식 섭취량의 관계

- 체중 '유지' = 1일 대사량(기초+활동 대사량) = 1일 음식 섭취량
- 체중 '증대' = 1일 대사량(기초+활동 대사량) < 1일 음식 섭취량
- 체중 '감소' = 1일 대사량(기초+활동 대사량) > 1일 음식 섭취량

우리는 위의 표와 계산식을 통해 그 동안 머릿속을 괴롭힌 여러 궁금증들이 해결된다는 점을 알 수 있습니다.

첫째, 위 계산식에 따르면 본인 체중과 운동량에 따라 식사량을 결정할 수 있습니다. 벌크 업 기간이든 다이어트 기간이든, 하루에 필요한 대사량에 맞춰 섭취량을 결정지을 수 있는 것입니다.

둘째, 식사 시간과 음식 조리 방법 등 모호했던 문제들이 해결됩니다. 사실 이론상으로는 여러분이 언제 식사를 하든, 아침에 먹든 저녁에 먹든, 크게 문제 될 것이 없습니다. 심지어 닭가슴살을 먹든, 돼지고기를 먹든, 하루에 필요한 칼로리만 넘기지 않으면 체중은 더 늘어나지 않는 것입니다.

하지만 몸을 만들기 위해서는 탄수화물, 단백질, 지방의 비율을 조절해서 먹어야 합니다. 1일 대사량에서 500kcal를 덜 먹게 되면 1주일에 3,500kcal를 줄일 수 있고, 2주일에 7,000kcal까지 줄일 수 있습니다. 이는 지방으로 따지면 1주일에 500g, 2주일에 1kg 감량을 뜻하기도 합니다.

여기서 우리가 줄여야 할 칼로리를 고려할 때는, 되도록이면 탄수화물 에너지원에서 가져가도록 유도하는 것이 좋습니다. 왜냐하면, 탄수화물의 부족은 당 신생을 불러 일으키며, 이는 곧 지방의 감소로 이어지기 때문입니다. 또한 고강도의 운동을 병행하고 있다면, 그 기간 동안의 단백질 섭취가 충분해야 여러분이 우려하는 근손실을 막을 수 있습니다.

지금까지 언급한 내용에서 한 끼에 너무 몰아 폭식을 한다거나, 밤 늦게 야식을 먹어 소화가 되지 않는 등의 특이사항은 고려하지 않겠습니다. 중요한 것은, 식단을 짤 때 본인의 1일 대사량과 활동량을 충분히 고려해 짜야 한다는 점입니다. 같은 시간을 운동하고 식사량이 비슷해도, 사람마다 쓰이는 대사량이 다릅니다. 따라서 이 부분을 무시할 수 없는 것입니다.

앞서 말씀 드렸듯이 바디 프로필을 포기하는 대부분의 이유가 '식단 실패'라는 점을 되새겨 주시기 바랍니다. 위에 나열한 계산 방식과 내용이 다소 머리 아플 수도 있습니다. 하지만 내 몸을 위해 잠깐의 귀찮음을 참는 것이야말로 똑똑하게 먹고 운동하는 지름길임을 명심하십시오.

다행히 요즘에는 이런 계산을 편하게 할 수 있는 사이트와 프로그램들이 많이 나와 있습니다. 어쩌면 대부분의 사람들은 '대사량'과 '식단'을 무시한 채 운동에만 열중하며 먼 길을 돌아가고 있는지 모릅니다. 혹시나 매일 운동하는데도 본인의 체중이 고무줄처럼 늘거나 줄기를 반복한다면, 잠시 그 과정을 멈춰 보는 것도 좋습니다. 우선은 현재 시점에서 나의 식단과 식습관을 되돌아보고, 어떻게 고치는 게 나을지 살피는 게 급선무인 것입니다.

4

나에게 맞는
'식사 횟수' 정하기

나에게 필요한 하루 소비 열량을 알았다면 다음으로 식사 횟수입니다. 대부분의 사람들은 하루에 세끼 먹는 것에 길들여져 있습니다. 하지만 몸을 만드는 사람이라면 식사의 횟수도 영리하게 바꿀 필요가 있습니다. 보디빌딩 선수들을 보면 3~4시간에 한 번씩 식사하는 것을 볼 수 있는데요. 어쩌면 그들에게는 식사라기보다 일정 시간마다 몸에 영양소를 채워 준다는 개념이 더 맞는 것 같습니다.

가. 식사를 여러 번 나누어서 하는 이유는?

그렇다면 그들은 왜 하루에 네 끼에서 여섯 끼를 고집하는 것일까요? 여러 번 식사하는 것이 귀찮기도 하고, 여간 성가신 일이 아닐 텐데 말이지요. 저마다 이유가 있겠지만, 가장 큰 이유는 필요한 영양소를 꾸준히 섭취함으로써 몸을 '지속적인 동화 상태'로 만들기 위함입니다. 소화 능력이 받쳐 준다면 조금씩 자주 먹는 것이 몸에 이로운 것입니다. 즉 하루에 여섯 끼를 먹더라도 음식을 적게 섭취한다면, 영양소 흡수도 빠르고 체지방의 증가도 막을 수 있습니다. 또한 여러 번 식사를 나누어 하면, 체내 혈당 수치를 일정하게 유지시킬 수 있기 때문에 건강에도 좋습니다. 다시 말해, 배고프지 않을 정도로 적게, 자주 먹는 것이 우리 몸에 이로운 것입니다.

하지만, 우리 같은 일반인들이 운동 선수들처럼 식사를 할 수는 없습니다. 사실 직장인이면 업무하는 시간도 정해져 있고, 하루에 여섯 끼를 먹는 것이 불가능에 가깝습니다. 그렇다고 식단을 챙긴다고 별도의 시간을 마련할 수도 없는 노릇입니다. 이러한 이유 때문에 많은 분들이 아래 같이 이야기하기도 합니다.

"보디빌딩 시합에 나가거나 피트니스 모델을 하는 사람들은,

돈이 많거나 시간적인 여유가 있는 사람들이다."

몸을 만들기 위해서는 매일 운동하다시피 해야 하고, 식단도 일반인과 다르게 해야 하니 꽤 일리 있는 말입니다. 하지만 고작 식단 때문에 몸 만들기를 포기할 순 없으니, 결국 본인에게 맞는 식사 시간과 횟수를 정하는 것이 관건입니다.

나. '8, 12, 4, 8' 식사법

저 같은 경우에는 여러 번의 시행착오를 거쳐 하루에 네 번 식사를 했습니다. 처음에는 여섯 끼를 시도한 적도 있지만, 일을 하면서 이렇게 식단을 하는 것은 정말이지 '사육'에 가까운 일이었습니다. 때문에 여섯 끼는 포기하고, 하루 네 끼 먹는 시간을 정했습니다.

정확하게 4시간 단위여서 나름대로 이름을 붙였는데, 바로 '8, 12, 4, 8 식사법'입니다. 이것은 말 그대로 오전 8시, 정오 12시, 오후 4시, 저녁 8시에 식사하는 것을 뜻합니다. 아래는 벌크 업 기간과 다이어트 기간에 섭취했던 메뉴와 시간입니다. 보시는 바와 같이 다이어트 기간에는 먹는 양을 줄였지만, 식사 시간은 변동 없이 유지했음을 알 수 있습니다.

'8, 12, 4, 8' 식사법

구분	탄수화물	단백질	지방
08:00 AM	고구마 200g(150g)	닭가슴살 200g(150g)	견과류 8개(6개)
12:00 PM	현미밥 200g(150g)	닭가슴살 200g(150g)	견과류 8개(6개)
04:00 PM	고구마 200g(150g)	닭가슴살 200g(150g)	견과류 8개(6개)
08:00 PM	현미밥 200g(150g)	닭가슴살 200g(150g)	견과류 8개(6개)

- 괄호( ) 안의 수치는 다이어트 시 섭취량을 뜻함.
- 운동 : 아침 07:00~08:00, 저녁 18:00~19:00(점심시간 이용 시 12:20~01:00)
- 아침, 저녁 운동 직후 각각 프로틴 1스쿱(단백질 20g)+우유/물(250ml) 섭취.
- 과일, 채소
  - 아침 : 사과 1/2개, 토마토 1개, 브로콜리 한 줌(약 50g).
  - 저녁 운동 전 : 바나나 1개(다이어트 시에는 '방울 토마토'로 대체.)

저는 하루 중 아침 7시, 저녁 6시가 가장 운동하기 편했습니다. 가끔 아침에 늦잠을 자거나 운동을 하지 못했으면, 점심에 40분 정도로 대체했습니다. 위 표에 보시는 것처럼 탄, 단, 지 메뉴와 양은 거의 일정하게 유지했습니다.

특이 사항으로는 끼니마다 약간씩의 채소를 곁들여 먹었으며, 아침에는 사과와 토마토, 저녁 운동 전에는 바나나 1개씩을 먹기도 했습니다. 탄수화물의 경우 점심과 저녁 때 고구마 대신 현미밥을 먹기도 했는데요. 매 끼니 고구마만 먹기 무척 어려웠기 때문입니다. 또한, 점심에는 좀 운이 좋은 케이스였습니다. 왜냐하면, 사내 식당이 있어 일반식과 샐러드 중 고를 수 있었기 때문입니다. 위 표에는 현미밥, 닭가슴살, 견과류라 적혀 있지만, 벌크 업을 할 때는 현미밥을 주식으로 하는 일반식을 먹었고, 다이어트 기간에는 샐러드를 택했습니다. 모두 위 영양소를 충분히 섭취할 수 있는 수준이었기에 만족하였습니다.

한편, 저녁에는 운동 후 집에 도착하는 시간이 거의 8시 무렵이었습니다. 처음에는 저녁을 먹고 운동한 적도 있지만, 속이 불편해 운동에 집중할 수 없었지요. 결국 여러 번의 시행착오 끝에, 저녁 운동을 마친 뒤 프로틴을 물이나 우유에 타서 마셨습니다. 그런 다음 귀가하면 마지막 식사를 하였는데, 이렇게 하면 저녁 운동 후 찾아오는 약간의 허기짐을 참을 수 있었습니다. 게다가 운동 후 단백질을 공급해 줄 수 있었기 때문에 저는 이 방식을 선호했습니다.

위 표를 보면 오후 4시에 한 끼 식사를 더 했음을 알 수 있습니다. 그런데 이 시간은 식사이기보다 '간식'에 가까웠습니다. 왜냐하면 근무 시간 중에 잠깐 짬을 내서 먹어야 했고, 많은 시간을 할

애할 수 없었기 때문입니다. 고구마는 밥과 달리 도시락으로 챙기기 무척 쉽습니다. 그리고 업무를 보면서도 먹을 수 있기 때문에 오후 4시에 먹는 탄수화물은 섭취 편의성을 고려해 고구마를 택했습니다. 처음에는 고구마를 먹었지만, 다이어트 기간에는 그보다 열량이 적은 단호박으로 바꾸기도 했습니다. 또한 이때 먹는 닭가슴살은 주로 편의점 제품을 이용했습니다. 구입도 편하고, 신선도와 먹는 시간을 고려했을 때 가장 적합했기 때문입니다. 요약하자면 오후 4시에 먹는 고구마, 견과류는 집에서 도시락으로 준비했습니다. 닭가슴살만 편의점에서 구입함으로써 시간을 아꼈고, 편의성을 높일 수 있었지요. 이렇게 준비하니 회사에 다니면서도 정해진 시각에 네 끼 식사를 할 수 있었고, 눈치 보지 않고 먹을 수 있었습니다.

위의 경우는 다분히 저의 생활 패턴에 해당되는 예입니다. 따라서 반드시 이 시간을 따를 필요는 없습니다. 그런데 대부분의 직장인이 9 to 6의 출퇴근 시간을 따르므로, 위 패턴이 참고는 될 수 있을 것입니다.

앞서 말씀드린 바와 같이 저 같은 경우에는 사내 식당이 있었고, 헬스장도 있었습니다. 그렇기 때문에 최대한 그 시설들을 이용하고자 노력했습니다. 그런데 사람마다 운동할 수 있는 조건이 다르고, 저처럼 식사를 할 수 없기 때문에 본인에게 맞게 구성하는 것이 좋습니다. 중요한 것은 본인에게 필요한 하루 소비 열량과 운동 시간을 체크하는 일입니다. 그런 다음 그 열량을 채울 수 있도록 식사 횟수를 정하면 되겠습니다.

혹자는 '저 사람은 회사에 헬스장도 있고, 저렇게 할 수 있으니 가능한 거지.' 하며 넋두리할 수도 있습니다. 그런데 저도 짧은 글로 식단 관리 방법을 설명 드렸지만, 제게 맞는 운동 시간과 식사 방법을 찾기 위해 부단히 노력했습니다. 어차피 사람마다 기준은 다를 수밖에 없습니다. 따라서 위의 표를 참고해 본인에게 맞는 시간표를 구성하면 좀 더 수월하게 진행할 수 있을 것입니다.

5

결국 중요한 건 '스트레스 관리', '간편함', '지속성'

식단 관리를 하다 보면 각종 유혹들에 휩싸입니다. 끼니마다 고구마, 닭가슴살을 먹는 것도 어렵고, 시간을 지켜서 먹어야 하니 참 힘들지요. 정해 놓은 식단 외에는 먹고 싶은 것이 있어도 참아야 합니다. 따라서 한두 달이 지난 시점에는 '내가 지금 뭘 하고 있는 거지?' 하며 자괴감에 빠질 때도 많습니다.

무엇보다 금요일, 토요일에는 마음이 뜰 수밖에 없습니다. 남들은 불금이다 뭐다 하면서 술 약속을 잡는데, 혼자 헬스장에서 쇠질을 하자니 이보다 외로울 수 없습니다. 아마도 금요일 저녁 7~8시쯤 운동을 해 본 분들은 크게 공감할 것입니다. 유난히 이 시간에는 헬스장에 사람도 없고 운동할 맛도 안 납니다. 간신히 운동을 마친 뒤에도 남들은 맥주에 치킨을 뜯고 있는데, 나 혼자 닭가슴살 팩 뜯을 때 그 기분······. 그건 정말 느껴 본 사람만 알 것입니다.

장황하게 제 경험을 소개해 드린 것은, 실제로 운동보다 식단 관리가 더욱 힘들고 어렵기 때문입니다. 저 또한 마찬가지였는데, 그나마 이 상황을 이겨 낼 수 있었던 것은 '내 인생에 이런 시간이 얼마나 되겠어?' 같은 마인드 컨트롤 때문이었습니다.

식단 관리를 하다 보면 정신적으로 지치지 않게 관리해 주는 것도 필요합니다. 저 같은 경우에는 일주일 중 목요일에 비교적 가볍게 운동했습니다. 그리고 일요일 하루는 한두 끼 정도 먹고 싶은 것을 먹으면서 스트레스를 풀었지요.

가. 스트레스를 푸는 것도 영리하게

저는 직장에 다니면서 운동을 하다 보니 가장 힘든 날이 '목요일'이었습니다. 예전에는 월요일이 가장 힘들었는데, 주말을 마무리하는 일요일 밤은 정말이지 죽을 맛이었지요. 그런데 운동을 시작한 뒤로는 월요일이 가장 활력 넘치고 집중하기 좋은 날이 되었습니다. 주말에 쉬어서인지 월요일 아침에 운동을 하고 나면 그렇게 개운할 수가 없었습니다.

그러다 목요일이 되면 그동안 스트레스 때문에 피곤함도 쌓이고, 운동을 병행했기 때문에 몸이 무척 무거웠습니다. 금요일은 주말을 앞두고 있다는 기대감으로 어떻게든 버텼지만, 상대적으로 목요일이 힘들었던 것입니다.

그래서 저는 다른 요일보다 목요일에 비교적 가볍게 운동했습니다. 어떤 날은 웨이트 트레이닝을 건너 뛰고 유산소만 하다 온 적도 많고, 아예 그마저도 하지 않은 날도 있습니다. 그때 느낀 사실 중 하나는, 바디 프로필 준비 기간을 8개월로 정하길 참 잘했다는 점입니다. 심리적으로 여유가 있었기 때문에 쉴 때도 부담 없이 쉴 수 있었습니다.

또한, 저는 일주일 중 하루 정도는 먹고 싶은 것을 마음껏 먹으며 쉬었습니다. 다이어트 기간에는 그럴 수 없었지만, 벌크 업 때만큼은 치팅 데이(Cheating Day)를 둔 것입니다. 평소 라면을 좋아했던 저는 '일요일 = 라면 먹는 날'로 정했습니다. 운동을 해 본 분들은 알겠지만, 일주일에 하루 정도는 먹고 싶은 것을 먹어도 생각보다 많이 먹질 못합니다. 식단을 하고 있기 때문에 그런 것일 수도 있지만, 생각보다 먹는 양이 많지 않게 되는 것입니다. 따라서 일주일에 한두 끼 정도는 먹고 싶은 것을 먹으며 스트레스를 푸는 것도 좋은 방법입니다.

어찌 보면 몸을 만드는 기간은 6개월 이상이기 때문에 무척 긴 시간입니다. 특히 다이어트에 돌입하면 운동뿐만 아니라 먹는 것에도 각별히 신경 써야 합니다. 가뜩이나 운동하기도 힘든데, 주변에서는 자꾸 먹을 것을 권하며 '뭐 좀 먹어라.', '그러다 쓰러질 것 같다.'는 말들을 건네 올 것입니다. 따라서 장기적인 관점에서는 스트레스를 영리하게 풀 수 있는 방법들이 필요합니다. 본인만의 치팅 가이드를 생각해 두거나, 적절한 보상들을 마련해 두어야 하는 것입니다.

나. 지속성과 간편함 앞에 장사 없다

앞서 다룬 '8, 12, 4, 8 식사법'을 살펴보면, 매 끼니 탄수화물의 공급원으로 현미밥, 고구마를 택했음을 알 수 있습니다. 또한 단백질, 지방의 공급원으로 닭가슴살과 견과류를 선택했음을 알 수 있지요. 어떤 분들은 위 식단표를 보여드리니 실제로 저렇게만 먹었는지 되묻는 경우가 많았습니다. 어떻게 사람이 8개월 동안 고구마, 닭가슴살만 먹고 사느냐는 것이었습니다. 그런데 저는 실제로 3대 필수 영양소 만큼은 저 메뉴를 지켰습니다.

과일과 채소는 가리지 않고 섭취했지만, 적어도 탄, 단, 지 메뉴만큼은 거의 동일했던 것입니다. 어쩌다 한두 끼 정도는 현미밥 대신 오트밀이나 떡을 먹은 적도 있었습니다. 또한 닭가슴살이 물리면 오리고기, 소고기, 고등어 등을 단백질 공급원으로 먹은 적도 있지요. 하지만 대부분은 저 식단이었고, 먹는 시간과 양을 꾸준히 유지했습니다.

아마도 바디 프로필을 준비하는 이들 대부분은 저와 비슷하지 않을까 생각됩니다. 조리 방식에 차이는 있겠지만, 메뉴의 종류는 대동소이하기 때문입니다. 그런데 한 번쯤은 왜 많은 사람들이 그토록 고구마와 닭가슴살에 열광하는지 의문을 가질 필요도 있습니다. 저도 바디 프로필을 준비하기 전까지는 도통 이해할 수 없었기 때문입니다.

'한 가지만 먹으면 지겨울 텐데……. 왜 저렇게 고집할까? 바꿀 수는 없을까?'

그런데 실제로 먹어 보니 답은 간단했습니다. 그것은 바로 '지속성'과 '간편함' 때문입니다. 저도 처음에는 닭가슴살 대신 다른 메뉴들을 먹어 보려고 한 적 있습니다. 그러나 가장 많이 찾은 것은 역시 닭가슴살이었습니다. 왜냐하면 시중에서 쉽게 찾을 수 있고, 소고기와 돼지고기보다 가성비가 좋았기 때문입니다. 다른 식재료의 경우 조리 시간도 길 뿐만 아니라, 값이 비싸고 보관도 용이하지 않았습니다. 평일 저녁에 몇 번은 소고기 부챗살이나 돼지고기 목살 등을 먹기도 했습니다. 하지만 80%는 팩으로 된 닭가슴살을 이용했습니다.

다이어트 기간에는 특히 운동 시간이 길어지고 신경이 예민해져 있는 경우가 많습니다. 따라서 식단 관리에 크게 스트레스 받지 않는 것이 좋지요. 고구마, 닭가슴살, 아몬드, 호두는 보관이 편하고, 도시락으로 싸기 쉽습니다. 또한 '랭킹닭컴'이나 '마켓컬리'를 이용하면, 주문 후 다음 날 집 앞까지 배송해 주기 때문에 자주 이용했습니다.

한편 저 같은 경우에는 한 달 기준 식비가 20만 원을 넘긴 적이 없습니다. 결국 준비하기 편하고, 지속적으로 섭취할 수 있느냐가 관건이었습니다. 가성비, 보관 편의성, 섭취 용이성 등을 따졌을 때 가장 적합했던 것은 역시 고구마, 닭가슴살이었던 것입니다.

바쁜 직장인들을 위해 추가적인 팁을 드리면, 가급적 평일에는 위와 비슷하게 식단을 짜고, 주말에는 메뉴를 바꿔 보는 것도 도움이 될 수 있습니다. 쉬는 날에는 상대적으로 시간이 많습니다. 따라서 닭가슴살이 아닌 다른 재료를 준비해 요리해 볼 것을 추천 드립니다. 또한 일요일에는 고구마, 견과류 정도는 미리 비닐에 소분(小分)해 놓는 것이 좋습니다. 이렇게 하면 매일 아침 닭가슴살 정도만 준비하면 되기 때문에 시간을 절약할 수 있습니다.

어떤 방법이든 중요한 것은 '지속적으로 편하게 유지할 수 있는가?' 하는 점입니다. 그러려면 운동 외 움직이는 시간을 최소화하고, 먹기 쉬운 쪽을 택하는 것이 상책입니다. '나는 좀 힘들어도 소고기와 돼지고기를 조리해서 먹겠다.' 하는 분들은 약간의 수고를 들여도 좋습니다. 요즘에는 슬라이스 팩도 많이 나오기 때문에, 고기를 해동해서 굽는 시간만 고려하면 나쁘지 않은 선택이라 하겠습니다.

6

알아 두면 도움되는 Tip :
간헐적 단식, 키토제닉 식단

지금까지 식단 관리의 중요성에 대해 알아보았습니다. 그런데 위 방식처럼 정석대로 식단을 지키는 게 여간 어려운 일이 아닐 것입니다. 직장에 다니는 분들이면 더욱 힘들 것이며, 부지런한 분들이 아니면 최초 세운 계획이 무너지기 쉽습니다. 사람마다 바이오리듬이 다르고 선호하는 메뉴도 다르므로, 다이어트를 할 때 알고 있으면 도움될 만한 팁 두 가지를 알려 드립니다.

첫 번째는 '간헐적 단식'으로 자가포식의 원리를 통해 체지방의 연소를 극대화하는 방법입니다. 두 번째는 최근 유행하고 있는 저탄고지 중심의 '키토제닉 식단[10]'입니다.

거두절미하고 핵심적인 내용만 간추려 설명해 드리도록 하겠습니다.

가. 16:8 간헐적 단식(16:8 Intermittent Fasting)

- 금식 : 저녁 8시부터 다음 날 정오 12시까지 16시간 동안 단식.
  - 물과 커피는 마셔도 되지만, 설탕이나 우유가 일체 들어가지 않아야 한다.

- 식사 : 정오 12시부터 저녁 8시까지, 8시간 동안 음식 섭취.
  - 먹고 싶은 음식을 먹고 싶은 만큼 충분히 먹도록 한다. (단, 폭식은 금물.)

---

10) 키토제닉 식단(Ketogenic diet) : 지방 섭취를 늘리고 탄수화물·단백질 섭취를 줄이는 식이 요법, 1920년대 소아 뇌전증 환자 및 뇌종양 환자 치료를 위해 만들어짐.

Intermittent fasting

| 어떻게 효과를 볼 수 있는가?

간헐적 단식 방법에는 여러 가지가 있습니다. 그러나 여기에서는 가장 기본적인 '16:8 간헐적 단식(16:8 Intermittent Fasting)'을 소개해 드리겠습니다. 보통 직장인들의 경우, 오전 9시에 출근해서 저녁 6시에 퇴근하는 경우가 많습니다. 따라서 현실적으로는 16:8 간헐적 단식이 시도해 보기 좋은 방법입니다.

이 방법은 쉽게 말해 16시간 동안 금식하고, 8시간 내에 식사를 마치는 것을 뜻합니다. 16:8 간헐적 단식이 효과를 볼 수 있는 이유를 설명해 드리려면, 우선 '자가포식(오토파지, Autophagy)'의 원리부터 이해해야 합니다. 자가포식이란, 내 몸의 노화되고 병든 세포를 에너지로 활용해 더 건강한 세포들이 성장할 수 있다는 개념입니다.

우리 몸의 세포는 어떠한 악조건이 닥치면 어떻게든 살아 남으려는 반응을 보입니다. 즉, 생존을 하기 위해 세포들이 알아서 몸부림친다는 의미입니다. 2016년에 일본의 오스미 요시노리 교수는 '생존을 위한 세포의 자가포식' 이론으로 노벨상을 수상하기도 했습니다. 이 이론의 주요 내용은 다음과 같습니다.

먼저 우리 몸은 간헐적 단식을 하게 되었을 때 '자가포식'이 활성화됩니다. 그런데 시간이 흐르면 흐를수록 오래된 세포들을 흡수하여 에너지의 효율성을 높이게 됩니다. 우리의 몸은 음식물 섭취 중단 후 약 12~24시간 내 자가포식이 최대치로 활성화됩니다. 따라서 이례적이지만 16:8뿐만 아니라 23:1 단식도 존재하는 것입니다. 우리가 흔히 얘기하는 1일 1식의 개념도 이 이론에 근거를 두고 있음을 알 수 있습니다. 어찌됐든 중요한 것은 단식을 하더라도 각자에게 맞는 방법을 찾는 것입니다. 아래는 간헐적 단식을 할 때 추천하는 메뉴들입니다.

| 간헐적 단식 시 추천하는 메뉴들

위에서 언급한 바와 같이 단식 중에는 물과 커피 정도는 마셔도 됩니다. 단, 여기서 커피는 우유, 시럽, 설탕 등이 일체 들어가지 않은 것이라야 합니다. 쉽게 말해 '에스프레소' 커피만 허용된다고 보시면 되겠습니다. 금식을 마친 다음, 식사 시간에 추천하는 메뉴들은 아래와 같은 것들이 있습니다. 식단을 구성하실 때 참고하면 되겠습니다.

- 탄수화물 : 오트밀, 현미, 퀴노아, 쌀 등.
- 단백질 : 소고기, 닭고기, 오리고기, 등푸른 생선, 계란 등.
- 지방 : 아보카도, 아몬드, 브라질 너트, 올리브 오일 등.
- 비타민 외 : 사과, 브로콜리, 바나나, 딸기류, 오렌지, 배, 양배추, 콩, 오이 등.

나. 키토제닉 식단(Ketogenic diet)

위 간헐적 단식과 함께 저탄고지 중심의 '키토제닉 식단'(Ketogenic diet)을 알고 있으면, 좀 더 좋은 성과를 얻어낼 수 있습니다. 키토제닉은 여러 헐리우드 배우들의 트레이너로 유명한 '데니 조'가 추천하기도 한 방법입니다. 영화 〈X-MAN〉의 울버린 캐릭터로 유명해진 휴 잭맨도 이 식단 관리 방법으로 효과를 보았다고 하지요.

저탄고지라고 하면 일반인들은 조금 어렵게 받아들이는 경우가 있습니다. 그런데 이것은 평소 식단에서 밥이나 면 같은 것들을 제외하고, 고기와 생선을 조금 더 먹는다고 보시면 되겠습니다.

이를테면, 목살이나 삼겹살을 쌈 싸서 마음껏 먹는 것을 떠올리면 됩니다. 여기에 샐러드를 곁들인다면, 설탕이 많이 첨가된 소스를 피한 식단이라고 보면 됩니다. 포도당 덩어리인 설탕과 시럽은 저탄고지 식단에서 반드시 피해야 한다는 것들입니다. 이 점에 유의하면서 고기와 채소, 생선 위주로 식단을 구성하면 되겠습니다.

간혹 저탄고지라고 해서 지방을 굉장히 많이 섭취하시는 분들이 있습니다. 요즘에는 일부러 에너지 보충을 한답시고, 커피에 버터를 넣은 이른바 '방탄 커피'를 찾는 분도 간혹 있습니다. 그런데 무엇이든 과하면 탈이 나는 법입니다. 저 역시 잠시 이러한 식품들을 찾기도 했는데, 실제로 먹어 보니 맛도 없고 몸 관리를 위한 그럴싸한 이유를 찾지 못했습니다.

이처럼 간헐적 단식과 키토제닉 식단은 다이어트를 위한 하나의 팁은 될 수 있지만, 맹목적으로 좇을 필요는 없습니다. 중요한 것은 어떤 방법을 택하든지 그 방법이 여러분의 바이오리듬과 생활 패턴에 맞느냐 입니다. 만약 여러분에게 맞다면, 가장 쉽고 효과적으로 적용시킬 방법을 찾는 것이 그 다음입니다.

뫼비우스의 띠처럼 연결된 '운동 - 숙면 - 비만'

현대인의 약 20% 정도는 불면증에 시달리고 있습니다. 1일 수면 시간이 6시간 미만인 경우는 약 40%에 이른다고 하지요. 그런데 한 연구[11]에 따르면, 수면 시간이 짧을수록 살이 찌기 쉽다는 분석 결과가 있습니다. 즉 수면 시간의 단축이 비만 확률을 높일 수 있다는 것입니다.

평소 잠을 못 자는 것도 억울한데 살까지 찐다니……. 이보다 괴로운 일이 또 있을까요? 그런데 이 연구에 따르면 하루 7시간 잠을 자는 사람에 비해 6시간, 5시간, 4시간 잠을 자는 사람들은 평균 BMI 도 높아짐을 알 수 있습니다.

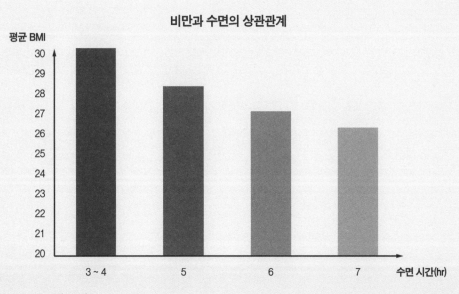

11) James E.et al.(2005). Inadequate sleep as a risk factor for obesity: analyses of the NHANES I. National Library of Medicine, 10, 1289-96.

다시 말해 수면 시간의 단축이 비만 확률을 높이는 것입니다. 하루 평균 수면 시간이 6시간인 사람은 7시간인 사람에 비해 비만이 될 확률이 23%나 높습니다. 또한 5시간인 사람은 50%, 4시간 이하인 사람은 73%나 증가함을 알 수 있지요.

그렇다면 수면 부족이 비만으로 이어지는 결정적인 이유는 무엇일까요?

그 이유는 수면 부족이 인슐린 저항성을 일으켜 식후 혈당 조절을 방해하기 때문입니다. 그런데 운동을 해 본 분들은 알겠지만, 잠을 충분히 자지 못하면 운동할 때 능률이 오르지 않습니다. 즉 수면의 질이 떨어지면 운동량도 감소하고, 에너지 소비량에도 영향을 끼칠 수밖에 없는 것입니다.

몸에 있는 에너지를 소비해야 살이 빠지는데, 운동 능률이 떨어지고 에너지 소비량도 떨어지니 살이 찔 수밖에 없는 것이지요. 사실 잠이 부족하면 운동뿐만 아니라 집중력도 떨어지고, 일상생활 전반에 악영향을 끼칠 수밖에 없습니다.

이처럼 운동, 수면, 그리고 살은 마치 '뫼비우스의 띠'처럼 연결되어 있습니다. 살이 찌지 않으려면 숙면을 취해야 하고, 숙면을 취하려면 운동을 해야 하는 것입니다. 반대로 운동을 제대로 하기 위해서는 숙면을 취해야 하고, 그래야 살도 빠질 수 있습니다.

익히 알려진 바와 같이 적당한 유산소 운동과 웨이트 트레이닝은 수면의 질을 높입니다. 운동을 하면 스트레스를 해소할 수 있고, 스트레스가 줄어들면 심신이 안정되기 때문에 숙면을 취할 수 있는 것입니다. 이처럼 '운동, 수면, 비만'은 서로 연관성이 매우 높다고 볼 수 있습니다. 건강은 물론, 최상의 컨디션과 바이오리듬을 유지하기 위해서는 이 세 가지를 각별히 신경 써야 하는 것입니다.

V

'Diet = Eat or Die?',
다이어트에 대한 짧은 고찰

이번 장에서는 다이어트 시기에 알고 있으면 좋은 팁과 잘못 알려진 오해들, 그리고 직장인 입장에서 느낀 점들을 총 정리했습니다. 익히 알려진 바와 같이 다이어트의 가장 큰 맹점은 근육을 잃지 않으면서도 체지방을 최대한 걷어 내는 데 있습니다. 따라서 그 목적을 달성하기 위한 방법과 식단, 그리고 많은 분들이 잘못 알고 있는 사항들을 중점적으로 다루었습니다. 사실 다이어트 기간을 어떻게 두느냐에 따라 체지방을 줄일 수 있는 방법도 천차만별입니다. 따라서 몇 가지 내용은 참고 사항 정도로 읽어 주시면 감사하겠습니다.

BODY PROFILE

다이어트는 여러분이 앞으로 바디 프로필 촬영을 할 수 있느냐 없느냐를 가늠하는 중요한 과제입니다. 실제로 프로필 촬영을 며칠 앞두고 포기하는 이유가 다이어트에 실패해서인 경우가 많습니다. 근육량이 없어서라기보다 촬영을 할 수 있을 정도로 충분히 체지방을 걷어 내지 못했기 때문입니다.

책의 순서상으로는 근비대에 목적을 둔 벌크 업을 먼저 소개하긴 했습니다. 하지만 시즌과 비시즌 구분이 없는 직장인의 경우, 다이어트 기간을 제외하고는 모두 벌크 업 기간에 해당된다고 봐도 됩니다. 다시 말해 바디 프로필을 찍었다고 해서 운동을 그만둘 것은 아니므로, 다이어트를 하는 시기를 제외하면 나머지는 근성장을 위한 기간으로 보아도 무방한 것입니다.

체지방을 줄이는 방법과
유산소 운동에 대한 고찰

저는 바디 프로필을 준비하면서 다이어트를 처음 시작했지만, 요즘에는 일반인들도 관심이 많습니다. 몇몇 방송 채널들만 둘러봐도 먹방 못지않게 자주 등장하는 것이 바로 다이어트이기 때문입니다. 그런데 제가 다이어트를 진행하면서 크게 깨달은 사실 한 가지가 있습니다. 그것은 다이어트에 대한 정의와 개념이 사람마다 다르다는 점입니다.

일반인들에게 다이어트 이야기를 꺼내면, 단순히 '체중 감량'만 떠올리는 경우가 많습니다. 누가 다이어트를 한다고 하면, 단식원에 들어가서 쫄쫄 굶거나 열심히 런닝머신 위에서 땀 흘리는 모습만 떠올리게 되지요. 그런데 다이어트는 무조건 체중 감량만 뜻하는 것은 아닙니다. 체중을 유지하면서 근육량을 늘리는 것도 다이어트가 될 수 있고, 체중을 줄이면서 체성분 전체를 변화시키는 활동도 다이어트로 볼 수 있는 것입니다.

우리가 체지방을 줄일 때 쓸 수 있는 방법은 크게 세 가지가 있습니다.

첫째는 '식단 관리'와 '식이 조절'로 다이어트를 하는 것입니다. 쉽게 말해 우리가 먹는 식사량과 칼로리 양을 줄이면서 탄수화물, 단백질, 지방의 비율을 조절하는 것을 뜻합니다.

둘째는 '근육량'을 늘리는 것입니다. 우리의 몸은 근육량이 많을수록 에너지 대사가 활발해지고, 체지방 감소에도 효과적입니다. 이것은 근육이 많은 선수들이 엄청난 양의 음식을 먹고, 금세 소화시키는 장면을 떠올리면 이해가 될 것입니다. 한때 유명 농구 선수이자 감독이었던 현주엽 씨도 여러 TV 예능을 통해 엄청난 대식가임을 증명한 바 있습니다. 이러한 현상은 운동 선수들이 일반인보다 근육량과 대사량이 높기 때문에 가능한 일입니다.

체지방을 줄이는 세 번째 방법은 '유산소 운동'입니다. 런닝머신, 사이클, 트레드 밀 같은 유산소 운동은 확실히 체지방을 태우는 데 효과적입니다. 그런데 대다수의 사람들은 웨이트 트레이닝에 대해 여러 방법들을 섭렵하고 있지만, 유산소 운동에 대해서는 잘 모르고 있는 경우가 많습니다. 실제 헬스장에서 유산소 운동을 하는 분들을 보면, 1시간 넘게 걸음마 수준으로 런닝머신을 타거나, 짧게 5~10분 정도만 하고 내려오는 경우도 있습니다. 그런데 체지방 감소가 주 목적이라면, 유산소 운동도 요령 있게 실시해야 합니다. 목적에 맞게 유산소 운동을 해야 하고, 그 목적이 달성되지 않았다면 왜 그런지 살펴봐야 하는 것입니다.

결론만 말씀드리면, 바디 프로필을 준비하기 위한 몸을 만들기 위해서는 본인 체력의 60% 수준 강도에서 4~50분 정도만 하는 것이 좋습니다. 그 이유는 똑같이 달리기를 해도 운동 시간에 따라 쓰이는 '에너지원'이 각각 다르기 때문입니다.

운동 시간에 따른 에너지원의 사용

- 20분 이하 : 탄수화물 분해 후 간, 근육 속 저장된 '글리코겐'을 에너지원으로 사용.
- 30분~50분 : '체지방'을 분해해 에너지원으로 사용.
- 1시간 이상 : 근육 속 '단백질'을 에너지원으로 사용.

런닝머신을 타기 시작하면 처음 20분 정도까지는 간, 근육에 저장된 '글리코겐'을 에너지원으로 씁니다. 글리코겐은 밥, 고구마와 같은 탄수화물을 섭취한 이후 분해를 통해서 얻을 수 있는 잉여 에너지입니다. 처음 글리코겐을 에너지원으로 쓸 때는 몸이 매우 힘들게 느껴지는데, 그 이유는 피로 물질인 젖산이 급격하게 증가하기 때문입니다.

그러다가 20분 정도 지나면 한결 몸이 가뿐해지고 힘이 들지 않게 되는데, 이때부터는 글리코겐이 아닌 체지방이 분해되면서 에너지원으로 쓰입니다. 즉 진정한 의미의 유산소 운동은, 런닝머신에 올라선 20분 이후부터 시작되는 것입니다. 이때부터는 이전보다 산소 공급이 많아지면서 젖산의 생성이 줄어듭니다. 따라서 처음 달릴 때보다 힘이 덜 들게 되지요.

그런데 너무 오래 달려도 문제입니다. 1시간 이상 유산소 운동을 하면, 이때부터는 체지방이 아닌 단백질이 주 에너지원으로 쓰입니다. 즉 달리기도 너무 오래하면 근손실이 올 수 있는 것입니다. 마라톤처럼 심폐 지구력을 강화하기 위한 목적이라면 1시간 이상 달리는 것이 좋습니다. 하지만 심미적 목적으로 다이어트를 하는 것이라면 이는 권장 사항이 아닙니다. 우리의 주 목적은 체지방을 태워 몸을 예쁘게 만드는 것인데, 근손실이 오면 매우 속상할 것입니다. 따라서 유산소 운동도 목적에 따라 영리하게 할 필요가 있습니다.

위에서 언급한 낮은 강도로 가볍게 뛰는 것에 대한 기준이 모호한 분도 있을 것입니다. 유산소 운동을 할 때 언급되는 낮은 강도의 기준은 '심장 박동수'와 관련이 있습니다. 즉 본인의 최대 심장 박동 수를 100%라고 했을 때, 50~60% 수준으로 30분 이상 뛰는 것이 중요한 것입니다. 여기서 최대 심장 박동수(MHR)에 따른 목표 심박수(THR)를 측정하는 계산식은 다음과 같습니다.

카르보넨(Kavonen) 목표 심박수 계산법

- 최대 심박수(MHR) = 220 - 나이
  예) 40살 기준, 최대 심장 박동 수 = 220 - 40 = 180 BPM

- 안정 시 심박수(RHR) = 안정된 상태에서 1분 동안 심장이 뛰는 횟수.
  - 건강한 성인 : 60~100 BPM.
  - 질환이 있는 성인 : 빈맥 100BPM 이상, 서맥 60BPM 이하.
  - 노인 : 70~80 BPM.

- 목표 심박수(THR) = (MHR-RHR)×운동강도(%)+RHR
  예) 나이 40살, 안정 시 심박수(RHR) 70BPM, 저강도(5~60%).
    목표 심박수(THR) = (220-40-70)×0.6+70 = 136 BPM

위 예시처럼 최대 심장 박동 수가 180 BPM이라면, 유산소 운동의 적절한 강도는 50~60%인 125~136 BPM이 됩니다. 심박수 측정이 가능한 런닝머신이 있다면, 목표 심박수를 고려해서 뛰면 되는 것입니다. 만약 이것저것 계산하기 어렵다면, '120 BPM 이상으로 30분 이상 뛰어야 지방 제거에 효과적이다.'라 말씀드릴 수 있습니다.

중요한 것은, 바디 프로필 촬영을 위해서는 근육량을 유지하면서도 체지방률을 10% 미만으로 떨어뜨려야 한다는 점입니다. 이 목적을 위해서라면, 일정 수준 이상 웨이트 트레이닝과 유산소 운동이 반드시 수반되어야 합니다. 또한 앞서 말씀드린 것처럼, 유산소 운동에는 시간과 강도에 따라 쓰이는 에너지원이 각각 다릅니다. 따라서 몸을 만드는 목적에 따라, 훈련 종목과 시간을 고려해야 함을 기억하기 바랍니다.

2

몰라도 한참 몰랐네?
다이어트에 대한 오해들

아래는 제가 다이어트 기간에 알게 된 사실들을 비롯해, 많은 분들이 잘못 알고 있는 내용들을 추렸습니다. 처음에는 10주 동안 진행했던 다이어트 식단을 공유할까 고민했습니다. 그런데 개인마다 다이어트에 쏟는 시간이 다르고, 에너지 대사량과 메뉴 선호도 다를 것이므로 이 부분은 생략하였습니다.

대신 저와 비슷한 처지에 있는 분들이 다이어트를 할 때 알고 있으면 도움이 될 만한 내용들을 정리했습니다. 아래 글 중에 몇 가지는 '그 동안 내가 속았구나.' 하는 배신감이 드는 내용도 있을 것입니다. 하지만 이 내용들이 식단보다 몇 배는 더 보탬이 될 것이라 믿습니다. 여러분이 몸을 만들 때 먼 길을 돌아가지 않았으면 하는 마음이며, 시행착오를 덜 겪으셨으면 하는 바램입니다.

가. 어쩌면 그건 지방의 잘못이 아닐 수도 있어

사람들은 대개 '지방이 많은 음식'을 먹으면 몸에도 지방이 가득 찰 것이라 믿는 경우가 많습니다. 그래서 우유도 저지방 우유만 찾고, 버터나 육류가 다이어트에 쥐약이라 생각해서 피하는 분들도 있지요. 저 또한 '고지방'이라는 단어가 들어가 있으면, 금방 살이 찔 것 같아 피하던 때가 있었습니다. 그런데 나중에 확인한 사실이지만, 너무 지방을 피하면 스테미너도 떨어지고, 남자 구실도 못 하게 된다는 점을 알게 되었습니다.

세상에는 지방만큼 억울한 누명을 쓴 단어도 찾아보기 힘들 것입니다. 왜냐하면, 먹는 지방과 몸에 쌓이는 지방은 조금 다른 의미를 갖기 때문입니다. 심지어 포화 지방과 콜레스테롤도 과학적인 인과 관계를 찾기 무척 힘듭니다.

'먹는 지방과 몸에 쌓이는 지방이 다를 수 있다.'

『지방의 역설』의 저자, 니나 타이숄스는 10여 년의 연구 끝에 억울한 누명을 쓴 지방의 비밀을 밝혀냈습니다. 무려 512p 두께의 이 책은 뒤쪽의 참고 문헌 목록만 45p에 달하는데, 그동안 우리가 알고 있던 지방의 편견들을 하나씩 파헤치고 있습니다. '포화 지방'에 대한 잘못된 사실들을 과학적인 근거로 조목조목 반박하고 있으니, 관심 있으면 한 번쯤 읽어 보기 바랍니다.

결론만 말씀드리면, 이 책에서는 차라리 '고지방' 식단이 '고탄수화물, 저지방' 식단보다 모든 면에서 낫다는 교훈을 전해 주고 있습니다. 저지방 식단과 고강도 운동만이 체지방을 빼는 정석이라 믿는 분들에게는 다소 충격적인 이야기지요. 이것은 앞서 다이어트 파트에서 언급한 저탄고지 중심의 '키토제닉' 식단과도 관련이 있습니다.

혹시나 여러분들이 오래 전부터 운동을 했는데도 체지방이 줄어들지 않고 있다면, 두 가지를 의심해 볼 수 있습니다.

첫째는 '운동 강도'입니다. 체지방률을 떨어뜨리는 한 가지 방법은 근육을 키우는 것입니다. 그런데 웨이트 트레이닝의 강도가 1년 전이나 지금이나 변함없다면, 근성장은 일어나지 않습니다.

둘째는 하루에 총 섭취한 칼로리의 계산 실패와 '잉여 탄수화물'입니다. 우리의 몸은 필요로 하는 것보다 더 많은 양의 탄수화물을 섭취했을 때, 체지방 증대로 이어질 수 있습니다. 운동할 때 쓰이는 1차 에너지원이 탄수화물이지만, 쓰고 남은 탄수화물은 간과 근육에 '글리코겐'의 형태로 남게 됩니다. 그런데 간과 근육에 저장되는 글리코겐의 양은 최대 400~500g이므로 상당히 미미합니다. 이 저장량을 초과하면, 잉여 탄수화물이 지방으로 변해서 저장되는 것입니다.

즉 운동으로 소비되는 칼로리보다 더 많은 양의 탄수화물을 섭취하면, 지방이 되므로 총 섭취량에 유의해야 합니다.

다시 한번 정리하자면 벌크 업 기간에는 대사량을 높이기 위해서라도 탄수화물과 단백질을 충분히 섭취해야 합니다. 하지만 다이어트 기간에는 식사량을 줄이면서 탄수화물의 양도 점차 줄여서 섭취해야 합니다. 어찌 보면 체지방의 주적은 지방이 아니라, '잉여 탄수화물'일 가능성이 높다는 것입니다.

또한, 제 경험을 통해 알게 된 치명적인 사실 한 가지를 더 알려 드립니다. 그것은 바로 운동으로 지방을 태우는 것도 좋지만, 식단으로 불필요한 탄수화물 양을 줄이는 것이 '시간 대비 더 효과적이다.'라는 것입니다. 예를 들어, 살을 빼기 위해서는 야외에서 40분을 천천히 걷는 것보다 차라리 주먹밥 한 개(200kcal)를 덜 먹는 것이 낫습니다. 운동에 들이는 시간과 수고를 생각한다면, 식단 관리가 운동보다 더 쉽고 빠르기 때문입니다.

또한 앞서 이야기한 바와 같이, 지방은 테스토스테론의 분비를 위해서라도 꼭 필요합니다. 남자라면 일상 생활에 필요한 스테미너를 위해서라도 음식으로 섭취하는 총 칼로리의 15% 정도를 지방으로 섭취해 주어야 합니다. 겉보기에는 멀쩡한데, 남자 구실을 못 한다면 그것만큼 안타까운 일은 없겠지요? 테스토스테론의 분비가 감소되면 근육 발달도 저하되니, 지방은 피할 것이 아니라 꼭 챙겨야 하는 필수 요소인 것입니다.

나. '빨리 달리기'를 해도, '사우나'를 해도 살은 빠지지 않는다.

다이어트를 하는 분들은 살을 빼기 위해 많은 노력을 합니다. 대표적인 것이 식단 조절과 운동이지요. 대부분의 사람들은 먹는 것에 무척 민감하기 때문에 어떻게든 식단 조절을 해 보고자 합니다. 다이어트에 돌입하면, 평소에 좋아하던 야식도 끊고 술도 줄여 보려고 노력하지요.

그런데 운동과 생활 습관에 있어서는 그렇지 않은 분들이 많습니다. 본인은 분명 식단 조절도 하고 있고, 운동도 열심히 하고 있는데 살이 빠지지 않아 억울한 분들이 있을 것입니다. 그럴 때는 평소 본인의 '운동 패턴'과 '습관'을 되돌아볼 필요가 있습니다. 어딘가 운동을 잘못하고 있는 것은 아닌지, 나도 모르게 많은 간식을 섭취하고 있는 것은 아닌지, 수면이 불규칙한 것은 아닌지 등을 따져 봐야 하는 것입니다.

아래에 많은 분들이 잘못 알고 있는 대표적인 두 가지에 대해 알아보도록 하겠습니다.

1) 빨리 달리면, 살이 더 빨리 빠질까?

먼저 '빨리 달리기'에 대한 오해입니다. 헬스장에 가 보면 미친 듯이 런닝머신을 타는 분들이 있습니다. 저도 헬스장에서 이런 분들을 간혹 본 적 있는데요. 그냥 가볍게 뛰는 정도가 아니라, 스피드 버튼을 10~12 레벨 이상으로 놓고 20분 이상 힘차게 달리는 것입니다. 몇 번은 어찌나 발을 힘차게 디디는지 런닝머신 전체가 흔들린 적도 있습니다. 그때마다 저는 속으로 이런 말을 하기도 했습니다.

'와...... 런닝머신이 안 망가지는 게 신기하다.
저분이 저렇게 달리는 목적은 뭘까?'

사실 체중 감량이 목적이라면 이렇게 전속력으로 달릴 필요는 없습니다. 어떤 분들은 아래와 같이 반문하실 수도 있습니다.

"아니, 빨리 뛰면 숨도 차고 더 힘들텐데.
그러면 에너지도 더 소비되고 좋지 않아?"

언뜻 보기엔 그럴싸해 보이지만, 사실 같은 거리를 빨리 달리든 천천히 달리든 에너지 총 소비량에는 큰 차이가 없습니다. 예를 들어 여러분이 3km를 10분만에 완주했다면, 같은 거리를 20분 동안 달려도 총 에너지의 소비량은 같습니다. 20분 동안 달리는 것이 단위 시간당 에너지 소비량은 적을지 몰라도, 운동 시간이 2배이기 때문에 총 에너지 소비량은 똑같은 것입니다.

총 에너지 소비량

3km를 10분 동안 힘차게 달렸을 때 = 3km를 20분 동안 천천히 달렸을 때

다시 말해, 달리기를 할 때 쓰이는 총 에너지의 소비량은 속도와 큰 관계가 없습니다. 그렇다면 에너지 소비량은 어떻게 계산되는 것일까요?

이것은 '체중'과 관련이 있는데, 대체로 체중 1kg이 1km를 이동하면 약 1kcal가 소모됩니다. 예를 들어 체중이 70kg인 사람이 3km를 달리면, 10분 동안 달리든 20분 동안 달리든 총 에너지 소비량이 70×3 = 210kcal로 동일한 것입니다.

우리가 빨리 달릴 때 더 힘들게 느껴지는 이유는 빨리 달릴수록 인체가 '무산소 에너지' 대사에 의존하기 때문입니다. 여러분도 한 번쯤 그런 경험이 있을 텐데, 처음 런닝머신을 탈 때는 무척 힘들다가, 20분 정도가 지나면 처음보다는 한결 발걸음이 가볍고 덜 지친 적 있을 것입니다. 처음 달릴 때나 빨리 달릴 때는, 무산소 에너지 대사에 의존하면서 젖산이 체내에 축적되며 힘들게 느껴지는 것입니다. 따라서 빨리 달리는 것만이 무조건 체중 감량에 효과적인 것이 아니라는 점을 깨달아야 합니다. 다이어트를 위해서라면, 본인이 달릴 수 있는 최대 속도의 60% 정도로 뛰는 것이 효과적이라 하겠습니다.

2) 사우나를 오래 해도 살은 안 빠진다

다음은 사우나에 대한 이야기입니다. 이것은 회사 헬스장에서도 목격했고, 찜질방에서도 자주 목격하였는데요. 실제로 제가 본 몇몇 분들은 '사우나를 하면 살이 빠진다.'고 착각하는 분들이 많

았습니다. 어떤 분은 이렇게 말씀하신 적도 있습니다.

> "오늘은 런닝머신 안 타고 사우나만 할 거야.
> 살 빼는 데는 역시 사우나가 최고인 것 같아."

사우나를 해도 어차피 땀을 흘리니, 유산소로 흘리는 땀과 사우나로 흘리는 땀이 같다 생각하는 것입니다. 결론만 말씀드리면, 사우나를 하거나 땀복을 입고 흘리는 땀은 지방을 빼는 것이 아니라, '체내의 수분'을 배출시키는 것입니다. 사우나를 하면 외부의 열 때문에 체온이 올라가면서 땀을 흘립니다. 그런데 유산소 운동을 하면 체내의 근육으로부터 열을 발생시켜 땀을 흘리는 것이기 때문에, '땀의 이유'가 다릅니다. 달리기로 에너지 소비를 하면서 흘리는 땀과 사우나에서 열을 쬐어 흘리는 땀은 근본적으로 다른 것입니다.

가끔 UFC 선수들이나 복싱 선수들을 보면, 계체량을 며칠 앞두고 이런 방식으로 체중 감량을 하는 것을 알 수 있습니다. 단기간에 체중을 줄이기 위해 사우나를 하면서 땀을 배출시키는 것입니다. 그런데 이분들은 우리와 같은 일반인이 아닌 그야말로 '근육질' 덩어리입니다. 평소 체지방률은 8~10% 수준에 이르고, 더 이상 뺄 지방이 없다고 해도 과언이 아닙니다. 따라서 계체량 통과를 위해, 체내에 남아 있는 마지막 수분을 배출함으로써 체중을 줄이는 것입니다.

따라서 일반인이 체중 감량을 위해 사우나를 하는 것은 거의 효과가 없다고 보면 되겠습니다. 일시적으로는 수분이 빠져서 감량된 것처럼 보이지만, 사실은 효과가 미미한 것입니다. 차라리 체지방 감량을 위한 다이어트가 목적이라면, 사우나를 할 시간에 식단 조절에 힘쓸 것을 추천 드립니다. 물론 바디 프로필 촬영을 며칠 앞두고 본인의 체지방률이 10% 미만 수준까지 떨어졌다면, 잠시나마 수분을 걷어 내기 위해 사우나를 하는 것도 도움이 될 수 있습니다.

다. 뱃살 뺄 땐 차라리 '윗몸 일으키기'보다 '바벨 스쿼트'

헬스장에서 운동을 하다 보면 누군가 먼저 다가와 말을 거는 경우가 있습니다. 운동 경력이 다르기 때문에, 나보다 경험이 있는 것 같아 보이면 조언을 구하고 싶을 때도 있지요. 저도 그런 적이 몇 번 있었는데, 제가 먼저 다가가 팁을 얻은 적도 있고, 반대로 저에게 조언을 구했던 분들도 있습니다.

제가 가장 많이 받았던 질문은 크게 두 가지였는데, 하나는 '웨이트 트레이닝과 유산소 운동 중 무엇을 먼저 하는 것이 나은지?'에 관한 것이었습니다. 또 하나는 '뱃살을 빼려고 하는데 어떤 운동이 가장 효과적인지?'에 대한 질문이었습니다. 당시 제 주변에는 이제 막 운동을 시작하면서 뱃살을 빼기 위해 열심인 분들이 많았습니다. 따라서 많은 분들이 착각하는 '뱃살과 윗몸 일으키기'의 상관관계에 대해 이야기해 볼까 합니다.

먼저 우리 몸에서 체지방은 '최근에 축적된 부위'부터 순차적으로 빠지는 경향이 있습니다. 만약 얼굴에 볼살이 없었는데 한 달 사이에 생겼다면, 다이어트 할 때 가장 먼저 빠지는 부위가 바로 볼살입니다. 또한 우리 몸에서 '복부'는 가장 지방층이 두껍습니다. 이것은 육지에 사는 포유류 대부분이 그렇지요. 생존을 하려면 몸의 어딘가에 에너지를 저장해야 하는데, 복부나 허벅지 같은 부위에 가장 먼저 에너지를 채워 넣는 것입니다. 따라서 대부분의 사람들이 다이어트를 시작하면, 얼굴 살이 먼저 빠지고 뱃살이 가장 나중에 빠지는 모습을 볼 수 있습니다.

사실 특정 부위의 지방만을 빼는 운동은 거의 없다고 봐도 됩니다. 즉, 윗몸 일으키기를 열심히 한다고 해서 복부의 지방만 선택적으로 빠지지는 않는 것입니다. 몸 전체의 체지방이 함께 빠지고 있음에도 불구하고, 운동을 하면 복부에 자극이 오니 그렇게 느끼는 것뿐입니다. 확실히 윗몸 일으키기는 복직근과 외복사근 같은 복부 주위의 근육을 긴장시키지만, 전신에 있는 지방을 태우는 데는 비효과적입니다. 어느 부위이든 체지방을 감소시키기 위한 최선의 방법은, 전신에 있는 근육을 모두 쓰는 '전신 지구성' 운동을 실시하는 것입니다.

또한, 운동을 하더라도 가급적이면 큰 근육을 쓰는 운동을 하는 것이 좋습니다. 예를 들어, 하체 부위 중에는 허벅지가 가장 근육이 많기 때문에, 뱃살을 빼려면 윗몸 일으키기보다 스쿼트가 더 나을 수도 있습니다. 앞서 '스쿼트 예찬론'에서도 언급했던 것처럼, 스쿼트는 하체의 거의 모든 부위를 쓰는 운동이기 때문에 에너지 소비량도 훨씬 더 높습니다. 맨몸 스쿼트를 하는 것보다 중량이 있는 바벨 스쿼트를 한다면 훨씬 더 효과적이겠지요.

따라서 하루 빨리 식스팩을 얻길 바라는 분이더라도, 운동 초반에는 큰 근육을 쓰는 하체 위주의 운동에 집중하는 것이 좋습니다. 몸 전체에 있는 지방이 어느 정도 빠지기 시작하면 그때부터 복근 운동을 시작해도 늦지 않습니다.

결론적으로 뱃살을 빼기 위해서는 국소 부위 운동보다, 몸 전체를 쓰는 전신 지구성 운동이 더 좋다는 점을 알려 드립니다. 여기에 체계적인 식단과 유산소 운동을 병행한다면 더할 나위 없이 좋을 것입니다.

라. 이놈의 '술'을 어찌 하오리까?

술은 근육의 성장과 다이어트에 치명적입니다. 따라서 운동을 하고 있다면 술을 기피할 수밖에 없지요. 특히 직장인이라면 회식과 접대가 있기 때문에 원하지 않아도 술을 마셔야 하는 경우가 많습니다. 저 또한 직장인이기 때문에 사회생활을 하면서 어쩔 수 없이 술을 마셔야 했던 적이 있습니다. 좋아하지 않더라도 완전히 피할 수는 없으니까요.

그렇다면 우리에게 술을 마실 방법은 도저히 없는 것일까요? 이번 시간에는 직장인이라면 피하기 힘든 '술'에 대해 이야기해 볼까 합니다.

1) '술 = Empty Calorie', 다이어트에 치명적

먼저 운동할 때 술이 왜 안 좋은지에 대해 알아보겠습니다. 뒤에서 살펴볼 '운동하는 직장인이 똑똑하게 술 마시는 방법'과 연관되어 있기 때문에, 다소 고리타분한 이야기이더라도 꼭 읽어 보시기 바랍니다.

첫째, 술은 3대 영양소(탄수화물, 지방, 단백질)처럼 효과적인 에너지원이 될 수 없습니다. 처음 한두 잔 먹는 술은 에너지원으로 쓰일지 몰라도, 그 이상의 알코올이 몸에 들어가면 칼로리만 쌓일 뿐입니다. 이것이 바로 술을 'Empty Calorie(빈 칼로리)'라고 부르는 주된 이유입니다.

둘째, 음주는 테스토스테론의 분비를 억제시킵니다. 익히 알려진 바와 같이, 테스토스테론은 단백질의 합성을 돕기 때문에 근육 성장에 꼭 필요한 호르몬입니다. 그런데 술을 마시면 간에서 알콜 해독 작용을 하기 때문에 독성 물질을 생성합니다. 그리고 그 독성 물질은 정소에서의 테스토스테론 분비를 억제하게 됩니다.

셋째, 운동 후 마시는 술은 근육 성장을 더욱 방해합니다. 간혹 등산을 하거나 자전거를 탄 다음 뒤풀이에서 과음하는 분들이 있는데, 이는 치명적입니다. 보통 고강도 운동을 한 뒤에는 근육의 회복을 위해 충분한 영양 공급과 휴식을 해 주어야 합니다. 그런데 영양분이 거의 없는 술을 마시는 것은, 양질의 영양 섭취를 방해하는 것은 물론, 알콜 해독에 쓸데없는 에너지를 낭비하는 것이므로 근성장을 방해합니다.

2) 운동하는 직장인이 똑똑하게 술 마시는 방법

위 이유들을 살펴보면, 운동을 할 때는 술을 먹는 것 자체가 쥐약인 것처럼 여겨집니다. 그런데 직장인이라면 업무 스트레스도 풀어야 하고, 가끔씩 있는 회식에도 동참해야 하기 때문에 요령이 필요합니다. 몸짱으로 거듭나면서 술을 요령 있게 마실 수만 있다면, 그것이 가장 베스트인 것입니다.

아래 내용은 제가 그동안 시행착오를 겪어오며 연구한 것들입니다. 운동하는 직장인이 똑똑하게 술 마실 수 있는 꿀팁들을 알려 드리니 요긴하게 활용하기 바랍니다.

- 술을 마시려면 가급적 '금요일 또는 토요일'에 마셔라.
- 회식 날이 잡히면 그날은 '운동 쉬는 날'이다.
- 가급적 안주는 가려서 먹어라.
- '맥주파'보다 '소주파'가 되라.

첫째 '술은 가급적 금요일 또는 토요일에 마셔라.' 입니다. 직장인들은 보통 평일에 일하고 주말에는 쉽니다. 운동도 평일에 하고, 주말에 쉬는 분들이 많지요. 저도 그랬지만 금요일과 토요일은 정말 운동할 마음이 안 생깁니다. 왜냐하면, 일 때문에 피로가 쌓여 있고, 주말이 되면 왠지 마음이 붕 뜨기 때문입니다. 특히 금요일만 되면, 남들은 저녁 6시에 모임이다 뭐다 뿔뿔이 흩어지는데 나만 헬스장에 있자니 참 착잡해집니다. 어떨 때는 '내가 왜 이러고 있나.' 싶을 때도 있고, 혼자 운동하는 게 외로워지는 순간도 있습니다.

따라서 술을 마셔야 한다면 차라리 금요일이나 토요일 저녁을 택하는 것이 좋습니다. 일요일은 다음 날 출근 준비를 해야 하니 피하는 게 좋겠지요. 만약 금요일에 운동을 해야 한다면 저녁보다 '아침'에 하십시오. 저녁에는 운동할 기분도 나지 않을 뿐더러, 괜히 마음만 싱숭생숭해지고 능률도 안 오릅니다. 대신 오전에 운동을 하면, 기운이 샘솟고 저녁 때 술자리에 가더라도 한결 홀가분해질 것입니다.

둘째, '회식 날이 잡히면 그날은 운동 쉬는 날이다.'입니다. 보통 회식 일정은 사전에 공지해줍니다. 예를 들어 다음주 수요일에 팀 회식이 있으면, 미리 그 사항을 알려주는 것입니다. 이와 같이 회식이 생기면 그날은 아예 쉬는 날로 정하고, 주말에 하루 시간을 내서 운동하는 것이 좋습니다. 위에서 언급한 것처럼, 회식 날에 괜히 무리해서 운동하면 오히려 독이 됩니다. 몸 관리를 위해서라도 회식이 있는 날은 맘 편히 쉬는 것이 좋습니다.

셋째, '가급적 안주는 가려서 먹어라.'입니다. 앞서 언급한 바와 같이, 술은 칼로리가 높지만 영양소는 적습니다. 따라서, 가급적이면 안주를 먹을 때 칼로리가 적은 음식을 먹는 것이 좋습니다. 또한 안주 중에 탄수화물이 있으면 최대한 피하십시오. 생선회나 어패류, 간단한 믹스 넛 정도가 좋고, 라면이나 피자 등은 피하는 것이 좋습니다. 피맥(피자+맥주)을 좋아하는 분들에게는 속상한 일이겠지만, 본인이 몸 관리를 하고 있다면 일단 피하는 게 상책입니다.

끝으로, '맥주파보다 소주파가 되라.'입니다. 술도 기호 식품이기 때문에 이래라 저래라 말씀드리긴 어렵습니다. 하지만 이왕이면 소주, 보드카, 위스키 같은 '증류주'가 맥주, 와인, 사케 같은 양조주보다 훨씬 좋습니다. 왜냐하면 맥주, 와인은 곡물이나 과일을 발효시켜 만든 술이므로 '당질' 함량이 높기 때문입니다. 게다가 양조주는 도수가 낮습니다. 흔히 양조주를 '앉은뱅이 술'이라 일컫는 경우가 많은데, 마실 때는 잘 모르다가 일어날 때 과음해서 휘청댄 경험이 한 번쯤 있으실 것입니다. 따라서 술을 마신다면 차라리 소주, 보드카 같은 독주가 낫습니다. 적은 양으로도 빨리 취하고, 당질은 적으니 살이 덜 찌겠지요.

제 경험상 직장인이라면 술을 무조건적으로 피할 순 없습니다. 마시긴 마시되 요령껏 먹는 것이 필요합니다. 위에 언급한 조언들을 토대로 본인에게 맞는 방법을 찾는다면, 몸 관리를 하면서 적절하게 스트레스도 풀 수 있을 것입니다. 한 가지 더 말씀드리고 싶은 점은, 너무 술을 절제하는 것도 정신 건강에 해롭다는 점입니다. 일주일에 한 번 맥주 한 캔 정도 마시는 것은 몸에 미치는 영향이 없다고 보셔도 됩니다. 특히 직장인이면서 기혼자라면, 스트레스를 해소할 창구 하나 정도는 남겨 두는 것이 좋습니다. 무엇이든 적당히 즐기면서 조절하는 것이 최고인 것입니다.

3

다이어트 시기에
알고 있으면 좋은 것들

가. 손쉽게 비만도를 측정할 수 있는 방법

여러분은 체성분을 측정할 때 어떤 방법을 쓰나요? 대부분의 사람들은 인바디(Inbody) 기기, 스마트폰 어플(app)을 이용하는 게 익숙하실 것입니다. 그런데 이런 측정기나 프로그램 없이도 손쉽게 비만 여부와 체지방률을 확인해 볼 수 있는 방법이 있습니다. 그 것은 바로 아래의 계산식을 이용하는 것입니다.

표준 체중과 체지방률의 계산

• **표준 체중**
남자 : (신장 - 100) × 0.9
여자 : (신장 - 100) × 0.85

• **비만도**
(현재 체중/표준체중) × 100
- 85% 이하 : 저체중.
- 86~105% : 정상 체중.
- 106~115% : 과체중.
- 116~135% : 고도비만.
- 135% 이상 : 초고도비만.

• **체지방률**
남자 : (1.1 × 체중) - {128 × (체중/신장)}
여자 : (1.07 × 체중) - {128 × (체중/신장)}

예시) 홍길동 (남자, 신장 : 180cm, 체중 90kg)
1) 표준 체중 : (180 - 100) × 0.9 = 72kg
2) 비만도 : (90/72) × 100 = 125% (고도 비만)
3) 체지방률 : (1.1 × 90) - {128 × (90/180)} = 99 - 64 = 35%

위 산식이 복잡해 보이지만 자세히 들여다보면 그리 어렵지 않습니다. 우선 '표준 체중'은 성별에 0.9를 곱할지, 0.85를 곱할지만 알고 있으면 금방 계산됩니다. 예를 들어, 어떤 남자의 키가 180cm라면 표준 체중은 72kg이 됩니다.

다음 '비만도'는 현재 체중에서 표준 체중을 나누어 백분율한 것인데, 105%가 넘으면 '과체중'으로 분류됩니다. 끝으로 '체지방률'은 계산식이 조금 복잡합니다. 하지만 이것 역시 체중, 신장을 토대로 몇 번만 계산해 보면 쉽게 암기할 수 있습니다.

그런데 위 계산식으로 도출된 결과를 보고 다소 의아해하실 수도 있습니다.

'아니, 키 180cm, 몸무게 90kg이면 건장한 거지. 고도 비만으로 분류되나? 좀 야박한데?' 하는 분도 있겠지요. 그런데 위 계산식은 '근육량'을 고려하지 않은 것입니다. 즉 본인의 근육량이 표준보다 많다면, 체지방률은 그만큼 떨어진다고 보면 됩니다.

일반적으로 보디빌더나 몸 관리를 하는 분들은 체지방률이 10% 미만 임에도 불구하고, 과체중으로 분류되는 경우도 많습니다. 그런데 이는 '지방과 근육의 밀도 차이'에서 비롯된 것입니다. 즉, 같은 90kg이더라도 근육이 많은 사람은 지방이 많은 사람보다 체밀도가 높기 때문에 뚱뚱해 보이지 않는 것입니다. 따라서 위 계산식은 단순히 키와 몸무게만을 놓고 본 결과치이므로, 간단한 참고 사항 정도로 알아 두면 되겠습니다.

나. 다이어트 할 때도 '웨이트 트레이닝'을 먼저 실시해라

다이어트 기간에도 근육을 유지하려면 지속적으로 웨이트 트레이닝을 실시해 주어야 합니다. 그런데 실제 다이어트를 진행해 보면 체중이 줄어들면 줄어들수록 중량을 예전만큼 높게 치지 못합니다. 식사량이 줄어드는 만큼, 무거운 것을 들 수 있는 힘과 에너지도 함께 떨어지는 것입니다. 따라서 보통 벌크 업 시기에는 고중량, 저 반복 운동으로 근육의 사이즈를 키워 놓고, 다이어트 기간에는 그동안 얻은 근육을 최대한 유지하면서 근질과 데피니션을 높이기 위해 노력합니다. 본인이 들 수 있는 80~90% 정도의 중량 수준에서 반복 횟수를 높여줌으로써 근육을 유지시키는 것입니다.

또한 벌크 업 시기에는 오로지 웨이트 트레이닝에만 집중했지만, 다이어트 기간에는 유산소 운동을 병행해야 하기 때문에 더욱 힘이 듭니다. 식단 조절은 물론, 운동을 하는 시간도 대략 1.5배 정도 더 든다고 보시면 됩니다. 가뜩이나 직장 다니면서 시간 빼기도 어려운데, 운동 시간은 예전보다 늘려야 하니 고충이 이만 저만이 아니겠지요. 이 시점에는 웨이트 트레이닝과 유산소 운동의 순서를 어떻게 가져가는 것이 좋을지 고민하는 분들도 있을 것입니다. 즉, 제한 시간 내에 어떻게 하면 좀 더 효과적으로 운동할 수 있을까 고민하는 것이지요.

사실 다이어트가 목적일 때는 운동 순서가 체지방의 연소에 그리 큰 영향을 끼치진 않습니다. 즉 웨이트 트레이닝과 유산소 운동 중 어느 것을 먼저하든 크게 상관없다는 뜻이지요. 그보다 중요한 것은, 두 형태의 운동을 모두 했을 때 쓰인 '총 운동량'입니다. 웨이트 트레이닝을 먼저 하든, 유산소 운동을 먼저 하든, 두 운동을 모두 했을 때 총 운동량이 어느 정도인지가 가장 큰 관건입니다.

그런데 많은 운동 전문가들은 웨이트 트레이닝을 먼저 하고, 그다음 유산소 운동을 하는 것이 낫다고 말합니다. 왜냐하면 유산소 운동을 한 뒤 곧바로 웨이트 트레이닝을 하면, 숨이 차고 지친 상태라 중량을 치기 어렵기 때문입니다. 또한 벤치 프레스, 스쿼트와 같이 큰 근육을 쓰는 운동을 먼저 하게 되면, 간과 근육에 저장된 '글리코겐'을 1차 에너지원으로 씁니다. 따라서 이후에 유산소 운동을 해 주면, 글리코겐 다음 에너지원인 지방이 좀 더 일찍 동원되므로 체지방 감소에 더 효과적입니다.

다시 말해 보디빌딩에서 다이어트를 하는 목적은, 그동안 키워 놓은 근육을 최대한 유지하면서 불필요한 체지방을 걷어 내는데 있습니다. 따라서 총 운동량이 같다는 전제하에서는, 같은 시간 운동을 하더라도 아래와 같이 실시하는 것이 더욱 현명합니다.

총 운동량과 효과성을 고려한 순서

- **벌크 업을 할 때**
  : 유산소 운동(10분 이하로 근육을 데우는 정도로만) → 웨이트 트레이닝(1시간 이상)

- **다이어트를 할 때**
  : 웨이트 트레이닝(1시간 이상) → 유산소 운동(40~50분, 낮은 강도로)

다. 인바디(Inbody) 수치, 정확히 알고 보자

몸 만들기에 집중하다 보면 각종 수치들에 민감해집니다. 집에 체중계가 있으면 아침 공복마다 몸무게를 재 보는 게 습관이 되지요. 저도 운동을 하는 동안에는 매주 체지방은 얼마나 줄었는지, 근육은 얼마나 늘었는지 체크하곤 했습니다. 다이어트에 돌입하던 시기에는 더욱 그 수치들에 예민해졌는데, 체지방률의 변화 때문에 항상 마음 졸이던 기억이 납니다.

더군다나 저는 사무직에 종사하다 보니, 객관적인 수치와 데이터를 신뢰하는 편이었습니다. 헬스장이나 병원에 가 보면, 체성분을 측정할 수 있는 기기가 많이 있는데요. 가장 대표적인 것이 바로 '인바디(Inbody)'입니다. 피트니스 센터에는 유독 이 회사의 모델을 들여놓는 경우가 많은데, 언제부터인가 인바디는 체성분 측정기를 지칭하는 하나의 고유 명사처럼 되어 버렸습니다.

인바디의 원리는 우리 몸에 전류를 흘려서 근육과 지방의 양을 측정하는 것입니다. 저도 운동을 처음 시작할 무렵에는 인바디 수치를 맹신했습니다. 한 페이지의 출력물에 체중, 골격근량, 체지방률이 모두 나오니 이만한 것이 없다 믿었지요.

그런데 매번 이 수치들에 일희일비하다 보니, 나중에는 받지 않아도 될 스트레스를 받는 경우가 많아졌습니다. 왜냐하면 인바디를 잴 때마다 그 결과 값이 미묘하게 달라졌기 때문입니다. 어떨 때는 체지방량이 늘었다가, 어떨 때는 또 줄어드니, 어느 장단에 기분을 맞춰야 할지 난감해 했던 적이 많습니다.

나중에 알게 된 사실이지만, 인바디는 '수분'의 영향을 많이 받습니다. 따라서 가급적이면 공복 때 측정하는 것이 좋고, 같은 시간대에 같은 옷을 입고 측정하는 것이 가장 정확합니다.

사실 초보자들의 경우, 저처럼 잘 모르고 측정하는 분들이 많습니다. 따라서 간단하게 인바디 (Inbody) 결과표를 분석하는 방법에 대해 알려 드리도록 하겠습니다.

1) 인바디(Inbody) 결과표 분석과 주요 포인트

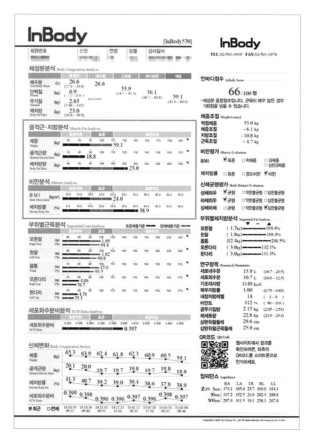

인바디 결과표를 출력해 보면, 위 사진과 같이 각종 정보들이 보입니다. 여러 가지 내용들이 있지만, 이 중 눈여겨볼 데이터는 아래 다섯 가지입니다.

- **인바디(Inbody)에서 눈여겨볼 데이터**
  (1) 체중(kg) : Weight.
  (2) 골격근량(kg) : SMM(Skeletal Muscle Mass).
  (3) 체지방량(kg) : Body Fat Mass.
  (4) 비만도 : BMI(Body Mass Index).
  (5) 체지방률 : PBF(Percent Body Fat).

- **검사 시 유의 사항**
  (1) 공복 상태에서 체크할 것(수분의 영향이 큼).
  (2) 같은 옷, 같은 시간, 같은 환경에서 체크할 것.
  (3) 목걸이, 팔찌 등 악세서리는 제거한 뒤 체크할 것(전류가 통하면 근육으로 인식.).

제일 먼저 확인해야 할 사항은 체중, 골격근량, 체지방량입니다. 결과표를 뽑았을 때 가장 상단에 위치한 데이터들이지요. 이 세 가지 데이터를 나타내는 막대 그래프 바 끝을 연결하면, 아래의 그림처럼 알파벳 형태(D, I, C)로 나타남을 알 수 있습니다.

눈치 채셨겠지만, 가장 이상적인 몸은 골격근량이 많고 체지방량이 적은 'D 형태(근육형)' 입니다. 반대로 'C 형태(비만형)'은 근육량에 비해 몸무게와 체지방이 많기 때문에, 꾸준한 운동과 식단 조절을 통해 C → I → D 형태로 변화시킬 필요가 있습니다.

대부분 일반인의 경우 체중, 근육량, 지방량이 균형을 이루고 있는 'I 형태'가 가장 많습니다. 하지만, 여러분이 바디 프로필 촬영을 생각하고 있거나 시합 준비를 앞두고 있다면, 근육량을 키우고 체지방을 줄임으로써 D 형태로 만들어 나가야 합니다. 이는 보기에는 무척 간단해 보일지 모릅니다. 하지만 체지방량은 줄이고, 근육량을 늘려야 하므로 오랜 기간 피나는 노력을 해야 가능하다고 볼 수 있습니다.

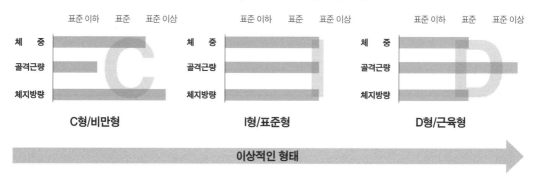

체중, 골격근량, 체지방량에 따른 몸 상태

다음으로 눈여겨볼 데이터는 비만도(BMI)와 체지방률(PBF)입니다. 비만도는 쉽게 말해 체중(kg)을 신장(cm)의 제곱으로 나눈 값을 말합니다. 키에 비해 몸무게가 얼마나 나가는지를 알려 주는 수치인데, 18.5~25%이면 정상 범위에 속하고, 25% 이상이면 비만이라 할 수 있습니다.

다음으로 체지방률(PBF)은 우리가 체성분을 측정하는 가장 큰 이유가 되기도 하는 지표입니다. 벌크 업 기간과 다이어트 기간 가장 민감하게 바라보는 데이터이기도 하지요. 다이어트의 주된 목적은, 근육량은 최대한 유지하면서 체지방을 떨어뜨리는 데 있습니다. 사실 바디 프로필 촬영 당일까지는 체지방률과의 싸움이라고 해도 과언이 아닙니다. 보통 남자는 10~12%, 여자는 13~19% 수준이면 바디 프로필 촬영에 도전할 수 있는 마지노선의 체지방률이라 할 수 있습니다.

아래는 성별과 체지방률, 그리고 일반적인 몸 상태입니다.

남자 '체지방률'과 몸 상태

8% 이하	피트니스 대회 출전 등을 목표로 할 때 잡는 수치. 일반인들이 도전하기에는 엄청난 노력이 필요함. 복근이 뚜렷하게 보임.
10~12%	바디 프로필 촬영의 마지노선인 수치. 뚜렷하지 않지만, 형태가 잡힌 복근이 보임.
13~18%	일반식을 먹으면서도 적절한 운동을 통해 유지 가능한 수준. 일반인들이 운동을 하면서 충분히 도달할 수 있는 수치.

20~30%	남자들의 평균 체지방률. 30%에 가까워질수록 배가 나오고 통통해 보임.
30% 이상	비만에 해당되며, 운동과 식단 조절이 필요한 수준.

여자 '체지방률'과 몸 상태

11% 이하	피트니스 대회 출전 등을 목표로 할 때 잡는 수치. 단순 운동만으로는 만들기 힘든 몸매.
13~15%	바디 프로필 또는 피트니스 대회 출전 등을 목표로 할 때 잡는 수치. 일반인들이 운동을 하면서 도달할 수 있는 수치.
16~19%	옷을 입었을 때 몸 라인이 예쁘고, 마른 느낌이 나는 몸매. 뚜렷하지는 않지만 형태가 잡힌 복근이 보임.
20~30%	일반적으로 건강해 보이는 수준의 체지방률. 30%에 가까워질수록 배가 나오고 통통해 보임.
35% 이상	비만에 해당되며, 운동과 식단 조절이 필요한 수준.

2) 결국은 인바디(Inbody)보다 '눈바디'

앞서 살펴본 다섯 가지 수치는 분명 좋은 참고 사항이 될 수 있습니다. 하지만 인바디 수치를 무조건적으로 맹신할 필요는 없습니다. 왜냐하면 그것은 말 그대로 '숫자'이기 때문입니다. 우리가 보여 줄 것은 90점, 100점이 찍힌 인바디 출력물이 아니라, 잘 다듬어진 근육질의 몸이라는 것을 기억하기 바랍니다.

이것은 우리가 헬스를 하는 목적과도 관련이 있습니다. 바디 프로필 촬영과 보디빌딩을 하는 가장 큰 이유는, 심미적으로 멋진 몸을 만드는 데 있습니다. 덤벨과 바벨을 드는 목적이 오로지 힘과 퍼포먼스를 위한 것이라면, 헬스보다는 차라리 파워 리프팅이나 크로스 핏이 어울릴 수도 있습니다.

따라서 인바디 결과표에 찍힌 골격근량과 체지방률 때문에 너무 큰 스트레스를 받지 않길 바랍니다. 때에 따라서는 '체지방률 10%'인 사람이 '체지방률 6~7%'인 사람보다 더 멋지게 보여질 수도 있기 때문입니다.

실제로 수백만의 구독자를 거느린 어느 유튜브(YOUTUBE) 채널에서는, 흥미로운 이벤트를 한 적 있습니다. 운동 경력이 다른 다섯 명의 선수들을 모아 놓고, 일반인들을 대상으로 실험을 한 것입니다. 이들의 경력은 5년부터 10년까지 다양했으며, 체지방률도 5%에서 15%까지 모두 달랐습니다. 그분들의 경력과 체지방률을 공개하지 않고, 일반인 여성 몇 분을 초대해 어느 분의 몸이 가장 좋아 보이는지 물어보았습니다.

놀랍게도 가장 몸이 좋아 보이는 분은, 체지방률 5%도 8%도 아닌 10%인 분이었습니다. 그리고 그분은 운동 경력이 7년 정도 되는 트레이너였습니다. 비시즌이라 체지방률이 10%였던 것인데, 일반인이 보기에는 가장 몸이 좋아 보였던 것입니다. 따라서 경우에 따라서는 인바디가 보여 주는 결과보다 눈에 보여지는 것이 더 중요할 수도 있습니다.

같은 맥락으로 헬스쟁이들 사이에는 언제부터인가 '눈바디'라는 말이 통용되고 있습니다. '눈바디'란, 체성분 측정기 회사인 '인바디'와 '눈'을 조합해서 만들어진 신조어인데요. 같은 시간, 같은 장소에서 찍은 사진을 보고 몸 상태를 체크하는 것입니다.

여러분도 아시다시피 똑같은 대상을 놓고 찍은 사진이더라도, 조명과 각도에 따라 조금씩 다르게 보입니다. 따라서 '눈바디'를 측정할 때는 가급적이면 같은 장소에서, 같은 자세로 찍는 것이 가장 좋습니다. 하지만 매번 똑같은 시간, 똑같은 장소에서 사진 찍는 것이 쉬운 일은 아닙니다. 따라서 본인만의 방법을 찾는 것이 좋습니다.

예를 들면, 아침에 일어나서 집 전신 거울에 비친 본인의 모습을 체크한다거나, 운동 후 샤워를 한 뒤 세면대 앞에서 찍어 보는 것도 좋습니다. 저 같은 경우에는 주로 거실에 있는 거울로 몸 상태를 체크했습니다. 왜냐하면 여러 사람이 함께 쓰는 헬스장에서 촬영하면, 괜히 오해 받을 수 있기 때문입니다. 또한, 태닝을 시작하면서부터는 숍 한 켠에 마련되어 있는 전신 거울을 이용했습니다.

앞서 말씀드린 사항들을 요약하면, 가장 이상적인 몸 상태는 인바디가 아니라 본인의 눈으로 직접 확인하는 것입니다. 특히 여러분이 직장인이라면, 사회생활에 지장이 없게끔 몸을 만들어야 합니다. 인바디 수치가 아무리 좋아도 눈에 보여지는 모습이 볼품없어 보이면, 그것만큼 슬픈 일은 없기 때문입니다.

한 가지 더 조언 드리면, '체지방률 10% 미만'에 너무 집착할 필요는 없습니다. 본인 기준에서 '가장 이상적인 형태'로 몸을 만드는 것이 첫째입니다. 처음 바디 프로필에 도전하면, 마치 이번이 마지막 도전인 것처럼 느껴집니다. 하지만, 운동과 다이어트는 평생토록 해야 할 숙제입니다. 따라서 한 번의 도전으로 금방 번 아웃(burn out)되지 않게끔 꾸준히 관리하길 바랍니다.

같은 곳에서, 같은 자세로 찍은 '등 후면'

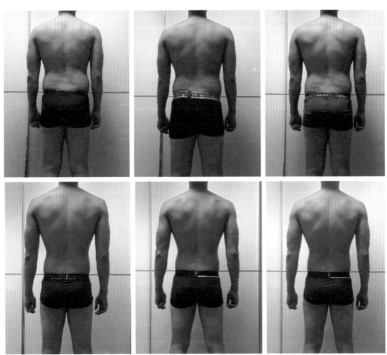

라. '달밤'에 너무 뛰면, 잠이 오지 않는다

직장인들 중에는 운동할 시간이 부족해서 새벽에 일어나거나, 밤 늦게 운동하는 분들이 많습니다. 특히 어린 자녀가 있는 분들이면 아침보다는 밤 시간대를 더 선호하지요. 저도 집에 어린 딸이 있다 보니, 어떨 때는 밤 10시가 넘어서 운동한 적도 많습니다. 다이어트를 할 때에는 마음이 조급한 나머지, 유산소 운동을 한답시고 밤 11시에 아파트 단지를 뛴 적도 있지요.

그런데 이렇게 너무 늦은 시간대에 운동하는 것은 여러모로 바람직하지 않습니다. 특히 잠들기 한 시간 전에는 운동하는 것을 피하는 것이 좋지요. 여러분도 직장인이기 때문에 어쩔 수 없이 밤 늦게 웨이트 트레이닝을 하거나, 유산소 운동을 해야 했던 적이 있을 것입니다. 그런데 집에 들어와서 샤워를 했는데 도무지 잠이 오지 않아 뒤척였던 경험, 다들 한 번씩 있으셨지요? 저도 처음에는 왜 잠이 오지 않는지 도무지 이해가 되지 않았는데, 그것은 바로 '너무 늦은 시간에 했던 과격한 운동'이 수면을 방해한 것입니다.

우리는 보통 밤 10시에서 아침 6시 사이 잠자리에 듭니다. 일반적으로 잠자는 동안에는 '깊은 수면 상태'와 '렘 수면(REM)' 상태가 반복되는데요. 적당한 운동은 뇌의 각성 수준이 높아지는 렘 수면(REM)의 시작 시간을 지연시키는 것으로 알려져 있습니다. 즉, 운동이 깊은 수면에 빠질 수 있도록 도움을 주는 것입니다.

하지만, 너무 늦은 시간에 운동을 하면 신진대사를 촉진시켜 수면 장애를 일으키게 됩니다. 즉 '젖산' 같은 여러 가지 대사 물질의 처리를 위해, 신진대사가 활성화되기 때문에 잠이 오지 않는 것입니다. 옛 어른들이 말씀하시던 "달밤에 체조하지 마라." 했던 우스갯소리가 과학적으로 일리 있는 말이었던 것입니다.

또한 밤 늦게 과격한 운동을 하면, 심부 온도가 상승하면서 뇌 역시 흥분 상태에 빠지게 됩니다. 한 번 올라간 심부 온도가 제자리로 돌아오기까지는, 최소 1~2시간이 걸리게 되지요. 따라서 부득

이하게 운동을 해야 하는 경우에는, 예상 수면 시간 3시간 전쯤 운동을 끝내는 것이 좋습니다.

- 취침 3시간 전에 운동을 끝내라.
- 과격한 웨이트 트레이닝보다 가벼운 유산소 운동이 좋다.

또한 늦은 저녁에는 과격한 웨이트 트레이닝보다 가벼운 유산소 운동을 하는 것이 수면에 훨씬 더 도움을 줄 수 있습니다. 운동을 마치고 샤워를 한 다음, 따뜻한 우유 1/2잔 정도를 마시면 좀 더 깊은 숙면을 취할 수 있습니다.

과유불급(過猶不及)이라는 말도 있듯이 너무 밤 늦은 시간에 격한 운동을 하면, 몸도 상할 뿐만 아니라 숙면을 취할 수 없습니다. 운동하는 시간 못지 않게 '수면의 질'도 중요하므로 가급적 늦게 운동하는 것은 피하기 바랍니다.

마. '복근 운동'은 매일 하다시피 해라

앞서 말씀 드렸듯이, 다이어트 기간에도 근육량을 유지하려면 웨이트 트레이닝을 꾸준히 해야 합니다. 웨이트 트레이닝을 할 때는 보통 부위별로 하루씩 나누어서 합니다. 예를 들어, 오늘 가슴 운동을 했다면 내일은 하체 또는 등 운동을 하는 것입니다.

일반적으로 한 부위의 운동을 한 시간 정도 집중해서 했다면, 그 부위는 하루나 이틀 정도 쉬어 주는 것이 좋습니다. 왜냐하면 근육 조직을 회복하는 시간도 필요하고, 통증이 사라지려면 휴식이 필요하기 때문입니다. 따라서 오늘 가슴 운동을 한 다음, 하루를 쉬었는데도 아직 몸이 뻐근하거나 통증이 사라지지 않았다면, 하루를 더 쉬어 주는 것이 좋습니다.

저 같은 경우에는 하체 욕심이 있어서 스쿼트, 런지, 레그 프레스를 묶어서 이틀 연속 진행한 적 있습니다. 그런데 사흘째 되던 날, 허벅지와 무릎이 욱신거려 며칠 동안 웨이트 트레이닝을 못 하고 쉰 적도 있습니다. 여러분이 상급자가 아니라면, 이렇게 한 부위를 쉴 틈 없이 탈진할 정도로 운동하면 무리가 올 수밖에 없습니다. 근육 조직의 미세 구조가 손상을 입기 때문에 근비대는커녕, 손실이 올 수밖에 없는 것입니다.

그런데 '복근 운동'만은 예외입니다. 다른 부위와 다르게 복부에는 많은 근육들이 복잡하게 얽혀 있습니다. 가장 안쪽에는 복횡근과 복사근(내복사근, 외복사근)이 있고, 복직근과 같은 큰 근육들이 함께 움직이기 때문에, 한 가지 운동을 하더라도 여러 가지 근육들이 협응적으로 움직입니다. 따라서 다른 부위보다 근손상이나 피로에 대한 내성이 크고, 상대적으로 회복 속도도 빠릅니다. 부상만 없다면 매일 하다시피 해도 관계없는 것입니다.

또한, 복근 운동 중에는 하체를 고정시키고 상체를 일으키는 '크런치', 상체를 눕혀 놓고 하체만 들어 올리는 '레그 레이즈', 윗몸을 비틀어서 일으키는 '러시안 트위스트' 등 꽤 종류가 많습니다. 같은 부위라도 다양한 자극과 부하를 줄 수 있기 때문에, 운동 형태에 따라 빈도 수를 조절하는 것도 효과적인 방법입니다.

특히 체지방을 집중적으로 줄여 나가는 다이어트 기간에는, 그동안 드러나지 않던 복근이 서서히 나타나기 시작합니다. 초보자인 경우에는 다른 부위보다 복근에 더욱 신경 쓸 필요가 있는데, 그 이유는 다음과 같습니다.

먼저 바디 프로필 촬영일이 다가오면, 그간 다이어트 때문에 몸이 점점 마를 수밖에 없습니다. 여러분도 선수들처럼 대포알 같은 어깨와 큰 가슴 근육을 보여 주고 싶겠지만, 프로필을 처음 찍는 분들은 근육이 많지 않기 때문에 몸이 크지 않습니다. 더구나 체지방률을 10% 가까이로 떨어뜨리면, 그나마 있던 근육의 볼륨도 더욱 줄어들게 되지요. 그동안 근육이라 믿고 있던 것들이 살이었음을 인정하는 순간도 바로 이때부터입니다. 그렇다고 볼륨감을 위해 다시 덕지덕지 살을 붙일 수도 없는 노릇입니다. 사진을 찍으려면 어느 정도 근질, 선명도는 나와 주어야 하는데, 그러려면 마른 몸을 유지할 수밖에 없는 것입니다.

바디 프로필도 결국 사진이기 때문에 약간씩 보정을 할 수 있습니다. 낮은 조도의 조명으로 근육을 선명하게 만들 수 있고, 뒷모습에 자신이 없으면 앞모습 위주로 포즈를 취하면 됩니다.

그런데 우리가 몸을 볼 때 가장 눈여겨보는 부위가 바로 '복근'입니다. 운동을 하지 않는 사람들도 몸짱의 기준을 식스팩이 있냐 없냐로 나눌 만큼, 복근은 절대적인 것입니다. 팔과 다리는 자켓이나 바지를 입어서 가릴 수 있지만, 복근은 그렇지 않습니다. 이 말은 팔과 다리의 근육이 없어도, 멋진 복근을 가지고 있으면 상당 부분 커버할 수 있다는 의미입니다. 그리고 다른 부위보다 보정이 어려운 부위가 바로 복근입니다. 다른 부위는 사진을 찍는 각도와 조명 등으로 커버할 수 있지만, 촬영 작가가 없는 복근을 만들어 줄 수는 없습니다.

따라서 다이어트 기간에는 복근 운동만큼은 매일 하는 것이 좋습니다. 할 때는 고통스럽지만, 그만큼 회복이 빠르고 매일 할 수 있는 부위가 복근입니다. 또한, 복근은 여러분이 스튜디오에서 사진을 찍을 때, 운동한 티를 가장 확실히 낼 수 있는 부위라는 점도 알아 두기 바랍니다.

운동한 티를 가장 확실히 나타낼 수 있는 '복근'

바. 없어도 되지만, 있으면 도움되는 아이템

끝으로 바디 프로필을 준비하는 분들께, 있으면 확실히 도움되는 아이템 몇 가지를 소개해 드리 겠습니다. 운동을 하다 보면 유용한 아이템들이 몇 개 있습니다. 저도 처음부터 아래의 물품들을 구비한 것은 아닙니다. 그런데 직장인 입장에서 운동하다 보니, 필요성을 절실히 느끼게 되어 구 입하게 되었습니다. 어찌 보면 너무 기본적이고 당연한 물품들도 있을 것입니다. 그런데 저처럼 늦은 시점에 부랴부랴 준비하지 않았으면 하는 마음에서 소개해 드립니다.

1) 계량 저울

첫 번째는 계량 저울입니다. 저울이라니……. 좀 어 이 없으시겠지만, 계량 저울이야말로 지금 당장 구비해 두어야 할 물품입니다. 사실 다이어트 기간에는 매끼 식사량 체크를 위한 계량이 필수입니다. 어찌 보면 가 장 기본 중에 기본이지만, 운동하는 분들 중에 의외로 계량까지 해서 식사하는 분들은 극히 드뭅니다.

예를 들어, 한 끼에 현미밥 100g을 먹어야 한다면 어느 정도가 150g인지, 100g인지를 모르고 드 시는 것입니다. 밥 한 공기의 양이 300g이라 한다면, 1/3에 해당되는 것이 대략 어느 정도인지 눈 으로는 알 수 없습니다. 사람마다 판단하는 기준도 다르고, 그릇의 크기도 제 각각이기 때문에 헷 갈릴 수밖에 없지요. 가장 정확한 것은, 저울에 재 보고 눈으로 확인하는 것입니다.

어떤 분들은 뭘 저울에 재면서까지 하느냐, 그냥 어림 잡아서 먹는 양을 점차 줄여 나가면 되지 않느냐 반문하실 수도 있습니다. 그런데 정확히 어느 시간에, 어떤 식재료로, 얼마만큼의 메뉴를 먹어야 하는지 계산해야 체중이 빠지는 속도를 보며 양 조절을 할 수 있습니다.

특히 처음 바디 프로필을 준비하는 분이라면 더욱 그렇습니다. 잠시 내 몸에 임상 실험을 해 본다는 생각으로 신중히 접근해야 하는 것입니다. 정확하게 계산하면 매 시간마다 먹는 양도 조절할 수 있습니다. 또한, 촬영 당일까지 남아 있는 날짜를 계산해 메뉴를 바꿔 볼 수도 있겠지요.

예를 들어 같은 탄수화물이라 하더라도 현미밥, 고구마, 단호박은 그램(g)당 열량(kcal)이 모두 다릅니다. 심지어 단호박 100g은 고구마 100g에 비해 열량이 절반(47kcal) 밖에 되질 않습니다. 눈으로는 믿을 수 없지만, 계량을 하면 메뉴를 바꿔도 안심하고 먹을 수 있는 것입니다.

한편, 계량 저울은 '쓸데없는 불안감'을 해소해 줄 수 있습니다.

여러분이 만약 프로필 촬영이 처음이라면 준비하는 기간 동안 생각이 많아질 것입니다. 운동을 얼마나 해야 하는지, 체지방 감량을 위해 무엇을 더 해야 하는지, 지금 하는 방법이 맞는 건지 틀린 건지 등등…… 알 수 없는 불안감이 엄습해 올 것입니다. 먹는 것도 마찬가지인데, 적어도 먹는 시간과 양을 정확히 알고 있으면, 그 스트레스에서 벗어날 수 있습니다. 정확한 식사량 체크를 통해 심리적 불안감을 해소해 줄 수 있는 것입니다.

• 좋은 점 : 정확한 식사량 체크를 통해, 심리적인 불안감을 해소해 줄 수 있다.

2) 스트랩

두 번째는 스트랩(Strap)입니다. 스트랩은 손목이나 손바닥에 감아 쓰는 끈을 의미합니다. 이것은 팔꿈치에서 팔목으로 이어지는 '전완근'이 약한 분들에게는 필수 아이템입니다. 스트랩을 쓰면 무엇인가를 잡아 당기거나 들어 올릴 때 매우 효과적입니다. 대표적으로는 등 운동인 데드 리프트, 바벨 로우, 풀업 등이 있습니다.

저도 처음에는 위 훈련들을 스트랩 없이 진행했습니다. 그런데 데드 리프트를 할 때에는 중량

원판의 무게를 올리면 올릴수록, 팔의 힘이 빠져 바(Bar)를 놓치곤 했습니다. 등이나 허리가 아파 바를 놓치는 것이 아니라, 전완근의 힘이 받쳐 주지 못해서 놓치는 경우가 더 많았던 것입니다. 그리고 맨손으로 바를 잡다 보니, 손바닥에 자주 굳은살이 배겼습니다. 처음에는 괜찮겠지 했지만, 시간이 흐를수록 손바닥의 굳은살이 벗겨지기 시작했지요. 결국에는 몇 번씩 그런 일이 반복되면서 데드 리프트, 바벨 로우를 기피하게 되었습니다.

앞서 말씀드린 바와 같이, 등을 발달시키는 가장 대표적인 운동은 데드 리프트입니다. 등뿐만 아니라, 허벅지 뒷부분부터 엉덩이 라인까지 가장 효과적으로 뒤태를 발달시킬 수 있는 운동인 것입니다. 한참을 생각하다 헬스 장갑을 살까도 고민했었는데, 장갑은 손바닥만 보호해 줄 뿐 전완근에는 전혀 도움을 줄 수 없었습니다.

결국 고민 끝에 구입한 것이 스트랩이었는데, 결과는 대만족이었습니다.

가장 좋았던 점은 바(Bar)에 스트랩을 감아 쓰니, 더이상 손바닥 굳은 살이 까질 일이 없었습니다. 헬스를 오래한 분들은 공감하겠지만, 운동할 때 가장 신경 쓰이는 것은 '몸의 작은 상처' 때문에 운동을 하지 못하는 것입니다. 손가락의 상처, 발가락에 있는 티눈 등 사소한 부분 때문에 해야 할 운동을 못 하면 이보다 짜증나는 일이 없습니다.

그런데 스트랩을 쓰면서부터 손바닥을 보호할 수 있었고, 좀 더 무거운 무게를 지탱하며 들어 올릴 수 있었습니다. 또한, 예전 같으면 3세트에서 그만둘 것을, 스트랩을 쓰면서부터 4~5세트까지 더 할 수 있었습니다. 운동하는 데 굳이 요란한 물품과 장비를 구매해야 하나 생각하는 분도 있을 것입니다. 그런데 같은 시간 동안 좀 더 효율적이고, 효과적으로 운동하고 싶다면, 스트랩을 써 볼 것을 추천 드립니다.

• 좋은점 : 손바닥과 손목을 보호하고, 전완근의 힘이 약할 때 도움을 줄 수 있다.

3) 백팩

세 번째는 백팩(Backpack)입니다. 웬 가방이냐 속으로
웃는 분들도 있겠지만, 이것은 경험상 꼭 필요하다 느낀
물건이라 소개해 드립니다.

백팩의 경우 사람마다 호불호가 갈리긴 합니다. 하지만
여러분이 직장인이거나 학생이라면, 회사에 출근하거나
학교에 갈 때 사무 용품과 책을 넣을 가방이 필요할 것입
니다. 저 역시 회사에 다니기 때문에, 처음에는 한 손에 들고 다니는 가방을 선호했습니다. 또한 회
사 특성상 정장을 입어야 했기 때문에, 백팩보다는 서류 가방이 좀 더 깔끔하고 보기도 좋았지요.

그런데 운동을 하면서부터 생각이 달라졌습니다. 다 그런 것은 아니지만, 운동을 하다 보면 각종
'물품'들을 챙겨야 하는 경우가 많습니다. 식단 조절을 위해 도시락을 가지고 다녀야 하는 경우도
있고, 스트랩과 무릎 보호대를 가지고 다녀야 할 수도 있습니다. 또한 보충제와 각종 영양제를 챙
겨야 하는 경우도 있지요. 헬스장에 보관하면 되지 않느냐 묻는 분들도 있는데, 도시락과 물병 같
은 경우에는 그게 어렵습니다.

저도 처음에는 서류 가방에 이런 물품들을 넣고 다녔습니다. 그런데 시간이 지나 보니 여간 불
편한 게 아니었습니다. 이런 가방은 우선 수납 공간이 너무나 부족했습니다. 책과 운동 물품 등이
뒤섞이다 보니, 결국 더 큰 가방이 필요했지요. 그렇다고 운동만 하는 트레이너는 아니다 보니, 옆
으로 드는 스포츠용 더블 백은 좀 과하다 싶었습니다. 결국 이런 저런 고민 끝에, 백팩이 가장 좋
다고 결론 내렸습니다. 백팩에는 노트북과 운동 물품들을 넣고 다녀도 전혀 불편함이 없었습니다.
또 일상 생활에도 요긴하게 쓸 수 있는 가방이었습니다.

회사원이다 보니 나이키나 언더아머 등 스포츠 브랜드 백팩은 선호하지 않았습니다. 그렇다고
수납 공간이 적거나 비싼 브랜드의 가방은 더더욱 사고 싶지 않았지요. 이것저것 뒤져 보면서 가

성비가 좋은 브랜드를 발견했는데, '샘소나이트(Samsonite)'에서 나온 백팩들이 그나마 괜찮았습니다. 특정 브랜드를 광고하고 싶은 생각은 없지만, 10만 원 정도의 가격에 디자인도 깔끔하고 이만한 가방은 없다 느껴졌습니다.

백팩을 메면 확실히 부피가 커서 둔해 보이는 느낌이 듭니다. 그래서 이런 종류의 가방을 싫어하는 분도 있을 텐데요. 잘 찾아보면 스포츠 백팩보다는 작고, 조금 더 간편한 가죽 백팩들도 많이 나와 있습니다. 따라서 운동을 하는 분이라면, 본인 취향에 맞게 실용적인 가방을 선택해 보는 것도 좋을 것입니다.

- 좋은점 : 직장인 필요 물품+운동에 필요한 용품을 편하게 담아서 다닐 수 있다.

4) 영양제

끝으로 몸의 피로도를 낮춰 줄 영양제입니다. 개인적으로는 BCAA, 부스터보다 몸에 더 이롭고 효과를 보았기 때문에 적극 추천해 드립니다. 사실 운동하는 사람들의 공통적인 바람은 '매일 지치지 않고 운동'하는 것입니다. 웨이트 트레이닝, 유산소 운동 가릴 것 없이 오늘 하루 열심히 운동했다면, 100%의 컨디션으로 다시 회복하기까지는 이틀 정도 쉬는 것이 좋습니다. 그런데 단기간에 몸을 빠르게 성장시키길 원한다면, 일주일에 5~6일은 운동을 해야 합니다. 더구나 다이어트 기간에는 웨이트와 유산소를 병행해야 하기 때문에 몸이 지치고 피곤해질 수밖에 없지요.

이때 몸에 지장을 주지 않으면서도 피로를 잊게 해 줄 영양제가 있다면 도움이 될 수 있습니다. 뭐니 뭐니 해도 좋은 것은 자연식이겠지만, 바쁜 현대인들에게는 영양제만큼 간편한 것은 없을 것입니다. 특히 여러분이 직장인이라면 일과 운동을 병행해야 하므로, 몇 가지 영양제 정도는 필수로 챙기는 것이 좋습니다. 제 경험상 화학 물질로 만들어진 부스터, 카페인 음료보다 아래 세 가지가 괜찮았기 때문에 추천해 드리고 싶습니다.

| 멀티 비타민 | 프로폴리스 | 밀크시슬 |

(1) 멀티 비타민

첫 번째는 멀티 비타민입니다. 여러분도 하루 비타민 권장량을 자연식으로 채우기는 굉장히 어렵다는 것쯤은 알고 계실 것입니다. 특히 한국인 93%가 결핍인 '비타민 D'는 우리 몸에 없어서는 안될 중요한 영양소임에도 불구하고, 자연식으로 섭취하기에는 매우 어렵습니다. 요즘에는 한 알에 비타민 4종뿐만 아니라, 마그네슘, 칼슘, 미네랄 등이 함께 포함된 영양제도 많이 나와 있습니다. 따라서 운동을 하지 않더라도, 직장인이라면 종합 비타민 하나쯤은 드시는 게 도움이 될 것입니다. 저는 주로 솔가(SOLGAR)와 마이프로틴(MYPROTEIN)에서 나오는 제품을 이용했으며, 매일 오전 9시 출근 후 섭취했습니다.

(2) 프로폴리스

프로폴리스는 꿀벌이 나무 수액에서 채취한 물질을 밀랍과 함께 섞어 만든 천연 항생 물질입니다. 이것은 상처나 염증을 예방하는 데도 효과적이고, 무엇보다 면역력을 증진하는 데 탁월하지요. 요즘에는 고함량 프로폴리스 캡슐도 쉽게 구할 수 있습니다.

저도 처음 프로폴리스를 접했을 때, 잠자기 전 한 알을 섭취하고 잤더니 다음 날 아침이 무척 가뿐했던 경험이 있습니다. 또한, 가벼운 몸살 기운이 있을 때 섭취하면 굳이 감기 몸살 약을 먹지 않고도 나아진 적도 있습니다. 그만큼 몸의 피로도를 떨어뜨리고, 면역력을 증진시키는 데 탁월한 것입니다. 프로폴리스는 원액 등 여러 가지 형태가 있지만, 가장 먹기 쉬운 '캡슐'을 추천 드립니다.

(3) 밀크시슬

마지막으로 추천드릴 것은 밀크시슬입니다. 조금 생소하실 수도 있는데, 밀크시슬은 쉽게 말하면 '국화과 약용 식물'입니다. 유럽이나 중앙아시아에 주로 분포하고 있는데, 요즘에는 중국 북부쪽에도 재배되고 있습니다. 밀크시슬의 잎과 열매는 이미 2000년 전부터 간 질환 치료제와 간 손상 예방에 쓰였습니다. 천연 재료로서는 단연 으뜸이라 할 수 있지요.

여러분이 만약 남들보다 쉽게 지치고 피로 회복이 더디다면, '간 건강'을 의심해 볼 수 있습니다.

밀크시슬은 간뿐만 아니라 신장에도 도움을 주기 때문에, 일을 하면서 운동을 병행한다면 이보다 좋은 천연 영양제는 없을 것입니다. 앞에서 언급한 세 가지 영양제 모두 캡슐 형태로 섭취가 가능하며, 천연 재료로 만들어진 것이 많습니다. 따라서 운동하는 직장인들에게는 적극 추천 드립니다.

한편, 위에 소개하지는 않았지만 장이 불편하거나 소화가 잘 안 되는 분들께는 '프로바이오틱스'가 도움이 될 수 있습니다. 운동만큼 먹는 것도 중요하기 때문에, 영양소가 충분히 흡수되려면 장이 튼튼해야 하겠지요. 그런데 가급적이면 유산균도 자연식으로 섭취해 주는 것이 좋습니다. 요거트나 섬유질이 많은 채소를 충분히 섭취하고, 그래도 나아지지 않는다면 가루 형태로 된 프로바이오틱스를 섭취해 볼 것을 권해 드립니다.

4

'멘탈이 와르르……' 운동,
식단보다 힘들게 하는 것들

지금까지 우리는 다이어트에 대한 여러 가지 오해와 알고 있으면 유용한 팁들에 대해 알아보았습니다. 앞서 살펴본 바와 같이, 다이어트 기간에는 웨이트뿐만 아니라 유산소 운동을 병행해야 합니다. 따라서 평소보다 시간이 좀 더 소요된다고 보셔야 합니다. 게다가 식단 조절과 생활 습관 등을 철저히 지켜야 하기 때문에, 그것을 이겨 낼 수 있는 의지가 매우 중요합니다.

사실 바디 프로필은 다이어트의 성공 여부에 달려 있다고 해도 과언이 아닙니다. 즉, 촬영 당일까지 얼마나 몸을 입체적이고 매력적으로 말렸는지가 관건인 것입니다. 대부분의 사람들은 몸을 만들기 위해 운동, 식단, 휴식의 삼박자가 맞아 떨어져야 한다는 걸 알고 있습니다. 하지만 시간이 점점 흐를수록 인내심의 한계를 느낍니다. 먹는 것이야말로 인간의 가장 기본적인 욕구인데, 그 욕구를 억제하다 보니 스트레스가 쌓이는 것입니다. 더구나 운동 시간이 길어지고 몸은 더욱 지쳐 가니, 정신적인 스트레스는 이루 말할 수 없습니다.

실제로 바디 프로필을 준비하는 분들 중에는 촬영을 불과 며칠 앞두고 포기하는 분도 많이 있습니다. 그중 80~90%는 다이어트 실패 때문이지요. 저도 살면서 이런 경험은 처음 겪었기 때문에 포기하려 했던 적이 한두 번이 아닙니다. 당시 느낌을 떠올려 보면, 세상 사람들은 모두 평화로운데 나만 혼자 전쟁을 치루고 있는 기분이었습니다. 바깥 세상과 단절되어 있는 것도 아니고, 눈만 뜨면 온갖 유혹들이 도사리고 있으니 미칠 지경이었지요. 누가 시켜서 한 일도 아니었기 때문에, 힘들다라는 표현보다 '고독하다.'는 표현이 더 맞는 것 같습니다.

되돌아보면 식단 관리와 운동은 제게 가장 힘든 부분이 아니었습니다. 그것들은 마땅히 해야 하는 것이기 때문에 문제 될 것은 없었습니다. 그런데 제가 중도 포기를 하려고 했던 이유는 생각했던 것보다 '정신적인 스트레스'가 매우 컸기 때문입니다. 이 부분은 실제로 여러분이 다이어트를 해 보고 몸으로 겪어야만 알 수 있는 부분이긴 합니다. 하지만 바디 프로필을 준비할 때 마인드 컨트롤은 매우 중요한 부분이며, 어떻게 대비해야 하는지 꼭 알려 드리고 싶었습니다. 제 경험을 글로 남긴 것이라 100% 와닿지 않을 수도 있습니다. 하지만 조금이나마 여러분들께 보탬이 되고자 팁을 남겨 보겠습니다.

가. 든든한 지원군을 '방해꾼'으로 여기지 말라

첫째, 주변 사람들의 간섭과 걱정에 의연해져야 한다는 점입니다. 이 부분은 책의 도입부에서도 잠깐 언급한 바 있습니다. 다이어트를 시작하면 유난히 이러쿵저러쿵 참견하는 사람들이 많아집니다. 좀 과장해서 말씀드리면, 아침부터 저녁까지 잔소리 한두 마디 듣는 건 일상이라 보시면 됩니다.

아침에 눈을 뜨면, 가족들은 점점 말라 가는 나를 보며 무엇이든 먹이려고 할 것입니다. 회사에 출근하면 "요즘 왜 이리 말랐냐, 무슨 일 있냐." 걱정하는 동료들이 많을 것입니다. 그러다 운동을 할 때면 오지랖 넓은 분들이 다가와 이런 저런 충고를 늘어놓을 것입니다.

"다이어트할 때 운동은 이렇게 하는 게 좋다.", "식단은 어떻게 하고 있느냐.", "그건 먹지 말아라." 등등 듣고 있으면 분명 도움되는 것들이지만, 이 시기에는 귀에 들어오지 않습니다. 왜냐하면 본인 몸은 본인이 가장 잘 알고 있으며, 그런 몸을 변화시키기 위해 노력을 하고 있는 것도 결국 자기 자신이기 때문입니다.

그런데 처음부터 모든 것을 혼자 준비하는 입장에서는, 주변 조언들이 오히려 독이 될 수 있습니다. 지금껏 잘해 오던 운동, 식단마저 주변인들의 간섭 때문에 흔들릴 수 있는 것입니다. 왠지 경험이 있는 분들이 조언하면 '지금 내가 하고 있는 것들은 모두 버려야 하나.' 착각에 빠질 때도 있습니다. 따지고 보면 지금 하고 있는 것도 맞고, 그분들이 해 주는 조언도 맞는데 말입니다.

다이어트에 돌입하면 날짜는 다가오고 마음이 점점 조급해집니다. 워낙 정보 과잉의 시대에 살고 있다 보니, 지인들이 이런저런 조언을 해 주어도 당시에는 귀에 잘 들어오지 않습니다. 따라서 이 시기에는 온갖 간섭에 흔들리지 않고, 의연하게 대처하는 노력이 필요합니다. 구체적인 방법은 다음과 같습니다.

첫째, 가족들은 진심으로 나를 아끼는 마음에서 다가오고 있음을 명심하십시오.

그들은 한집에 같이 살면서 여러분과 매일 얼굴을 마주하고 있습니다. 어찌 보면 가장 가까이 있기 때문에, 갑작스럽게 변화된 식습관과 행동들에 위화감을 느낄지도 모릅니다. 따라서 나를 먼저 이해해 주길 바라기 전에, 그들과 같은 메뉴로 식사해 주지 못하는 것에 '미안함'을 가져야 하는 것입니다.

그런데 다이어트에 몰입하다 보면, 나는 닭가슴살에 고구마를 먹고 있는데 옆에서 밥을 먹고 있는 모습이 무척 신경 쓰일 때가 많습니다. 그런데 이런 감정은 나뿐만 아니라, 가족들도 똑같이 느끼고 있습니다. 내가 맛없는 음식을 먹고 있는 것처럼, 가족들도 '왠지 나만 맛있는 것을 먹고 있는 게 아닌가.' 하는 마음이 생기는 것입니다. 가족 중 누구도 잘못한 것이 없지만, 처음 맞이하는 그 상황에 당황할 수도 있습니다.

여러분은 아직 이런 상황을 겪어 보지 않았기 때문에 대수롭지 않다 생각할 수 있습니다. 그런데 곧 몸 만들기에 돌입하면 현실이 될 이야기들입니다. 분명한 것은 몸을 만들기로 결심한 것은 '나'이고, 식단 관리를 시작한 것도 '나의 선택'이었다는 점입니다.

이 글을 통해 꼭 말씀드리고 싶은 점은, 여러분이 만약 기혼자라면 더욱 감정 관리에 신경 써야 합니다. 적어도 다이어트 기간에는 가족들에게 먼저 다가가 따뜻하게 말을 건네십시오. 지금 여러분이 도전할 수 있는 것도 가족의 배려가 있기 때문에 가능한 일입니다.

둘째, 가족을 제외한 지인들을 대하는 자세입니다. 그들도 가족과 마찬가지인데, 지인들의 간섭과 조언에는 웬만하면 예민하게 반응하지 않는 것이 좋습니다. 처음 몸 만들기에 돌입했을 때를 떠올려 보십시오. 그들은 여러분의 변화를 진심으로 응원해 주는 '지원군'이었습니다. 예나 지금이나 그 마음은 똑같을 것이며, 다이어트를 한다고 하면 더욱 더 응원해 주고 싶을 것입니다.

그런데, 아이러니하게도 그들 중 바디 프로필을 찍어 본 분들은 극히 드뭅니다. 그렇다면 설령 그들이 그릇된 조언을 해 주더라도 그 자체로 고마워해야 합니다. 그들은 체중 감량을 하면서 급격하게 말라가는 여러분의 모습을 보고 걱정이 한가득일 것입니다. 어쩌다 모임에 나가도 밥 한 숟가락 뜨지 않는 모습을 보며 이런저런 이야기를 할지도 모릅니다. 그때마다 예민하게 반응하기보다, '그냥 그러려니' 하는 마음으로 웃어 넘기기 바랍니다. 특히, 첫 번째 바디 프로필일수록 이런 의연한 태도가 필요합니다. 그리고 그런 마음이 있어야만 끝까지 완주할 수 있고, 지인들과 변함없이 가깝게 지낼 수 있음을 기억하기 바랍니다.

나. 나를 믿지 못하는 순간이 찾아온다

다이어트를 하다 보면 그동안 알지 못했던 생소한 경험들을 하게 됩니다. 식단을 시작한 지 며칠 만에 붓기와 수분이 빠져 1~2kg 감량이 되기도 하고, 금방이라도 목표 체중에 도달할 것 같은 기쁨을 맛보지요. 그러다가 몇 주 동안은 갑작스레 바뀐 식단 때문에 고생을 합니다. 어떤 날은 새벽에 몰래 냉장고를 뒤지다가 후회하기도 하지요. 그러다가 결국 배고픔을 참지 못하고 이것저것 입에 욱여넣는 자신을 바라보게 됩니다. 이런 모습을 소위 '입이 터진다.'라고 말하는데, 잠시나마 식욕을 풀었는지 몰라도 금세 후회하며 한탄하기도 합니다.

그렇게 몇 주 지나면, 이제는 매번 먹는 식단과 배고픔에 익숙해집니다. 정해진 시간에, 정해진 메뉴로, 정해진 양을 먹기 때문에 조금만 시간을 놓치거나 양이 달라지면 몸으로 느낄 수 있습니다. '배꼽 시계'라는 말도 있듯이 무엇을 먹어야 하는 시간이 되면, 몸이 먼저 반응하는 것입니다.

몸에서 변화가 느껴지면 식단에도 차츰 변화를 줍니다. 탄수화물은 열량이 적은 순서대로 현미밥, 고구마, 단호박 순으로 바꾸어 주며, 단백질과 지방을 공급해 주는 메뉴도 조금씩 변화를 주기 시작합니다. 신기하게도 메뉴를 바꿔도 포만감은 비슷하게 유지되는데, 처음에는 이 모든 것들이 생소하게만 느껴집니다.

그런데 다이어트로 체중이 감소하고 체지방률이 떨어지면, 그동안 '근육'이라고 믿고 있던 것들도 함께 빠지기 시작합니다. 하루가 다르게 몸이 말라가며, 체구가 점점 왜소해지는 것입니다. 가슴과 어깨는 물론이고, 허벅지와 다리도 조금씩 야위고 앙상해집니다. 특히 초급자일수록 점점 말라가는 자신을 보며 혼란스러워집니다. 왜냐하면 더이상 체구가 작아지는 것이 싫은데 목표 수준까지 체지방을 빼려면, 생각하는 것 이상으로 체중을 감량해야 하기 때문입니다. 운동을 오래한 분들은 워낙 근육이 많기 때문에 다이어트를 마친 뒤에도 비슷한 체격을 유지합니다. 그런데 근육량이 적은 초급자들의 경우, 다이어트가 길어지면 길어질수록 훨씬 더 왜소한 몸을 마주하게 됩니다. 또한 점점 변하고 있는 몸 때문에 이런 저런 의심을 하게 되지요.

'이렇게 운동하는 게 과연 맞는 걸까?'

'이렇게 마르기만 하면, 나중에 보여 줄 몸마저 없어지는 건 아닐까?'

'평생 복근 구경 못 해 봤는데, 과연 나타나기는 하는 걸까?'

위와 같이 그동안 하지 않던 온갖 의심들을 하기 시작합니다. 쉽게 말해 '나를 믿지 못하는 순간'들이 찾아오는 것입니다. 이건 저도 마찬가지였는데, 주변에 모니터링해 주는 분이 없었기에 더욱 더 그렇게 생각했는지도 모릅니다. 지금 생각해 보면 괜한 걱정을 한 것이었지만, 당시에는 충분히 생길 수 있는 불안과 의심이었습니다. 돌이켜 보면 그 상황을 벗어날 수 있었던 것은, 매주 몸의 변화를 살펴보고 과정들을 기록해 둔 '노트' 덕분이었습니다.

여러분도 바디 프로필을 준비하면서 스스로 의심하는 순간들이 찾아올 것입니다. 그리고 그 기간이 길어지면 곧장 전문가를 찾아가 도움을 얻으려 할 테지요. 그런데 그럴 때는 그동안 해 온 운동, 식단, 수면 시간 등을 꼼꼼히 체크해 볼 필요가 있습니다. 인바디(Inbody)에 찍힌 수치는 '결과'에 대한 기록이지만, 그동안 해온 운동, 식단, 수면 등의 기록은 '과정'에 대한 기록이기 때문입니다. 본인이 해 온 흔적들을 살펴보아도 도무지 해결책을 찾을 수 없다면, 그때 전문가를 찾아가도 늦지 않습니다.

중요한 것은 다이어트를 하면서 몰라보게 달라진 본인 모습을 보고 혼란스러워 하지 않아야 한다는 점입니다. 또한, 과정이 종료되었을 때 본인의 몸 상태를 보고, 현실을 직시하는 것도 큰 도움이 됩니다. 당장은 왜소해진 몸 때문에 실망스러워 할지 몰라도, 다음에 운동을 다시 하게 되었을 때 어떤 점을 보완해야 할지 알 수 있기 때문입니다. 그리고 그런 시행착오들을 이겨내야 다음에 더 발전할 수 있습니다.

다. 미처 생각하지 못한 부분들 때문에 '멘붕'이 온다

끝으로 촬영 50일 전부터는 미처 생각하지 못한 부분들 때문에 당황하는 일이 생깁니다. 매일 운동도 하고 식단 관리도 하는데 무슨 걱정이냐 하겠지만, 실제로 이 기간에는 준비해야 할 것들이 많습니다. 각 준비 사항들에 대한 설명은 촬영 준비 편에서 한 번 더 자세히 다루도록 하겠습니다.

먼저 저 같은 경우에 '태닝'의 필요성을 느끼지 못했습니다. 그러다 다이어트를 시작한지 며칠이 지난 뒤에야 그 중요성을 인지하기 시작했지요. 실내 태닝은 최소 10회 정도 해야 했기에 그 시간을 빼는 것이 무척 어려웠습니다. 사실 태닝하는 시간은 회당 10분이면 충분합니다. 하지만 평일에는 퇴근을 하고 가야 했기 때문에 시간을 별도로 마련해야 했습니다. 적어도 헬스장에서 태닝 숍까지 가는 거리를 따져 봐야 했고, 비용도 고려해야 했습니다.

경험이 있는 분들은 알겠지만, 태닝을 하면 오일이 지워지지 않게 최소 5~6시간 샤워를 하지 말아야 합니다. 저는 이러한 사실을 뒤늦게 알게 되었는데, 미리 헬스장에서 운동을 하고 숍에 들르거나, 아예 그날은 운동을 하지 않고 방문했습니다. 이런 사항들을 미리 고려하지 않고 일정이 임박해서 준비하다 보니, 당시 매우 당황하던 기억이 납니다.

두 번째로 생각해야 할 점은 '의상'과 '포즈'입니다. 사진 찍는 데 몸만 잘 만들면 되지, 옷이 뭐 중요하냐 생각하실 수도 있습니다. 그런데 여러분이 신체 특정 부위를 드러내기 껄끄럽다면, 의상과 포즈로 그 부위를 가릴 수 있습니다. 예를 들어 어깨 근육이 부족하면, 자켓으로 어깨를 가리는 것도 방법이 될 수 있는 것입니다. 또한 하체가 부족하다면, 청바지나 트레이닝 복을 입고 촬영할 수 있습니다. 포즈도 마찬가지인데, 상대적으로 가슴보다 등에 자신이 있다면, 촬영 때 그 부위를 강조할 수 있는 자세를 취하면 됩니다. 즉 의상과 포즈로 나의 강점을 부각시키고, 단점은 보완할 수 있는 것입니다.

뒷 부분에 다시 다루겠지만, 유난히 남성 분들은 여성 분들보다 컨셉과 포즈를 고민하지 않는 경우가 많습니다. 운동과 식단에만 몰입할 뿐, 이외의 것들은 모두 하찮게 여기는 것입니다. 그런데, 일반인에게 바디 프로필 촬영은 1년에 한 번 있을까 말까 한 기회입니다. 우리가 전문 모델이라면 모를까, 이런 기회는 흔치도 않을 뿐더러 그 기회를 요긴하게 써야 하는 것입니다. 촬영 당일 몸은 충분히 준비되었는데, 의상과 포즈 때문에 일을 그르치면 너무나 속상할 것입니다. 더구나 일반인들은 옷을 벗고 촬영하는 일이 익숙하지 않습니다. 이러한 부분들을 고민하지 않고 촬영에 임하면, 십중팔구 현장에서 긴장할 수밖에 없는 것입니다. 또 긴장을 많이 하면 사진을 망칠 수밖에 없지요.

저 같은 경우에는 촬영 일주일 전이 되어서야 이런 부분들을 고민하기 시작했습니다. 당연히 촬영장에서는 긴장을 했고, 어색한 분위기가 연출된 순간도 많았지요. 뒤늦게 이런 사항들을 챙겼으면 어땠을까 후회했지만 이미 버스는 지나간 뒤였습니다.

앞서 말씀 드렸듯이 바디 프로필을 준비하고 있다면, 태닝, 의상, 포즈를 철저하게 고민해야 합니다. 적어도 이 세 가지는 나중으로 미루거나, 촬영 전에 어떻게 되겠지 하는 생각을 버리시기 바랍니다. 이 사항들은 스튜디오를 예약한 순간부터 고민해야 하는 것들이며, 준비를 한 사람과 그렇지 않은 사람의 차이가 확연하게 드러납니다. 다음 시간에는 여러분들이 촬영 준비를 할 때 시행착오를 덜 수 있는 팁들을 알려 드리도록 하겠습니다.

VI

2% 부족한 부분을 채워라!
촬영 준비

BODY PROFILE

지금까지 바디 프로필을 준비하는 데 필요한 운동 방법과 다이어트 노하우, 그리고 멘탈 관리에 대해 알아보았습니다. 이번 시간에는 프로필 촬영일(D-day)을 기준으로, 한 달 전에 어떤 것들을 준비해야 하는지 살펴보겠습니다.

앞서 언급한 바와 같이 바디 프로필을 처음 준비하는 분들이라면, 촬영 전에 챙겨야 할 것들이 많아 당황할 수도 있습니다. 그 이유는 지금까지 이런 경험이 없었고, 준비를 해도 운동과 식단에만 집중했을 가능성이 크기 때문입니다.

그런데 아래 내용들은 준비해도 그만, 안 해도 그만인 사항들이 아닙니다. 적어도 우리가 원하는 아웃풋(output)을 훨씬 돋보이게 할 핵심 요소들인 것입니다. 운동과 식단 비중이 80%라면, 아래 요소들은 20% 이상 차지한다고 볼 수 있습니다. 따라서 전체 일정을 짤 때도 이 사항들을 놓치지 않도록 꼼꼼히 확인해야 할 것입니다.

1

촬영 전까지
주요 신체 변화와 느낀 점

본격적으로 촬영 준비에 필요한 사항들을 알려 드리기 앞서, 그동안 저의 신체 변화와 느낀 점들을 정리해 보았습니다. 아래 내용은 제가 바디 프로필에 도전하기로 마음먹은 8개월 전과 촬영 한 달 전(D-30), 그리고 촬영 3일 전(D-3) 인바디 결과입니다.

가. 도전 첫날, D-30, D-3 몸 변화

사람마다 운동을 할 수 있는 조건과 신체 조건, 그리고 준비 기간이 모두 다릅니다. 따라서 모든 분들이 아래와 같이 변할 수 있다는 보장은 없습니다. 다만 39세 사무직 직장인이 주 6일 운동을 하며 준비했다는 가정하에 이 정도까지 변할 수 있구나 하는 정도로 이해하면 되겠습니다. 먼저 사진과 표를 살펴보도록 하겠습니다.

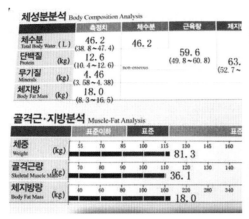
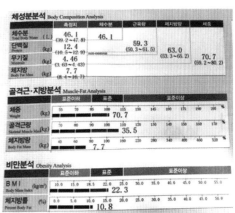

197

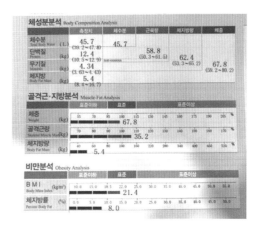

주요 신체 변화

구분	도전 첫날 (8개월 전)	촬영 한 달 전 (D-30)	촬영 3일 전 (D-3)
체중(kg) weight	81.3kg	70.7kg	67.8kg
골격근량(kg) Skeletal Muscle Mass	36.1kg	35.5kg	35.2kg
체지방량(kg) Body Fat Mass	18.0kg	7.7kg	5.4kg
체지방률(%) Percent Body Fat	23.9%	10.8%	8.0%
측정 일시	20. 10. 6 08:24	21. 4. 28 07:49	21. 5. 19 08:08

- 체중 : 81.3kg → 67.8kg, **-13.5kg 감량**
- 골격근량 : 36.1kg → 35.2kg, **-0.9kg 감소**
- 체지방량 : 18.0kg → 5.4kg, **-12.6kg 감소**
- 체지방률 : 23.9% → 8.0%, **-15.9% 감소**

위 내용을 보면, 체중은 81.3kg에서 67.8kg으로 -13.5kg 감량하였습니다. 골격근량은 36.1kg에서 35.2kg으로 -0.9kg 감소하였고, 체지방량은 최초 18.0kg에서 5.4kg로 자그마치 -12.6kg 줄었습니다. 끝으로 체지방률은 23.9%에서 8.0%로, -15.9% 감소하였습니다. 또한 위 표에는 언급되지 않았지만, 촬영 전날(D-1) 마지막 인바디를 쟀을 때는 체중 66.8kg, 체지방률 7.2%가 찍혀 있었습니다.

참고로 바디 프로필을 찍어 보기로 결심한 날의 체중은, 최근 10년 간의 몸무게 중 최대치 (81.3kg) 였습니다. 촬영 전날 몸무게(66.8kg)를 확인하고 저는 깜짝 놀랐는데, 제가 군 입대를 할 무렵인 24세 때의 체중이라 감개무량한 하루였습니다.

나. 바디 프로필 촬영 후 느낀 점과 시사점

위 결과와 함께 그동안 신체 변화를 지켜보며 느낀 점이 너무나 많았습니다. 그 내용들을 토대로 바디 프로필 촬영 후 2개월이 지난 시점에 정리하였습니다. 다분히 주관적인 느낌은 빼고, 여러분들게 도움될 만한 사항 두 가지를 남겨 드립니다.

느낀 점과 시사점

- 골격근량을 늘리면서 체지방량을 동시에 떨어뜨리는 것은 힘든 과제다.
- 인바디 결과표에 찍힌 체지방률에 집착하지 말라.

첫 번째는, '골격근량을 늘리면서 체지방량을 떨어뜨리는 일은 매우 힘든 과제'라는 점입니다. 이것은 린 매스 업(Lean mass up)을 설명 드리면서 잠깐 언급한 바 있는데, 두 마리 토끼를 잡는다는 건 너무나 어렵습니다.

저는 체중을 13.5kg 감량하면서 체지방을 12.6kg 줄였습니다. 살면서 몸무게를 10kg 이상 감량해 본 것도 처음이었지만, 10주 동안 체지방을 18.0kg에서 5.4kg로 줄인 건 기적에 가까운 일이었습니다.

사실 촬영 두 달 전까지는 골격근량을 36.7kg까지 늘리기도 했습니다. 하지만 다이어트를 통해 10kg 이상 체중을 감량하면서 근육을 잃는 건 어쩔 수 없는 일이었습니다. 식단 관리를 하면서 먹는 양이 줄고, 웨이트 트레이닝의 중량도 더 칠 수 없으니 어찌 보면 당연한 결과였습니다.

똑같이 체중을 감량해도 체지방만 집중적으로 빼는 것이 좋은데, 이것은 결국 다이어트를 하면서 추이를 지켜보는 수밖에 없습니다. 벌크 업을 하면서 예상보다 일찍 목표 근육량에 도달했다면, 주저하지 말고 다이어트에 돌입하는 것이 좋습니다. 촬영 일을 기준으로, 목표 체지방률에 이르는 기간을 단축할 수도 있고, 식단 관리의 스트레스에서 어느 정도 해방될 수 있기 때문입니다.

두 번째 시사점은, '인바디 결과표에 찍힌 체지방률에 집착하지 말라.'는 것입니다.

체지방률은 다이어트의 성공 여부를 가늠하는 중요한 잣대입니다. 하지만 그렇다고 해서 절대적인 기준은 될 수 없습니다. 왜 그런지 제 경험을 통해 말씀드리도록 하겠습니다.

촬영 3일 전 인바디 결과표를 살펴보면, 체지방률이 8%에 도달했음을 알 수 있습니다. 인생 최초로 꿈에 그리던 '10% 미만의 체지방률'을 찍은 것입니다. 저는 이때 내장 지방 레벨 2가 찍혀 있는 것을 보고 깜짝 놀랐는데, 처음 보는 수치 앞에 얼마나 감격했는지 모릅니다.

그런데 중요한 것은, 체지방률이 바디 프로필의 아웃풋과 얼마나 상관 관계가 있느냐입니다. 확실히 7~8%의 체지방률은 저에게 큰 심리적 만족감을 안겨다 주었습니다. 하지만 그것이 '멋진 몸'을 나타내는 기준인지는 물음표로 남았습니다. 왜냐하면 저는 촬영 3일 전보다 한 달 전의 몸 상태가 더 좋았기 때문입니다. 인바디 상에는 체중 70.7kg, 체지방률 10.8%가 찍혀 있었지만, 거울에 비추어 보았을 때 가장 이상적인 몸은 바로 이때였습니다.

바디 프로필 촬영 후 근육의 볼륨감과 컨디션 등을 종합적으로 고려해 보았을 때에도, 촬영 당일보다 한 달 전이 더 나았음을 알게 되었습니다. 그리고 인바디보다 결국 '눈바디'였음을 인정하게된 것도 모든 과정이 종료된 이후였습니다.

우리가 남길 것은 결국 바디 프로필 사진입니다. 따라서 인바디 수치에 너무 연연해 할 필요는 없습니다. 적어도 촬영 한 달 전부터는, 체중 감량 추이를 지켜보며 얼마나 '멋진 몸'이 만들어지고 있는가만 집중하면 됩니다.

빠뜨리면 안 돼!
촬영 한 달 전에 챙겨야 할 것들

다음은 촬영 한 달 전부터 챙겨야 할 것들입니다. 우리나라 속담 중에 '다 된 밥에 재 뿌리기'라는 말이 있습니다. 바디 프로필 준비를 위해 몇 달 동안 운동, 식단에 메달렸는데 사소한 부분 때문에 일을 그르치면 정말 속상할 것입니다. 20~30만 원이나 되는 비싼 돈을 들여 스튜디오 예약을 했는데, 사진이 아쉽게 나왔다면 정말 안타깝겠지요.

반대로 촬영 전까지 몸은 다소 아쉽게 만들었지만, 다른 부수적인 준비를 잘해서 멋진 아웃풋을 뽑아내는 경우도 있습니다. 촬영 당일 본인의 강점은 최대한 드러내면서, 약점을 보완함으로써 최상의 결과물을 만들어 낸 것입니다.

오랜 기간 공들여 몸을 만든 만큼, 촬영에 영향을 미치는 작은 부분까지 신경 써야 아쉬움이 없습니다. 이번 시간에는 촬영에 필요한 항목들을 하나씩 살펴보고, 그것을 준비할 때 어떤 점들에 유의해야 하는지 알아보도록 하겠습니다.

가. 태닝

운동으로 멋진 몸을 만들었다면, 다이어트 시기부터는 태닝을 하실 것을 추천 드립니다. 태닝은 얼마나 몸을 입체적이고, 건강하게 보이게 만드느냐를 결정짓는 요인 중 하나입니다. 비슷한 바디라인과 근육량을 지니고 있는 인물 두 명을 앞에 세워 두었다고 가정해 보겠습니다. 확실히 하얀 피부보다는, 구릿빛 피부를 지닌 사람이 훨씬 근육이 도드라져 보이고 건강해 보일 것입니다.

태닝을 처음 하는 분들은 실효성에 의문을 가질 수도 있습니다. 운동할 시간도 없는데 무슨 태닝이냐, 나는 피부가 까만 편이라 생략하겠다는 분들도 있지요. 그런데 이분들에게 태닝 전, 후 사진을 보여드리면, 무조건 하겠다고 마음 바꾸는 경우가 많습니다. 그만큼 사진에서 보여지는 근육의 선명도와 입체감이 다른 것입니다.

태닝은 실내에서 할 수 있고, 야외에서도 할 수 있습니다. 그런데 야외 태닝의 경우 날씨의 영향을 많이 받고, 시간적인 여유도 있어야 하기 때문에 직장인들에게는 추천하지 않습니다. 그래도 굳이 야외 태닝을 고집한다면 말릴 순 없습니다. 하지만 부위별로 얼룩지지 않게 태우는 것이 어렵고, 발색도 실내 태닝보다 예쁘지 않을 수 있다는 점을 기억하기 바랍니다. 여러 기회비용을 따져 봐도 실내 태닝이 야외 태닝보다 좋습니다. 따라서 이 책에는 야외 태닝보다 실내 태닝에 초점을 맞추어 설명 드리겠습니다.

1) 시점, 횟수
먼저 신경 써야 할 사항은 태닝 시점과 횟수입니다. 보통 태닝 시점은 본인의 피부 색깔과 톤을 고려해 촬영일을 기준으로 날짜를 역산하여 결정합니다. 저는 50일 전에 숍 예약을 했으며, 주 2회씩 총 14회 실시했습니다.

태닝 숍에서는 기본적으로 10~20회를 기준으로 가격을 책정합니다. 따라서 비용과 할인 정책을 비교해 보고 예약을 진행하면 됩니다. 그런데 처음 예약을 할 때는 본인이 총 몇 번 태닝을 해야 하는지, 일주일에 몇 번 해야 할지도 가늠이 되지 않습니다. 따라서 숍에 있는 직원과 충분히 상의를 거친 뒤에 실시하는 것이 좋습니다.

저 같은 경우에는 한 번도 태닝을 경험해 보지 않았기 때문에, 직원 분의 조언대로 14회 진행했습니다. 마지막에 했을 때는 속으로 '너무 태운 것 같은데……. 사진에 너무 까맣게 나오진 않을까?' 염려했지만, 막상 촬영장에 들어서니 그렇지 않았습니다.

촬영장에서는 여러분이 생각하는 것보다 조명 밝기가 훨씬 셉니다. 또한 촬영을 마친 뒤 보정을 거치기 때문에 조금 더 어둡게 태워도 무방합니다. 사람마다 '까맣다'의 기준이 다르기 때문에 본인 생각대로 결정하기보다, 직원 분의 조언을 듣는 게 훨씬 낫다는 점을 알려드립니다.

2) 위치

태닝 숍을 고를 때도 헬스장처럼 '접근성'이 중요합니다. 우리는 직장인이기 때문에 운동, 식단만 하기에도 제약이 많습니다. 그런데 10회 이상 태닝을 하려면 별도의 시간을 내야 하기 때문에 여간 부담스러운 게 아닙니다. 따라서 가장 좋은 방법은, 본인이 다니는 헬스장이나 집에서 가까운 곳에 예약하는 것입니다. 그래야 시간을 아낄 수 있고, 운동에 지장을 주지 않으면서 목표 횟수를 채울 수 있습니다.

저는 개인적으로 주 2회를 기준으로, 평일 1회, 주말 1회 실시했습니다. 나중에 경험해 보면 아시겠지만, 다이어트를 하는 시기에는 주 5~6일 운동만 하는데도 체력 부담이 큽니다. 또한, 한 번 태닝하면 색이 벗겨지지 않도록 샤워를 하지 않는 것이 좋습니다. 따라서 저는 운동을 하면서 태닝할 시간을 내기 무척 어려웠습니다. 평일 1회, 주말 1회 실시했는데, 스케줄상으로는 수요일 저녁과 토요일 오후가 가장 괜찮았습니다.

3) 만약 태닝을 할 시간이 없다면?

위 방법을 일러 주어도 시간과 여건이 안 되어서 할 수 없는 분들이 많을 것입니다. 그런데 이런 분들을 위한 차선책이 있으니 걱정하지 않으셔도 됩니다. 그것은 바로 스프레이 탠(Spray tan) 제품을 이용하는 것입니다.

보디빌딩 대회를 보다 보면, 유난히 선수들 몸이 구릿빛으로 빛나는 걸 알 수 있습니다. 저도 항상 이 부분이 궁금했는데, 비밀은 몸에 탠 크림을 바르거나 스프레이를 뿌린 것이었습니다. 태닝을 하기도 하지만, 시합 전 몸을 더 부각시키기 위해 이러한 제품들을 쓰는 것입니다. 대표적으로는 아래 제품이 있습니다.

프로탄 오버나이트 컴페티션 컬러

출처 : www.instagram.com/protan_korea

그런데 이러한 탠 크림이나 스프레이 탠을 쓰는 경우에는 한 가지를 꼭 확인해야 합니다. 그것은 여러분이 예약한 스튜디오에서 이러한 제품 사용과 도포를 허용하는지 여부입니다. 어떤 스튜디오에서는 일체의 제품 사용을 금지하는 경우도 있습니다.

실제로 제가 촬영한 스튜디오의 경우, 제품 사용을 금지했습니다. 저는 태닝을 했기 때문에 관계없었지만, 모든 스튜디오가 허용하는 것은 아니므로 꼭 확인해야 합니다. 만약 스프레이 사용이 가능한 곳이라면, 실내 태닝을 5~6회 정도만 하고 촬영 당일에 스프레이 탠을 쓰는 것도 방법이 될 수 있습니다. 이렇게 하면 태닝에 투자하는 시간도 절약되고, 비용도 아낄 수 있기 때문입니다. 중요한 것은, 근육을 선명하고 입체감 있게 보이기 위해서는 태닝이 필수라는 점입니다. 이왕 하기로 결정했으면, 촬영일을 기준으로 일정을 충분히 고려해서 실시해야 하겠습니다.

나. 촬영 컨셉

   여러분이 스튜디오를 예약했을 때는 이미 많은 사진들을 보고 결정했겠지만, 어떤 이미지로 촬영을 할 것인지 충분히 고민해야 합니다. 이미지를 결정짓는 요소로는 크게 컨셉, 의상, 포즈가 있습니다.

   첫 번째 '컨셉'은 프로필 사진을 연출할 분위기, 장소, 그리고 특별한 상황이나 배경을 의미한다고 보면 되겠습니다. 일반적으로 컨셉이 정해지면, 그 컨셉에 맞게 의상과 포즈를 준비하면 됩니다. 따라서 어떤 느낌으로 촬영할지 고르는 것이 첫 번째입니다.

   아래와 같이 특별한 배경이나 소품 없이, 깔끔하고 무난하게 찍는 컨셉도 있습니다. 또한 의자나 밧줄, 체인, 스포츠 용품 등과 같은 도구를 이용하는 방법도 있습니다. 물론 이런 것들을 미리 정하지 않아도 촬영 당일 작가님과 상의하면서 결정할 수 있습니다.

다양한 촬영 컨셉 1

   그런데 촬영 당일은 여러분이 생각하는 것 이상으로 시간이 빨리 흘러갑니다. 스튜디오에 들어서면 헤어와 메이크업을 마치고 곧바로 펌핑에 들어갑니다. 그다음 작가님과 상의하게 되는데, 미리 생각해 둔 컨셉이 없으면 시간에 쫓겨 허둥지둥 할 수밖에 없습니다.

따라서 짧은 시간 내에 최고의 결과물을 얻기 위해서는, 구체적인 컨셉을 고민해 보는 것이 좋습니다. 배경과 분위기를 맞게 의상, 포즈, 동선 등을 생각해 둔다면 더할 나위 없이 좋겠지요.

또한, 컨셉은 여러분의 강점을 최대한 부각하고, 단점은 보완하는 요소로도 활용될 수 있습니다. 예를 들어 본인이 다리가 긴 체형이라면, '전신 샷'을 찍을 수 있는 배경이 유리할 것입니다. 또한 허리가 긴 체형이라면, 허벅지까지 나오도록 사진을 찍는 것이 유리하며 그 부분을 강조할 수 있는 컨셉을 정하면 됩니다.

이 외에도 본인의 취미, 직종, 선호하는 공간 등에 따라 색다른 컨셉을 연출할 수도 있습니다.

어떠한 컨셉을 선택해야 할지 갈피를 못 잡겠다면 가장 쉬운 방법이 있습니다. 바로 홈페이지 또는 인스타그램에서 다른 모델들의 사진을 참고하는 것입니다. 본인이 찍고 싶은 분위기와 컨셉이 있다면, 스마트폰 등을 이용해 캡처해 둡니다. 그런 다음 그 스튜디오에 어떠한 배경과 소품이 있는지 꼼꼼하게 확인한 뒤 최종적으로 결정하면 되겠습니다.

다양한 촬영 컨셉 2

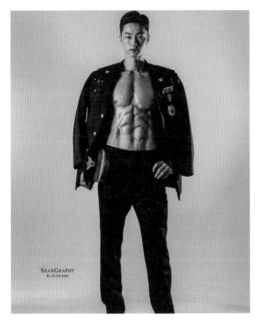

개인적으로는 토이 박스 컨셉과 해변 컨셉, 그리고 특정 직업군의 성격을 보여 주는 컨셉도 꽤 괜찮다 생각했습니다. 아래와 같이 스튜디오마다 특별한 컨셉을 추구하는 곳들도 있습니다. 따라서 시간을 두고 충분히 고려해 보는 것이 좋습니다.

다. 의상

나에게 맞는 컨셉을 정했으면, 다음으로 그 컨셉에 맞는 '의상'을 준비해야 합니다. 바디 프로필은 몸을 부각시키는 사진이기 때문에, 의상도 강조하고 싶은 신체 부위를 생각하면서 고르는 것이 좋습니다. 첫 번째로 성별 구분 없이 고려하게 되는 것은 '속옷(언더웨어)'입니다. 남자든 여자든 검정색이나 흰색 등 튀지 않는 색깔로 준비하는 것이 일반적이지만, 취향에 따라 색깔 있는 속옷을 준비하는 경우도 있습니다. 다음은 성별에 따른 의상 선택 기준입니다.

| 남자

남자의 경우 수트 컷이나 청바지 컷이 일반적입니다. 따라서 처음 바디 프로필을 찍는다면 흰색 와이셔츠, 수트, 청바지 정도는 기본적으로 구비해 놓는 것이 좋습니다. 조금 스포티한 느낌을 주고 싶다면 후드 집업, 반바지, 운동화를 이용해 보는 것도 좋습니다.

저 같은 경우에는 스튜디오에 있는 락카 룸 배경이 마음에 들어, 후드 티와 반바지를 따로 준비했습니다. 셔츠 컷보다 스포티한 느낌을 원했기 때문에, 당시 재미있게 찍었던 기억이 납니다.

다양한 장점이 있는 '폴라 티'

또한 여러분이 어깨, 팔 근육이 상대적으로 약하다면, 위와 같이 폴라 티에 청바지를 입는 것도 고려해볼 수 있습니다. 직장인 느낌의 수트, 와이셔츠와는 별개로 좀 더 캐주얼한 느낌을 줄 수 있습니다. 또한 포즈를 취할 때도 한결 자연스럽게 연출할 수 있지요.

사실 첫 촬영을 할 때는 어떤 자세로 어떻게 표정을 지어야 할지 난감한 경우가 많습니다. 그럴 때는 의상 자체가 어색함을 덜어 주는 방법이 될 수도 있습니다. '폴라 티'의 특성상 옷을 입을 때나 벗을 때, 얼굴을 가리거나 복근을 자연스럽게 드러낼 수 있기 때문입니다. 손을 어디에 두어야 할지, 표정을 이렇게 지어야 할지 난감할 때 '옷 벗는 동작'만으로도 자연스러운 분위기를 연출할 수 있습니다.

| 여자

여자 분들의 경우에는 좀 더 의상 선택 폭이 넓습니다. 남자와 마찬가지로 수트를 준비할 수도 있고, 바디수트나 크롭티를 준비하는 분도 있습니다. 바디수트는 원피스 수영복처럼 생긴 의상을 말합니다. 이 의상은 복부를 가리면서 나머지 부위를 드러내는 의상이므로, 상대적으로 복근이 약한 경우 선택할 수 있습니다. 어떤 옷은 엉덩이와 등이 파여 있는 경우도 있습니다. 따라서 바디수트는 본인이 둔근이나 광배근 등에 자신이 있을 때, 그 부분을 강조할 수 있는 의상이기도 합니다.

속옷이나 바디수트가 부담스럽다면 크롭 티를 입는 것도 방법입니다. 크롭 티는 배가 노출되기 때문에, 복근을 드러내면서 다른 부위의 노출을 최소화할 수 있습니다. 또한, 발랄하고 귀여운 분위기를 연출할 수도 있습니다.

선택 폭이 넓은 여자 의상

이 밖에도 여성 분들은 브라탑과 레깅스를 선택할 수도 있습니다. 보통 필라테스나 요가 컨셉으로 촬영할 때 요가복을 위 아래로 맞춰 입는 경우가 많습니다. 그런데 이러한 옷은 몸을 상대적으로 많이 가릴 수밖에 없습니다. 즉 근육보다는 몸의 전체적인 라인을 강조하고 싶을 때 적합한 의상인 것입니다. 여성 분들의 경우  과감한 노출을 꺼려하는 분들도 종종 있습니다. 따라서 이러한 분들의 경우, 세미 누드 스타일의 의상을 선택하는 것도 괜찮은 방법이라 하겠습니다.

라. 포즈 연습

여러분이 평소에 셀카를 많이 찍는다면, 어떤 각도와 자세에서 사진이 잘 나오는지 본인이 가장 잘 알 것입니다. 바디 프로필도 엄연히 인물 사진이기 때문에, 같은 배경이라 하더라도 본인이 가장 잘 나오는 자세를 취해야 결과물이 좋게 나옵니다.

바디 프로필을 위한 포즈를 연구한다고 해서 반드시 보디빌딩 시합용 자세를 취할 필요는 없습니다. 중요한 것은 자연스러움인데, 스튜디오에서 제공하는 모델들의 사진을 참고하거나, 〈멘즈 헬스(Men′s Health)〉와 같은 스포츠 매거진 커버 등을 참고해도 됩니다. 그런데 사진으로 볼 때는 그 자세들이 쉬워 보이지만, 막상 촬영 당일 어려움을 겪는 부분들이 있습니다.

1) 선명한 복근을 보여 주기 위한 '호흡법'

누구나 사진을 찍을 때 카메라 앞이 낯설고, 포즈를 취하는 것이 어설프게 느껴질 것입니다. 일반인들은 옷을 벗고 촬영하는 기회가 흔치 않습니다. 따라서 어떻게 카메라 앞에 서고, 제스처를 취해야 할지 막막할 수밖에 없지요. 특히 표정에 신경 쓰면서 몸을 보여 주어야 하기 때문에 집중할 포인트가 한두 가지가 아닙니다.

　본인이 찍을 포즈를 위해 가장 완벽하게 연습해야 할 한 가지를 꼽는다면, 바로 '호흡법'입니다. 사실 많은 분들이 촬영 당일까지도 호흡법을 간과하는 경우가 많습니다. 그런데 이것은 사진의 질과도 밀접한 관련이 있습니다. 따라서 어렵더라도 꼭 연습해야 하는 부분입니다.

　앞서 몇 번이나 강조해 드렸듯이 바디 프로필은 '복근'이 생명입니다. 그런데 선명한 복근을 보여 주기 위해서는 복부에 힘을 주면서도 근육을 도드라지게 보이게 할 호흡법이 중요합니다. 전문 트레이너나 운동선수들은 이 호흡법을 몸으로 터득하고 있지만, 일반인들은 그렇지 않은 경우가 많습니다. 바디 프로필을 준비하기 전까지 본인의 복근을 한 번도 본 적 없는 경우가 많고, 대다수가 이런 상황을 처음 맞이하기 때문입니다.

　어찌 되었든 촬영 당일에는 2시간 가량 사진을 찍기 때문에 체력적으로 지칠 수밖에 없습니다. 작가나 감독이 코칭을 해 주어도, 평소 호흡하는 훈련을 하지 않았다면 힘들 수밖에 없는 것입니다. 따라서 다이어트를 하면서 어느 정도 체중을 줄이고 지방을 제거했으면, 이때부터는 복근을 선명하게 드러나게 할 호흡법을 연습해야 합니다.

　글로 설명해 드리기 무척 어렵지만, 숨을 깊게 들이 쉰 다음 다시 천천히 내쉬면서 복근이 선명하게 나타나는 지점을 찾는 것이 관건입니다. 이것은 사람마다 복근 형태와 모양이 다르기 때문에 직접 해 보셔야 합니다. 집에 전신 거울이 있으면, 옷을 갈아 입을 때마다 연습해 보는 것도 좋습니다. 같은 시간, 같은 장소에서 포즈를 취하며 연습하다 보면 점점 익숙해질 것입니다.

2) 컨셉, 의상에 맞는 '포즈'

컨셉과 의상에 맞는 포즈를 연습하는 것도 매우 중요합니다. 직장인들은 운동만 하기도 벅차기 때문에, 어떻게든 포즈 연습할 시간이 필요합니다. 저 또한 촬영 일이 다가올수록 알 수 없는 불안감에 휩싸였는데, 원인은 포즈 연습 부족 때문이었습니다. 촬영 일주일 전에 의상과 소품을 준비해 두었지만, 막상 그 의상을 입어 보고 자세를 취해 볼 기회가 부족했던 것입니다.

저의 촬영 경험을 토대로 조언해 드리면, 적어도 촬영 일주일 전부터는 연습을 해 보는 것이 좋습니다. 시간을 내기 어렵다면, 평일 취침 전이나 주말을 이용해 볼 것을 권해 드립니다. 본인의 강점을 내세울 수 있는 자세 한두 가지 정도는 준비해야, 현장에서 조율이 쉽고 긴장하는 일도 없습니다.

때에 따라서는 머릿속에 생각한 이미지대로 포즈가 취해지지 않을 수도 있습니다. 저 같은 경우에는 '등 후면'을 보여 주는 자세가 무척 어려웠습니다. 결국 이 포즈로 찍은 사진들은 모두 보정본으로 택하지 않았지요. 당연한 이야기겠지만, 머릿속으로 이미지를 그려 보는 것과 실제 자세를 취해 보는 것은 100% 차이가 납니다. 따라서 좀 뻔뻔하게 느껴지더라도, '내가 모델이다.'라는 생각으로 다양한 자세를 취해 보는 것이 좋습니다.

사진 찍을 때는 보통 서서 찍는 것만 생각하기 쉽습니다. 하지만 바디 프로필 사진들을 살펴보면 누워서 찍거나, 의자에 앉아 찍는 것도 많이 있습니다. 어떤 자세를 취하든 본인 선택이지만, 가장 강조하고 싶은 부위가 어디인지, 가리고 싶은 부위는 어디인지 고려하는 것이 첫째입니다.

마. 제모(왁싱)

바디 프로필 촬영에 있어 제모는 필수입니다. 앞서 태닝을 먼저 설명해 드리긴 했지만, 중요도 면에서는 제모가 단연 앞서 있다고 생각됩니다. 포즈를 다양하게 취하기 위해서라도 겨드랑이와 다리 제모는 필수이며, 체모가 많다면 더욱 그렇습니다.

그런데 일반인들에게는 제모 자체가 생소하기 때문에 왁싱 숍에서 할지, 셀프로 할지 고민하게 될 것입니다. 아무래도 전문 숍에서 하게 되면 비용이 만만치 않습니다. 또한, 태닝과 마찬가지로 별도 시간을 마련해야 하기 때문에 여간 신경 쓰이는 게 아닙니다.

이러한 이유로 바디 프로필을 준비하는 상당 수의 분들이 셀프 제모를 찾습니다. 다른 사람에게 맡기는 게 쑥스럽기도 하고, 유튜브나 구글 검색을 해 보면 해 볼만하다 느껴지기 때문입니다. 그런데 제모를 할 때에는 생각해야 할 점들이 있습니다. 첫째는 '실패하지 않고 청결하게 하는 것'이며, 둘째는 '시간과 비용을 아끼는 것'입니다. 어찌 됐든 우리가 바라는 최종 결과물은 '잘 나온 사진'이기 때문에 각각의 장단점을 알고 준비해야 합니다.

1) 셀프 제모

우선 시간과 비용을 생각하면 당연히 셀프 제모입니다. 인터넷에 제모 크림과 피부 진정 크림을 검색해 보면, 2~3만 원 수준에서 쉽게 구매할 수 있습니다. 또한, 스스로 하기 때문에 편한 시간에 눈치 보지 않고 할 수 있습니다.

그런데 문제는 부작용입니다. 잠깐 시간을 내서 '셀프 제모'를 검색해 보면, 멍, 인그로운 헤어, 출혈 등 여러 가지 부작용도 있고, 불필요한 추가 과정이 발생한다는 걸 알 수 있습니다. 어찌 보면 이러한 일들을 감수해야 하는 것이 셀프 제모의 최대 단점인 것입니다. 결국 이 같은 이유로 대다수 직장인들은 최상의 아웃풋을 뽑아 낼 방법을 찾습니다.

스스로 제모하기보다 전문 왁싱 숍을 택하는 것입니다.

2) 왁싱 숍

다음은 왁싱 숍을 이용하는 방법입니다. 제모도 자연스러운 프로필 사진을 찍기 위한 준비 과정이기 때문에, 가장 유의해야 할 점이 '피부 트러블'입니다. 만약 여러분의 피부가 약하고 하얀 편이라면, 태닝과 왁싱을 하는 데 굉장히 신경 쓰일 것입니다.

일반적인 하드 왁싱은 모공을 열고 열을 가해서 털을 뽑기 때문에, 잔털 정리에 탁월하다는 장점이 있습니다. 그런데 피부가 약한 분들은 트러블이 발생할 수 있습니다. 따라서 왁싱을 진행하기 전에 직원 분에게 피부 상태를 보여주고, 그 피부에 맞는 방법을 찾는 것이 좋습니다.

요즘에는 '슈가링'이라는 시술 방법이 있습니다. 이는 천연 설탕으로 만든 슈가 페이스트를 이용하여 파우더와 워머기를 사용하지 않고 하는 제모 방법입니다. 확실히 이 방법은 하드 왁싱과 다르기 때문에, 피부가 예민한 분들이라면 한 번쯤 고려해 볼만한 합니다.

한편 제모를 처음 하는 사람이면, 어느 부위까지 진행해야 할지 감을 잡기 어려울 것입니다. 네츄럴로 해야 할지 비키니 라인으로 할지, 아니면 브라질리언 왁싱으로 해야 할지도 개념이 없을 것입니다. 따라서 직원 분에게 제모를 하는 목적에 대해 명확히 설명 드리고, 사진에 보여지는 부위 위주로 하는 것이 좋습니다.

다음으로 신경 써야 할 점은 제모 시점입니다. 보통 촬영 일주일 전이나 이틀 전에 시술을 하곤 하는데요. 피부가 약하면 모근이 눈에 잘 띄고, 진정되는데 시간이 오래 걸릴 수밖에 있습니다. 왁싱 경험이 있는 분들이면 가늠이 될 테지만, 처음 하는 분이면 촬영 일주일 전에 여유 있게 실시하는 것이 좋습니다. 또한 촬영 직전에 간단하게 리터칭 받을 것을 추천 드립니다.

끝으로 제모 후 관리 방법입니다. 보통 왁싱을 한 날과 다음 날 이틀 정도는 운동을 쉬어 주는 것이 좋습니다. 왁싱은 기본적으로 피부에 자극을 주는 작업입니다. 따라서 몸에 열을 내며 땀을 배출하게 되면, 세균 감염과 염증을 유발할 수 있습니다. 가급적 피부를 가렵게 만드는 상황은 피하는 것이 좋고, 아침 저녁으로 잘 씻은 다음, 후 처리 제품들을 써 주는 것이 좋습니다.

3

D-7, 촬영 일주일 전부터는
무엇을 해야 할까?

다음은 촬영 일주일 전 준비해야 할 사항들입니다. 이 시기가 되면, 바디 프로필을 위한 몸은 이미 만들어져 있다고 보면 됩니다. 무엇보다 촬영 당일까지 최상의 컨디션을 유지하는 것이 관건이 겠지요. 하지만 이 시기에도 몇 가지 챙겨야 할 것들이 있습니다.

가. 수분 관리(단수)

일반적으로 바디 프로필을 찍기 위해 일주일 전부터 수분 관리를 실시합니다. 단수를 하는 이유는 몸에 남아있는 수분을 조금이라도 더 빼서 근육을 선명하고, 잘 드러나게 하기 위함입니다. 아시다시피 우리의 몸은 70% 이상 수분으로 이루어져 있습니다. 이 수분은 피부와 근육 곳곳에 스며들어 있지요.

보디빌딩 선수들을 보면, 촬영 당일까지 수분을 최대한 빼면서 피부를 말립니다. 잔 근육과 힘줄 하나까지도 도드라지게끔 만들어 시합에 임하지요. 단수의 효과에 대해서는 사람마다 의견이 다릅니다. 하지만 이 부분을 설명 드리기에 앞서, 구체적인 단수 방법부터 알아보도록 하겠습니다.

1) 바디 프로필 7일 전 단수 방법

촬영 7일 전에 실시하는 단수 방법입니다. 물을 한동안 많이 마시면서 소변의 양을 늘려 줍니다. 그로부터 서서히 단수를 시작하는데, 몸에 들어오는 수분은 최소화하고, 배출하는 수분을 최대화하는 것이 관건입니다. 보통 일주일 동안 단수를 한다고 하면, 처음 3~4일은 2L 이상씩 물을 마십니다. 이렇게 물을 많이 마시면 자연스레 화장실을 자주 찾게 되지요. 그러다가 남은 3일 동안은 2L, 1L, 0.5L 이런 식으로 섭취하는 물의 양을 줄입니다. 그러면 이 기간 동안에는 물을 많이 마시는 것도 아닌데, 이전 3~4일 동안 소변을 자주 보았기 때문에 화장실을 자주 찾게 됩니다. 또한 몸에 있는 수분이 조금씩 빠지게 됨을 느낄 수 있지요.

2) 단수를 무조건 해야 할까?

그런데 단수가 모두에게 이득인 것은 아닙니다. 더구나 우리는 전문적인 선수가 아니라 일반인이기 때문입니다. 어떤 분은 위 방법을 보면서 '굳이 저렇게까지 해야 할까?' 의문을 가질 수도 있습니다.

저 또한 단수를 진행하면서 실효성에 의문을 가지게 되었습니다. 여러 가지 이유가 있지만, 두 가지를 꼽자면 '근육의 볼륨감'과 '컨디션 문제' 때문입니다. 먼저 단수를 하는 가장 큰 이유는 몸에 남아 있는 수분을 없애기 위함입니다. 그런데 앞서 설명 드린 것처럼, 근육에도 수분이 있기 때문에 근육량이 적은 분들에게 단수는 능사가 아닙니다. 수분을 빼면서 자칫 근육의 볼륨감까지 잃을 수 있기 때문입니다.

두 번째는 컨디션 관리의 문제입니다. 일반인들은 특수한 상황을 제외하고는 물을 덜 마시는 경험을 해 볼 일이 없습니다. 저 같은 경우에도 물을 많이 마시는 '물보'였는데, 촬영 일주일 전부터 단수를 시작하니 신경이 예민해졌습니다. 평소에 하지 않던 행동을 하니, 몸과 마음이 예민해진 것입니다.

사실 단수를 하기 전에도 체지방률이 5% 이상이면, 그 과정이 크게 의미 없다고 말씀하시는 분도 있었습니다. 딱히 수분까지 신경 쓸 정도의 몸은 아니었지만, 당시에는 어느 한 가지 요소라도 미련을 남기지 않기 위해 단수를 실시했습니다.

저는 촬영 7일 전부터 4L, 4L, 2L, 1L, 0.5L, 0.25L 순으로 물 섭취를 줄였습니다. 그리고 마지막 날에는 아예 한 모금도 마시지 않았지요. 평소 물을 자주 마시는 습관이 있었는데, 촬영 전까지 식단과 단수를 병행하니 정신적으로 매우 힘들었습니다. 특히 마지막 3일은 식사를 할 때도 물을 줄였기 때문에, 무언가를 씹거나 삼킬 때 여간 힘들었던 게 아닙니다.

그러다 촬영일이 되어서야 결국 큰 실수를 저질렀습니다. 펌핑을 하기 전, 타는 목마름 때문에 포도 주스 250ml를 원샷하는 우를 범한 것입니다. 15~20분 정도 펌핑을 하면서 조금씩 마셔 주어야 했지만, 뇌에 신경다발이 끊기듯 벌컥 벌컥 단숨에 주스를 마셔 버렸습니다. 갈증은 해소되었지만, 그동안 진행했던 단수의 효과는 물거품이 되어 버렸습니다.

잠시 제 경험을 소개해 드렸지만, 바디 프로필을 처음 준비하는 분이라면 굳이 단수까지 해야 할지 고민해 볼 필요가 있습니다. 앞서 언급한대로 일반인들에게는 그 효과가 매우 미미하기 때문입니다. 평소에 물을 많이 마셔서 얼굴이 부어 있거나 복근 선명도가 떨어지면 모르겠지만, 그게 아니라면 극한의 수분 제한이 오히려 독이 될 수 있습니다. 필요하다면 평소와 비슷하게 물을 마시거나, 조금 적게 마시는 것만으로도 충분한 준비를 할 수 있습니다.

냉정하게 말씀드리면, 단수의 효과를 가장 크게 볼 수 있는 사람은 운동 경력이 오래된 분들입니다. 여러 차례 보디빌딩 시합을 준비했거나 전문적인 선수가 아니라면, 굳이 고통스럽게 진행해서 득될 게 없습니다. 단수를 진행해도 결과적으로는 피부도 푸석해지고, 근육 사이즈도 작아지기 때문입니다.

직장인 임을 고려했을 때 프로필 촬영이 처음이라면, 모든 과정이 생소하고 긴장될 수밖에 없습니다. 제가 바디 프로필을 준비하면서 느낀 점, 직장인에게는 수분 관리보다 '컨디션 관리'가 더 중요하다는 것이었습니다. 촬영 일주일 전부터 무리한 단수로 컨디션을 망치기보다, 지치지 않게 몸을 관리하는 것이 좋습니다. 컨디션 관리가 단수보다 우선순위인 것입니다. 그렇다면 최적의 컨디션 관리 방법에는 어떤 것들이 있는지 알아보도록 하겠습니다.

나. 컨디션 관리

컨디션 관리를 위한 첫 번째 사항으로, 촬영 일주일 전부터는 과격한 웨이트 트레이닝을 피하는 것이 좋습니다. 자칫 부상이라도 당하면, 그동안의 준비가 수포로 돌아가기 때문입니다. 특히 다이어트 마지막 주에는 하체 운동을 하다가 쥐가 나는 분들도 간혹 있습니다. 가급적이면 하체보다 '상체' 위주로 운동하는 것이 좋고, 무리하지 않는 선에서 운동을 마치는 것이 좋습니다.

촬영 2~3일 전에는 그동안의 다이어트로 인해 변비에 시달리는 분도 있습니다. 심한 분은 다이어트를 시작한지 3~4주차부터 변비 증상이 나타납니다. 아무래도 먹는 양이 줄다 보니, 배변에도 영향을 미치는 것입니다. 따라서 우습게 들리실지 모르지만, 촬영 당일까지 속을 잘 챙기는 것도 무척 중요합니다. 컨디션 관리를 위해 배변이 시원치 않은 분들은 이를 위해 대비해야 하는 것입니다. 적어도 촬영 일주일 전부터는 공복에 푸룬 주스 또는 유산균 음료 등을 마셔 주는 것이 도움이 될 수 있습니다.

다. 소품 미리 준비해 놓기

바디 프로필 준비 시 대부분 의상만 생각하기 쉽지만, 본인만의 특별한 추억을 만들기 위해 소품을 준비하는 경우도 있습니다. 케이크와 도넛을 들고 촬영하는 경우도 있고, 운동화를 좋아하는 분이면 나이키(Nike) 같은 특정 브랜드의 신발을 신고 찍는 분도 있습니다. 또한 테니스나 야구를 좋아한다면 라켓, 배트, 글러브도 훌륭한 소품이 될 수 있습니다.

그런데 이러한 소품은 반드시 미리 준비해야 합니다. 저 같은 경우에는 먹는 것을 들고 찍는 컨셉이 없었지만, 지인 중에 한 분은 소품을 챙기지 않아 당황한 사례가 있습니다.

그분은 오전 11시 촬영이었는데, 소품으로 쓸 도넛을 찾다 큰 낭패를 보았습니다. 미리 생각해 둔 도넛 가게가 있어 촬영일 오전 10시에 그곳을 찾았지만, 문을 열지 않아 우여곡절을 겪은 것입니다. 결국 그분은 촬영 보조로 따라간 친구의 도움으로, 다른 가게에서 소품을 공수했습니다. 미리 생각해 둔 곳은 아니었지만, 차선책으로 다른 곳에서 도넛을 구입한 것입니다. 이처럼 별것 아닌 일에 부산스럽게 움직이다 보면, 당황할 수밖에 없습니다. 소품을 쓰는 컨셉을 염두에 두고 있다면, 해당 물건을 미리 준비해야 하는 것입니다.

위 사례에서 알 수 있듯이 여러분이 '도넛 샷'을 생각하고 있다면, 전날 매장에 들러 사두는 것이 좋습니다. 만약 미리 살 시간이 없다면, 가게 오픈 시간만이라도 정확히 파악해 두십시오. 가급적이면 운동화, 모자 같은 물품도 의상과 미리 매칭해 보고 준비하는 것이 좋습니다.

당연한 얘기이지만, 의외로 촬영 전날까지 운동에만 빠져 '어떻게든 되겠지.' 생각하는 분들이 많습니다. 작은 소품 하나까지 스튜디오에 있는지 확인해 보고, 미리 준비해야 할 것은 없는지 따져 봐야 하는 것입니다. 그래야 촬영 당일에 당황하지 않고, 계획된 시간에 맞추어 움직일 수 있습니다.

소품으로 쓰인 '도넛', '과자'

라. 촬영 당일 시간 계획과 동선

대망의 촬영 당일(D-day)입니다. 처음 바디 프로필을 찍는 분들은 촬영 전날에 긴장한 나머지, 숙면을 취하지 못하는 경우가 있습니다. 아무래도 몸을 노출하는 촬영이고, 이날만 기다리며 준비했기 때문에 마음이 들뜨기 마련이지요.

실제 스튜디오에 도착해서 메이크업 하고, 사진 촬영까지 마치는 시간을 따져보면 약 2시간 남짓입니다. 남자 분들은 좀 더 일찍 끝나는 경우도 있고, 사진에 욕심이 있는 여성 분들은 3시간 가량 촬영하는 경우도 있습니다.

저 같은 경우에는 1시간 반 정도 촬영을 했는데, 이날은 하루가 어떻게 지나갔는지 모를 정도로 긴장의 연속이었습니다. 머릿속으로는 동선을 몇 번씩 그려 보았지만, 막상 촬영일이 되니 놓친 것도 많았지요. 따라서 촬영 일주일 전에는 미리 그날의 계획과 동선을 짜 두는 것이 좋습니다.

첫 번째로 고려해야 할 것은 집에서 스튜디오까지 가는 '교통편'입니다. 자가 차량을 이용할지, 대중교통을 이용할지 정해야 하고, 동행하는 사람이 있으면 언제, 어떻게 움직일지 하루 전에 알려 주어야 합니다. 제가 촬영을 할 때는, 스튜디오가 차로 40분 거리에 있었는데, 주변 주차장을 확인하지 않아 당황했던 기억이 납니다. 사전에 실장님께 주차 여부를 확인했지만, 막상 방문해 보니 그 스튜디오의 주차장은 너무나 협소해 쓸 수 없었습니다. 결국 저는 주변의 다른 유료 주차장을 찾아 10분 동안 길을 헤맸습니다. 하마터면 지각할 수도 있던 상황이라, 지금 생각해 보면 정말 아찔합니다. 이런 경험에 비추어 보았을 때, 최소 30분 전까지는 해당 장소에 도착해 있는 것이 좋습니다. 또한, 자가용을 이용할 경우, 주차 계획까지 염두에 두는 것이 필요합니다.

다음으로는 헤어, 메이크업, 그리고 식사 계획입니다. 앞서 말씀드린 것처럼, 헤어 스타일링이나 메이크업은 대부분 스튜디오에서 진행됩니다. 그런데 스튜디오가 아닌 다른 숍에서 진행할 경우, 이동 거리와 소요 시간을 따져 봐야 합니다.

여성 분들은 본인이 원하는 숍에서 머리 손질을 하는 경우도 있습니다. 그런데 바디 프로필 촬영은 보통 오전 10~11시, 오후 2~3시인 경우가 대부분입니다. 따라서 오전에 촬영이 있다면 시간 관계상 외부 헤어숍 이용 을 피하는 것이 좋습니다. 또한 오후에 촬영이 있더라도, 헤어숍에서 스튜디오까지의 동선을 명확하게 파악해 두어야 합니다.

식사에 대한 계획도 마찬가지입니다. 아침 식사는 되도록 집에서 하고, 오후에 촬영이 있다면 점심에 먹을 도시락을 미리 준비해 두는 것이 좋습니다. 또한 바디 프로필 촬영을 마치면, 보조로 따라간 분과 뒤풀이를 하는 경우도 있습니다. 대수롭지 않다 여기시겠지만, 이날 여러분과 동행한 분은 반나절 스케줄을 빼놓는 경우가 많습니다. 따라서 촬영 직후 조촐한 식사 자리 정도는 미리 마련해 두는 것이 좋습니다.

다이어트할 때도 웨이트 트레이닝 > 유산소 운동인 이유

우리는 체지방 감량을 한다고 하면 보통 걷거나 뛰는 '유산소 운동'만을 떠올립니다. 그래서 많은 분들이 웨이트 트레이닝은 미루고, 런닝머신을 뛰거나 자전거를 타지요. 그런데 바디 프로필 촬영을 위한 다이어트가 목적이라면, 웨이트 트레이닝을 먼저 한 뒤 유산소 운동을 해 주는 것이 좋습니다. 무조건적으로 유산소 운동만 고집할 것이 아니라, 무산소와 유산소 운동을 적절히 섞어서 하는 것이 더 효과적인 것입니다.

납득이 안되시겠지만, 이는 운동할 때 쓰이는 에너지원과 시간을 생각해 보면 이해할 수 있습니다. 필수 영양소마다 '에너지로 쓰이는 시간과 양'이 조금씩 다른 것입니다. 익히 알려진 바와 같이 우리의 몸은 탄수화물, 지방, 단백질을 주 에너지원으로 씁니다. 그런데 이 영양소들은 분해되는 시간도 다르고, 에너지를 만들어 내는 시간도 각각 다릅니다.

3대 영양소가 에너지원으로 쓰이는 순서

탄수화물		지방		단백질
전체 에너지원 중 **5~60%** 공급	→	전체 에너지원 중 **2~35%** 공급	→	전체 에너지원 중 **5~15%** 공급

위와 같이 탄수화물, 지방, 단백질은 에너지로 공급되는 양이나 에너지원으로 쓰이는 시간이 다릅니다. 또한 운동 시간에 따라서도 탄수화물은 지방보다 먼저 연소됨으로써 우선적인 에너지원으로

쓰이지요. 따라서 다이어트가 목적이라면, 웨이트 트레이닝으로 탄수화물을 고갈시킨 뒤 유산소 운동을 해야 효과적으로 지방을 뺄 수 있습니다. 즉 처음부터 런닝머신을 타면 살이 안 빠질 수도 있는 것입니다.

체지방을 빼고 싶다면, 웨이트 트레이닝을 먼저 함으로써 무산소 대사로 저장된 잉여 탄수화물(글리코겐)을 빠르게 연소시키는 데 집중하십시오. 그런 다음, 런닝머신을 타면 근손실을 줄이면서도 체지방을 효과적으로 뺄 수 있습니다.

또한, 앞서 언급한대로 운동하는 시간에 따라 탄수화물과 지방의 연소 비율도 달라집니다. 운동 시작 30분까지는 탄수화물을 80% 이상 에너지원으로 씁니다. 시간이 지날수록 탄수화물의 비중은 점점 낮아지지요. 지방은 운동을 시작한지 약 30분이 지나야 연소됩니다. 즉 우리의 최대 관심사인 체지방은 운동 30분 후부터 본격적으로 쓰이는 것입니다. 이는 대사 과정에서 비롯된 것인데, 확실히 탄수화물은 지방보다 대사 과정이 간단합니다. 그러므로 에너지로 쓰일 때도 지방보다 먼저 쓰이는 것이지요.

이러한 점을 고려했을 때 다이어트를 할 때는 30분 정도 웨이트 트레이닝을 하고, 유산소 운동을 이어서 해 주는 것이 바람직하다고 할 수 있습니다. 짧은 팁이지만, 이 점은 바디 프로필을 준비할 때도 꼭 알고 있어야 하는 사항입니다.

다시 말해 근육량을 유지하면서 체지방을 효과적으로 빼고 싶다면, 다이어트 기간에도 웨이트 트레이닝을 병행해야 합니다. 이러한 사실은 운동 계획을 짤 때나 시간을 배분할 때 꼭 알고 있어야 하는 사항인 것입니다.

VII

몸이 변하니
이런 것들이 변하더라

1

8개월의 대장정이 끝나다, 촬영 후기

바디 프로필을 위한 8개월 간의 모든 여정이 끝이 났습니다. 저 같은 경우에는 촬영 당일 순수하게 사진 찍는 데 소요된 시간이 약 1시간 반이었습니다. 그런데 현장에서 작가님과 함께 최종 사진을 결정하고, 유의 사항을 전달 받는 시간도 필요했습니다. 따라서 오후 2시 촬영을 시작했지만, 스튜디오에서 나온 시각은 오후 4시 무렵이었습니다.

촬영 당일 느낌은, 생각보다 시간이 빨리 지나갔고 정신이 없었습니다. 컨셉에 맞게 의상을 갈아입어야 했고, 작가님 사인에 맞춰 찍어야 했기 때문에 민첩함이 필요했습니다. 또한, 배경과 컨셉이 바뀔 때에는 어떤 포즈를 취해야 할지 빠른 의사 결정이 필요했습니다. 현장에서 조언을 해 주긴 했지만, 전체적인 방향과 결정은 결국 본인이 해야 했습니다. 따라서 철저한 사전 준비가 필요함을 느꼈지요. 아래는 촬영을 마친 뒤 느낀 점들입니다.

가. 표정 관리의 중요성

제가 촬영 내내 느낀 것은 긴장 때문에 '표정 관리'가 안 됐다는 점입니다. 이 부분은 당시 사소한 것이라 여긴 부분입니다. 그런데 막상 촬영을 마치니 두고두고 미련이 남았습니다. 특히 첫 번째 컨셉을 찍을 때는 긴장을 많이 해서 그런지 표정이 부자연스러웠습니다. 결국 촬영 후 원본 사진을 보고 무척 난감해 했습니다. 왜냐하면, 몸은 잘 나왔지만 얼굴 표정이 좋지 않아 그 사진을 고를 수 없었기 때문입니다. 따라서 여러분도 촬영장에서는 꼭 표정 관리에 유의하기 바랍니다.

한 가지 팁을 드리면, 웃는 데 자신이 없는 분들은 '무표정'으로 사진을 찍는 것도 좋은 방법입니다. 촬영할 때 정면을 응시하는 것도 좋지만, 고개를 약간 숙인 다던지 옆으로 돌리는 것만으로도 색다른 분위기를 연출할 수 있습니다. 저 같은 경우에는 고개를 숙이고 사진을 찍는 게 가장 편했습니다.

또한, 바디 프로필 사진을 찍는 동안에는 호흡에 신경 써야 합니다. 이것은 복근을 선명하게 드러내기 위함인데, 많은 분들이 호흡에만 신경을 쓴 나머지 표정이 굳는 경우가 많습니다. 따라서 부자연스럽게 웃을 바에야, 아예 무표정으로 일관하는 것이 더 좋을 수 있음을 알려 드립니다.

나. 사진 셀렉(select), 보정

촬영 당일에는 대략 300~500컷 정도 사진을 찍습니다. 이때 아무런 보정을 거치지 않은 사진을 '원본'이라 합니다. 스튜디오마다 기준이 다르겠지만, 보통 원본 파일은 촬영 다음 날 이메일로 전송해 줍니다. 그런데 스튜디오마다 원본을 주는 곳이 있고, 3~5장의 보정본만 주는 곳도 있습니다. 이것은 그곳의 서비스 정책과 옵션에 따라 다르기 때문에, 계약 시 꼼꼼히 확인해야 합니다.

보정할 사진 파일을 고르는 일은 사실상 모든 과정의 마지막 단계입니다. 하지만 몇 컷의 사진을 남기기 위해 그동안 고생했던 만큼, 셀렉(select)을 할 때도 신중을 기해야 합니다. 어떤 스튜디오에서는 원본 사진을 모두 받을 경우 추가 비용을 요구하기도 합니다. 처음 바디 프로필을 준비할 때 보정본만 받길 원했던 분들도 촬영을 마치면 마음이 바뀌는 경우가 많습니다. 그만큼 모든 사진이 소중하고, 버리기 아까운 것들입니다.

보정본은 사진을 고른 뒤 약 보름 정도의 작업 기간이 소요됩니다. 유명한 스튜디오는 한 달 정도 기다려야 하는 경우도 있으며, 촬영이 많은 성수기(5월, 10월)에는 더욱 그렇습니다.

보정할 사진을 고를 때 딱히 정해진 기준이 있는 것은 아닙니다. 하지만 최종 결과물을 받아 보면 '이 정도까지 수정해 주는구나.'를 바로 느끼실 수 있습니다. 거두절미하고 원본과 보정부에 어떠한 차이가 있는지 살펴보도록 하겠습니다.

보정 전   보정 후

위 사진을 보고 깜짝 놀란 분들이 여럿 있을 것입니다. 왜냐하면 보정 전, 후의 차이가 생각보다 크기 때문입니다. 저는 보정 전의 사진을 공개하기 상당히 부끄러웠습니다. 하지만 차이를 분명히 느끼실 수 있도록 용기 내었습니다.

저 같은 경우에는 바디 프로필을 찍기 일주일 전부터 단수를 진행했습니다. 따라서 촬영 당일에는 몸에 수분이 많이 빠져 있는 상태였습니다. 사진을 보면, 특히 얼굴 쪽에 많이 빠져 있음을 알 수 있는데, 처음 원본을 받고 얼마나 당황했는지 모릅니다. 왜냐하면 복근이 선명하게 드러나는 것은 좋았지만, 피부가 매우 푸석푸석했기 때문입니다. 아무리 몸을 강조하는 사진이라도 얼굴이

늙어 보이니 그 부분이 무척 아쉬웠습니다.

그런데 보정본을 받고는 그 고민이 씻은 듯이 해결되었습니다. 사진에서 보시는 것처럼, 피부 결을 손보거나 잡티를 제거하는 것은 보정으로 해결할 수 있습니다. 메이크업으로 놓칠 수 있는 약간의 트러블도 보정을 통해 해결할 수 있는 것입니다. 또한, 촬영장에서는 생각보다 조명이 셉니다. 따라서 여러분이 태닝을 했어도 사진을 찍으면 근육이 희미하게 보일 수 있습니다. 그런데 보정 때 음영 작업을 하면, 그 부분은 어느 정도 커버할 수 있습니다.

보정본은 보통 3~5장 정도 받습니다. 추가할 경우 장당 5만 원 수준의 비용을 받지만, 본인이 직접 수정할 수도 있습니다. 즉 전문가 손길이 필요하거나 딱히 문제 되는 수준이 아니면, 여러분이 직접 해 보시길 권해 드립니다.

다. 바디 프로필 촬영 이후의 관리

바디 프로필을 찍어 본 분들은 아시겠지만, 몸 관리 차원에서는 촬영 이후 마음가짐이 무척 중요합니다. 그동안 '이놈의 촬영, 끝나기만 해 봐라……' 하면서 온갖 유혹을 이겨 냈기 때문에, 이후 관리가 무너지는 경우가 많습니다.

사실 오랫동안 운동, 식단을 해 오면서 각종 모임들을 피해 왔기 때문에 촬영을 마치면 해방감을 맛보기 마련입니다. 특히 운동 관련 종사자가 아니면 그 해방감에서 헤어 나오기 힘듭니다. 운동을 업(業)으로 살아가는 트레이너나 선수가 아니면, 굳이 이런 생활을 유지할 필요가 없기 때문입니다.

따라서 많은 분들이 목표를 이룬 뒤 금세 제자리로 돌아오곤 합니다. 애써 만든 몸을 유지하지 못하고, 다이어트 하기 전으로 되돌아 오는 경우도 비일비재하지요. 어떤 분들은 바디 프로필을 찍기 전보다 훨씬 더 몸이 망가져 망연자실해 하는 경우도 있습니다. 따라서 이러한 경우를 막기 위해서는 각고의 노력이 필요한데, 제 경험을 토대로 도움되는 팁들을 남겨 드립니다.

바디 프로필 이후 몸 관리

• 촬영 후 쉬는 기간을 2주 이상 두지 말라.
• 다이어트 식단에서 벌크 업 때의 식단으로 서서히 양을 늘려 준다.
• 향후 목표(피트니스 대회, 바디 프로필 추가 촬영 등)를 일찍 세워라.

첫 번째는 '촬영 후 쉬는 기간을 2주 이상 두지 말라.'입니다. 촬영을 마치면 한 동안 먹고 싶은 것도 마음껏 먹고, 운동을 쉬고 싶은 마음이 생깁니다. 그런데 한 편으론 '이렇게 쉬어도 되나?' 하는 마음도 생깁니다. 왜냐하면 매일 정해진 시간에 헬스장을 찾고 식단을 했기 때문에, 갑작스러운 일상의 변화가 어색하게 느껴지는 것입니다. 몸은 쉬고 있지만, 뭔가 마음 한구석이 불편하다는 표현이 맞는 것 같습니다.

그런데 사람이 참 간사합니다. 왜냐하면 이렇게 며칠 넋 놓고 쉬다 보면, 곧 그 생활이 익숙해지기 때문입니다. 편안한 일상은 어느새 당연한 것이 되고, 과거의 힘들고 고된 생활은 점점 멀리하게 됩니다.

흔히 작은 습관들이 모여 일상이 된다고 합니다. 그리고 그 일상들이 모여 미래를 만든다고 하지요. 어떤 이들은 습관 형성을 이야기 할 때 종종 '21일의 법칙'을 언급하기도 합니다. 21일의 법칙이란, 1960년대 미국의 맥스웰 몰츠 박사가 주장한 것으로, 새로운 행동을 습관으로 만드는 데에는 최소 3주라는 시간이 필요하다는 것입니다.

잠시 우리가 처음 운동을 시작하던 때로 돌아가 보겠습니다. 여러분은 제 발로 헬스장을 찾기까지 굉장히 많은 시행착오가 있었습니다. 울며 겨자 먹기로 찾은 적도 있고, 운동을 습관처럼 하기까지 꽤 오랜 시간이 걸렸을 것입니다. 어떤 분들은 3주가 아니라 몇 개월이 더 소요되었을지도 모릅니다. 하지만, 운동을 오래 쉰 다음에는 처음 맛보는 해방감에서 빠져나오기 힘듭니다. 아예 시작조차 하지 않았다면 모르겠지만, 운동을 쉬는 순간 그 달콤함에서 헤어 나오기 어려운 것입니다.

따라서 프로필 촬영 후에는 쉬는 기간을 최대한 짧게 두는 것이 좋습니다. 저 같은 경우에는 사흘이 지났을 무렵 헬스장을 다시 찾았는데, 그 순간이 얼마나 행복했는지 모릅니다. 왜냐하면, 이제는 날짜에 구속 받을 일도 없고, 어떤 운동을 얼마나 해야 할지 따질 필요도 없었기 때문입니다. 어떤 분들은 이런 제가 독하다 느끼실지 모르겠지만, 가벼운 마음으로 30분만 하고 와도 그렇게 행복할 수 없었습니다. 어쩌면 휴식 기간이 짧았기 때문에 가능한 일이었는지 모르고, 몸이 더 빠르게 적응한 것일 수도 있습니다.

두 번째는 '식단과 식습관 관리'에 대한 내용입니다. 경험해 보면 알겠지만, 바디 프로필 촬영을 마쳤더라도 당분간은 마음껏 식사를 하지 못합니다. 왜냐하면 그동안 우리의 몸이 다이어트 식단과 식사량에 익숙해져 있기 때문입니다. 간혹 촬영이 끝난 뒤 기름진 음식과 맵고 짠 음식들로 폭식하는 분들이 있습니다. 그런데 이런 분들은 다음 날 하나같이 혼쭐납니다. 몇 달간 다이어트 때문에 먹는 양이 줄었는데, 갑작스럽게 위에 음식을 쏟아 부으니 탈이 날 수밖에 없겠지요. 따라서 몸을 망가뜨리지 않기 위해서라도, 당분간은 식단을 유지하며 조금씩 양을 늘려 주는 것이 좋습니다. 즉, 다이어트 식단에서 벌크 업 때의 식단으로 천천히 되돌아오는 것입니다.

예를 들어, 다이어트 막바지 시기에 탄수화물의 공급원이 단호박, 고구마였다면, 촬영 후에는 현미밥으로 바꾸어 줍니다. 열량이 높은 메뉴로 바꾸어 주면서, 몸이 적응할 수 있도록 양을 서서히 늘려 주는 것입니다. 이렇게 메뉴와 양을 변화시키는 것만으로도, 운동할 때 퍼포먼스가 확 달라질 것입니다.

또한, 앞서 벌크 업 파트에서도 설명해드렸듯이 식사량을 늘리더라도 '살크 업'이 되지 않게끔 유의합니다. 사실 다이어트를 하지 않는 기간은 모두 벌크 업 기간이라 봐도 무방합니다. 체중 증량을 위해 열량이 높은 식품을 찾더라도, 가급적이면 깨끗한 식단을 유지해야 합니다. 그래야 체지방이 급격하게 늘지 않고, 원하는 방향대로 몸 관리를 할 수 있는 것입니다.

마지막 조언은 '앞으로의 목표 설정'에 대한 부분입니다. 우리는 한 가지 목표를 달성하면 그것에 안주하려는 경향이 있습니다. 그런데 여러분이 바디 프로필에 도전을 했어도 그것이 운동을 하는 최종 목표는 아니었을 것입니다. 아마도 건강한 몸을 유지하면서 윤택한 삶을 사는 것이 장기적인 목표였겠지요. 그렇다면 현재에 안주하지 않고, 앞으로의 삶을 위해 추가적인 목표를 세우는 것이 좋습니다. 몸 관리를 위해 다양한 활동들을 꾸준히 이어 나가는 것입니다.

예를 들면, 내년에는 피트니스 대회에 참가한다거나, 20km 단거리 마라톤 대회에 나가는 것을 목표로 삼을 수도 있습니다. 건강 관리를 하는 것은 평생의 숙제이기 때문에, 스스로를 위한 다음 이벤트를 마련하는 것입니다. 단 하루의 촬영을 위해 지난 몇 개월을 달려 왔듯이, 몸 관리를 위한 이벤트가 수시로 있다면 그것만으로도 동기 부여가 될 것입니다.

2

나의 인생을 변하게 한
헬스와 바디 프로필

회사에 다니는 직장인이 꾸준하게 운동을 한다는 것은 결코 쉬운 일이 아닙니다. 결혼을 했거나 아이를 키우는 분이라면 더더욱 그렇겠지요. 저도 몸 관리의 중요성을 늦게 깨달았기 때문에 스스로 운동을 하기까지 너무나 많은 시행착오를 겪었습니다. 어쩌면 30대 이후부터는 경제 활동의 최전선에 있으면서, 일과 가정을 책임져야 하는 시기이기에 더욱 그렇게 느낄 수도 있습니다.

그런데 제 인생은 운동을 하기 전과 후를 비교했을 때 몰라보게 달라졌습니다. 예전에는 하루 이틀 몸 쓰는 것도 싫었던 저였지만, 운동을 하면서 크고 작은 변화가 생긴 것입니다. 누군가에게 운동은 해도 그만 안 해도 그만인 것이겠지만, 저에게는 건강 관리 이상으로 득이 된 것이 많았습니다.

이번 장에서는 제가 운동을 한 이후, 삶의 어떤 부분들이 달라졌는지 정리해 보았습니다. 사람마다 처해 있는 입장이 다르기 때문에, 일부 내용은 공감하지 못할 수도 있습니다. 하지만 직장인 입장에서 운동을 통해 느낀 감정들을 담고자 노력하였으며, 지극히 개인적인 내용은 생략하였습니다.

몇 꼭지 안 되는 글이지만, 저처럼 운동을 늦게 시작한 분들이나 몸을 움직이기 망설여지는 분들에게 꼭 동기 부여가 되었으면 합니다.

가. '해서 뭐 해~'라는 말을 하지 않게 됐다

운동을 하면서 생긴 가장 큰 변화는 더이상 '해서 뭐 해~.' 같은 말을 하지 않게 됐다는 점입니다. 과거의 저를 돌아보면 무엇을 해도 늘 핑계가 많았습니다. 몸 관리를 안 한 건 제 탓인데, 어떤 일이 안 되거나 할 수 없는 이유를 나이 탓과 상황 탓으로 돌린 것입니다.

어쩌면 새로운 일에 용기 내지 못했던 이유를 이런 저런 상황 탓으로 합리화 했는지도 모릅니다. 그런데 이것은 저뿐만 아니라 주변에서도 쉽게 찾아볼 수 있습니다. 저마다 운동을 하지 못하는 이유들을 늘어놓으면서 자신을 합리화하는 것입니다. 그리고 그들은 하나같이 '삶이 지루하다.', '세상에 신나는 게 없다.'라는 말을 자주 합니다. 다람쥐 쳇바퀴처럼, 같은 일상이 반복되다 보니 만사가 귀찮아지는 것입니다. 이런 분들에게는 무언가 색다른 취미를 권해 주어도 웬만해선 움직이지 않습니다. 이제 그런 것을 할 나이는 지났고, 하더라도 여건이 안 된다는 게 주된 이유이지요.

> "나이도 있고 결혼도 했는데, 몸은 만들어서 뭐 해."
> "춤을 배우라고? 몸도 굳었고, 몸치라서 안 돼."
> "캠핑을 가자고? 넌 한가하나 보네. 어디 갈 여력도 되고."
> "배낭 여행? 그것도 한때지. 최대한 몸 안 움직이는 호캉스가 최고야."

뭐든 머릿속에 '해서 뭐 해~.'가 가득 차 있다 보니, 눈에 생기가 없고 어제와 똑같은 삶을 살고 있는 것입니다. 그러다 연말이 되면 '올해는 딱히 뭐 한 것도 없는데 훌쩍 지나가 버렸다.'라며 또 한 살 지워 갑니다.

여러분도 알다시피, 내가 가장 생기 있고 시간이 더디게 간다 느끼는 순간은 무엇인가 새로운 일에 집중할 때입니다. 10~20대 때를 떠올려 보면 게임을 하든, 악기를 배우든 시간가는 줄 모르고 했습니다. 새롭게 도전하는 일은 무엇이든 재미있었기 때문입니다.

그때는 좋아하는 것을 하면 밤을 새도 신이 났고, 실패하더라도 크게 개의치 않았습니다. 그런데 회사에 다니면서 나이가 들다 보니 조금씩 변하기 시작합니다. 온종일 일하고 집안일에 치이다 보니, 재미있고 신나는 일들을 잊고 지내게 된 것입니다. 이제는 해야 할 일도 있고 지켜야 하는 것들도 있으니, '해서 뭐 해~.'가 당연하게 되었는지도 모릅니다. 또한 시간을 과거로 되돌릴 순 없으니, 그때와 마음이 같지 않을 수도 있지요. 그렇게 사회생활을 하면서 타성에 젖기 시작합니다.

그런데 여기서 한 가지 분명하게 말씀드릴 수 있는 것이 있습니다. 그것은 바로 '체력'이 좋아지면 무엇이든 조금 더 할 의지가 생긴다는 점입니다. 저 같은 경우에도 운동을 시작한 이후 '해서 뭐 해~.'에서 '한 번 해 볼까?' 하는 삶으로 바뀌었습니다. 체력이 좋아지면서 예전에는 엄두도 내지 못했던 일들을 할 에너지가 생긴 것입니다. 예를 들면, 자투리 시간에 글을 쓰거나 주말에 새로운 취미를 할 여유가 생겼습니다. 그게 무슨 변화냐 생각하실 수 있는데, 저에게는 실로 엄청난 변화였습니다. 그렇게 시작한 일들이 모여, 버킷 리스트를 지우는 계기가 만들어졌기 때문입니다.

저는 작년 1월에 첫 책을 출간했습니다. 글을 쓰기 시작한 시점부터 탈고까지는 약 10개월의 시간이 흘렀는데, 이 시점은 한창 운동에 빠져 있을 때였지요. 예전에는 퇴근 후 녹초가 되기 일쑤였지만, 출퇴근 시간과 주말 시간을 이용해 조금씩 글을 쓰기 시작했습니다. 그리고 그때 쓴 글들을 모아 200여 페이지 분량의 원고를 완성했습니다. 마흔 전에 책을 써 보자 했던 꿈이 현실로 이루어진 것입니다.

이처럼 운동을 시작한다는 것은, 체력을 키우는 것 이상의 의미를 담고 있습니다. 몸에 에너지가 충만하면, 하루를 길게 쓰게 되고 삶을 대하는 태도가 달라지는 것입니다. 하루 24시간을 살아도 체력의 배터리가 '네 칸'인 삶과 '두 칸'인 삶은 너무나도 다릅니다. 그리고 같은 나이더라도 전자가 후자보다 몇 배 더 값진 삶을 살 수 있습니다.

여러분이 취미가 없거나 삶의 의욕이 떨어지기 시작했다면, 주저하지 말고 운동을 시작해 보기 바랍니다. 물론 이러한 말들이 처음에는 부담스럽게 느껴질 수도 있습니다. 하지만 운동이야말로 삶의 의욕을 되찾을 수 있는 가장 쉬운 방법입니다.

운동을 한다고 해서 처음부터 격하게 몸을 움직일 필요는 없습니다. 하루에 10분을 해도 좋고, 퇴근 후 가볍게 산책을 해도 좋습니다. 중요한 것은 이러한 행동들을 습관으로 만드는 것입니다. 매일 식사를 하듯이 운동을 습관으로 만든다면, 그것이 여러분의 인생을 바꾸는 계기가 될 것입니다.

나. 악습관과 악순환의 연결 고리가 끊어지다

운동을 하면서 생긴 두 번째 변화는, 하루 중 '중요한 일'과 '그렇지 않은 일'을 구분 짓는 습관이 생겼다는 점입니다. 운동을 하는 분들은 대체로 생활이 규칙적입니다. 또한 쓸데없는 데 시간을 허비하지 않습니다. 그들은 아침이든 저녁이든 본인이 정한 시간에 운동하고, 어떻게든 그 시간을 확보하려고 애를 씁니다.

재미있는 부분은 대체로 그들은 식사하는 모습도 비슷하다는 점입니다. 식사 시간은 물론, 먹는 패턴과 메뉴들도 비슷하지요. 그렇다고 맛과 영양소가 뒤처지는 건 아닙니다. 각자 본인이 선호하는 메뉴를 선택해 몸에 필요한 영양소를 채우고자 노력하는 것입니다. 그런데 운동, 식사, 심지어 수면 시간 등이 일정해지면서 그동안 갖고 있던 악습관들을 멀리하게 됩니다.

예를 들면, 밤 늦게 야식을 찾는 일이 줄어들고, 음주와 군것질을 피하게 됩니다. 운동하는 시간이 늘다 보니, TV와 PC 앞에 있는 시간들이 자연스럽게 줄어들지요. 또 누가 시키지 않아도 스트레칭하는 습관이 생기는데, 일상 생활에서도 가급적이면 바른 자세를 유지하고자 노력합니다. 운동을 하고 있기 때문에 숙면을 취할 수 있고, 쓸데없이 밤새는 일도 줄어듭니다. 당연한 이야기로 들리겠지만, 건강을 위해 방해되는 요소들을 하나둘씩 제거하는 것입니다.

어떤 분은 '그렇게 살면 무슨 재미가 있나?' 하실 텐데, 실제 겪어 보면 그렇지 않습니다. 작은 것 하나에도 감사하게 되고, 그동안 갖고 있던 사치와 낭비도 사라집니다. 예를 들면, 예전에는 외식하고 술 마시는 것이 일상이었지만, 운동을 한 뒤로는 보상 차원에서 그런 것들을 찾게 됩니다. 과거에는 하루에 커피 두세 잔이 기본이었지만, 운동을 한 이후에는 한잔만으로도 충분히 행복해질 수 있다는 것을 느끼게 됩니다. 놀라운 점은 그렇게 줄여도 몸에는 에너지가 충만하고, 가끔씩 맛보는 즐거움에 희열을 느낀다는 것입니다.

이뿐만 아니라, 운동을 하면 작은 것에도 절제하는 습관이 생깁니다. 돈을 쓸 때와 시간을 쓸 때 어느 것이 더 보탬이 되는지 따져봅니다. 그러다 보면 점점 불필요한 지출이 줄어들고, 예전보다 하루를 길게 쓰게 되지요.

일례로 저는 과거에는 주말에 늦잠 자던 것이 당연했지만, 이제는 알람을 맞추지 않아도 일찍 일어나게 되었습니다. 가족이 있는 분들은 공감하겠지만, 하루 중 온전히 나만을 위해 쓸 수 있는 시간은 그리 많지 않습니다. 주말 아침 시간을 이용해 음악을 듣거나, 책을 읽는 일들도 체력이 받쳐주어야만 가능한 일입니다. 그렇게 예전에는 엄두도 내지 못한 일들을 할 수 있는 시간이 생기는 것입니다.

또한, 몸이 변하면서 조금씩 악순환의 연결고리가 끊어지기 시작합니다. 사람을 사귀어도 이왕이면 운동을 하거나, 긍정적인 에너지를 지닌 사람들을 찾습니다. SNS를 할 때도 과거에는 온통 술 먹는 사진이나 사치하는 사진들을 올렸다면, 운동하는 사람들을 사귀면서 조금씩 달라집니다.

저도 가끔 운동을 하지 않고 게으름을 탄 적도 있습니다. 그런데 주변 지인들 때문에 마음을 잡은 적도 많았지요. 운동을 하는 분들을 알고 지내다 보니, 그분들이 운동하는 사진을 올리거나 뛰는 사진을 올리면, 덩달아 자극을 받았던 것입니다. 이런 이유들이 아니어도 삶에 활력이 넘치는 사람들을 곁에 두면, 그들에게 힘을 얻는 순간들이 찾아옵니다.

저는 몸 관리에 신경 쓰는 사람들과 친해지다 보니, 삶이 윤택해지는 걸 느낄 수 있었습니다. 처음에는 건강을 위해 한 것이었지만, 주변 사람들 때문에 긍정적인 습관이 몸에 베이게 된 것입니다.

다. 옷은 아무 문제 없어, 내 몸이 문제였지

몸이 달라지면서 생긴 또 하나의 변화는 매사 자신감이 생겼다는 점입니다. 사실 몸매가 바뀌면 가장 먼저 달라지는 것이 '옷 태'입니다. 여러분도 한 번쯤 백화점 매장 한 켠에 걸려 있는 옷을 집었다가, 내려놓았던 경험이 있을 것입니다. 마네킹에 걸려 있을 때는 분명 괜찮았는데, 내가 입었을 때는 맞지가 않아 구매를 포기하는 것입니다.

주변을 둘러보면, 나이가 드니 점점 옷 고르는 게 쉽지 않다고 이야기하는 분들이 많습니다. 예전에는 저가의 옷을 입어도 잘 어울렸는데, 나이를 먹으니 그렇지 않다는 것입니다.

게다가 다니는 직장의 복장 규정이 까다롭다면, 더욱 옷 입는 데 자신이 없어질 수 있습니다. 업무 특성상 정장을 입어야 하거나, 유니폼을 입는 곳이라면 본인의 개성을 살리기 어렵기 때문입니다. 비슷한 디자인의 옷을 자주 입다 보면, 옷 입는 패턴도 비슷해지고, 센스도 떨어질 수밖에 없습니다. 가뜩이나 회식과 운동 부족으로 몸은 망가져 가는데, 이제는 입고 싶은 옷을 입어도 핏(fit)이 예전 같지 않은 것입니다.

대부분 그렇게 직장 생활을 하다가 한 번씩 자극 받는 시기가 찾아옵니다. 그 시기는 바로 회사에서 '새로운 얼굴들'을 맞이하는 때입니다. 직장 생활을 오래한 분들은 공감하겠지만, 회사에 막 입사한 분들을 보면 옷태가 남다르다는 걸 알 수 있습니다. 그들이 나이가 젊거나 유행을 잘 좇아 그런 것일 수도 있지만, 우선 '몸매'가 다르기 때문입니다. 결혼을 일찍 한 분이라면, 예복을 고를 때나 드레스를 고를 때를 떠올려 보십시오. 그때는 젊기도 했고, 나름대로 관리를 했기 때문에 옷을 입어도 맵시가 남달랐던 것입니다.

다시 말해, 시간이 흐르면서 외모가 변하는 것은 어쩔 수 없지만, '몸매와 체형'은 관리하기 나름입니다. 어떤 분들은 회사에 다니는 사람이 일만 잘하면 됐지, 뭘 그리 옷차림에 신경 쓰느냐 반문하실 수 있습니다. 하지만 우리는 생각보다 외모와 겉모습에 혹하는 경우가 많습니다. 직장뿐만 아니라 어느 조직에 있든, 첫 인상과 이미지로 그 사람을 판단하는 경우가 많기 때문입니다.

거래처 직원과 미팅이 있을 때, 아무도 모르는 부서에 찾아가 협조를 구할 때, 처음 명함을 주고받으며 통성명을 할 때 등등……. 우리는 상대방을 대면하는 짧은 순간에도 그 사람을 판단하는 경우가 있습니다. 그런데 호감을 주느냐 마느냐를 결정짓는 요인으로, 지식과 전문성 못지않게 외모와 옷차림이 큰 몫을 차지하기도 합니다. 말투나 행동, 풍채와 자신감 등이 알게 모르게 영향을 미치는 것입니다.

그런데 운동을 한 분들은 확실히 옷 맵시가 살아있고, 매사 자신감이 넘칩니다. 가슴과 어깨도 탄탄하고, 자세도 구부정하지 않기 때문에 그런 모습들이 상대방에게 호감을 주는 것입니다. 항상 자신감이 있기 때문에, 어떤 말과 행동을 해도 주눅드는 법이 없습니다.

다시 말해 사회생활을 하는 직장인이라면, 몸매 관리에도 신경 쓸 필요가 있습니다. 이미지 메이킹이라는 말도 있듯이, 균형 잡힌 몸매는 상대방에게 묘한 신뢰감을 줍니다. 저도 직장 생활을 10년 넘게 하면서 이런 겉모습이 상당 부분 영향을 미친다는 걸 깨달았습니다. 직장인이라면 일을 잘해야 하는데, 몸 관리와 이미지 관리가 성과에도 영향을 끼친다는 걸 뒤늦게 깨달은 것입니다. 평소 몸 관리를 잘하고 있는 분들을 보면, 눈빛이 살아 있습니다. 보고를 하거나, 브리핑을 할 때, 심지어 미팅을 할 때도 자신감에 가득 차 있지요.

직장인으로서 튼튼한 하드웨어를 갖고 있어야 하는 것은 어찌 보면 당연한 사실입니다. 하지만, 우리는 업무에 시달리면서 몸 관리를 등한시하게 되었는지도 모릅니다. 회사에 다니면서 왠지 모르게 자신감이 없어지고 주눅이 들어 있다면, 지금 당장 운동을 해 보기 바랍니다. 어쩌면 운동을 시작하는 것이 자신감을 되찾는 가장 쉬운 방법이 될 수 있습니다. 때로는 동료들과 술 한잔을 하거나 담배 피우는 시간을 갖는 것도 중요합니다. 이런 업무 외적인 시간에 소통을 하면서 꼬여 있던 문제가 해결되는 경우도 있기 때문입니다. 하지만 이런 것들과 별개로 운동을 시작하면, 짧게는 6개월 후부터 변화가 찾아올 것입니다.

직장 생활을 하다 보면, 간단한 문제를 해결하는 방식이나 능력들은 점점 비슷해집니다. 기본적인 업무 스킬은 어찌 보면 시간이 해결해 줄 수 있는 것입니다. 하지만 중요한 성과를 내거나 원만한 대인관계에 영향을 미치는 것은, 몸 관리도 큰 부분을 차지합니다. 신입사원 못지않은 체력에 그간 쌓아 온 노련함을 겸비한다면, 이상적인 직장인이라 할 수 있을 것입니다. 또한 여러분이 중간 관리자 이상의 위치에 있다면, 몸 관리를 하는 것만으로도 후배들에게 귀감이 될 수 있습니다.

'우리 팀장님은 40대인데도 하루도 빠짐없이 운동하면서 자기관리를 하는구나……'

부하들에게 직장 생활을 잘하는 노하우를 일일이 설명해 줄 수도 있지만, 자기 관리를 잘하고 있는 것만으로도 충분한 자극이 될 수 있습니다. 다시 말해, 나이가 들었어도 에너지가 충만하고 한결같다는 이미지를 보여 주는 것만으로도 자극을 줄 수 있는 것입니다. 어쩌면 운동으로 시작된 작은 변화가 나비 효과를 일으켜 직장 생활 전반에 이득을 줄지도 모릅니다.

라. 내 인생의 연관 키워드와 환경 조성은 어떠한가?

무언가 새로운 것에 도전한다는 건 매우 설레는 일입니다. 저도 운동에 관심이 없다가 헬스를 시작하면서부터 많은 변화가 찾아왔기 때문입니다. 그런데 새로운 것을 하게 될 때 얻게 되는 부수적인 것들이 있습니다. 그중 하나는 바로 그 경험을 하면서 만나게 되는 '사람들'입니다.

무엇이든 새로운 것을 배우는 가장 쉬운 방법은, 그 분야의 전문가를 찾는 것입니다. 운동도 마찬가지인데, 여러분이 헬스를 처음 시작했다면 어느 정도 경력이 있는 분들을 찾아가 보는 게 좋습니다. 저 같은 경우에는 체육 전공자도 아니었고 하는 일도 헬스와 무관했습니다. 때문에 운동을 배울 때 이런 저런 시행착오가 많았지요.

처음에는 누구나 접할 수 있는 유튜브 영상들을 보며 따라 하는 것이 전부였습니다. 그런데 유튜브는 무언가 동기 부여 차원으로 보는 용도로는 좋았지만, 지식을 채우기엔 다소 역부족이었습니다. 내용이 깊지도 않고, 자극적인 소재들이 많아 기피하게 된 것입니다.

그러다 시간이 흐르면서 웨이트 트레이닝 잡지와 헬스 전문 서적들을 뒤지기 시작했습니다. 급기야는 혼자 독학하면서 끙끙 앓을 바에야 전문가를 찾아가 배우면 좋겠다는 생각에 이르렀지요. 결국 웨이트 트레이닝뿐만 아니라, 운동에 도움되는 해부학적 지식과 영양학에도 관심을 갖기 시작했습니다. 그렇게 공부를 하면서 2020년 2월 대한스포츠문화산업협회(KASCI)라는 곳을 알게 되었습니다. 그곳은 서울 충무로에 위치한 곳으로 거리도 가깝고, 일반인들을 대상으로 하는 과정들도 많이 있었습니다.

'코치 아카데미'는 대한스포츠문화산업협회에서 제공하는 8주 간의 퍼스널 트레이너 전문 과정입니다. 1993년부터 약 3천여 명의 수강생을 배출했으니, 보디빌딩 관련 교육으로는 으뜸이라 할 수 있지요. 오래된 역사만큼이나 교수진도 탄탄하고, 오전에는 이론, 오후에는 실습을 병행하고 있다는 점이 큰 특징입니다. 짧은 기간이었지만, 저는 이곳에서 공부하며 운동에 필요한 지식을 쌓을 수 있었습니다.

코치 아카데미(Coach Academy)

출처 : 대한스포츠문화산업협회(www.kasci.org)

그런데 8주 동안 교육을 받으면서 도움이 된 것이 운동 지식뿐만이 아니었습니다. 이곳에서 만난 분과 인연을 맺고 소통할 수 있었던 점이 가장 큰 수확이었지요. 나이와 성별을 불문하고 운동에 관심 있는 분들이 모여 있다 보니, 자연스레 가까워질 수 있었습니다. 또한 대부분의 수강생들이 트레이너로 활동하거나 체육 전공자였기 때문에, 저에게는 모두 선배나 다름 없었습니다. 제가 바디 프로필을 준비한 시기는 이 과정을 수료한 뒤 약 1년이 지난 시점이었습니다. 프로필을 찍을까 말까 고민하던 무렵, 교육을 통해 친해진 분들께 조언을 구하면서 준비하게 되었지요.

코치아카데미의 경우를 예로 들었지만, 어떤 것을 시작할 때 본인이 어떻게 환경을 조성하느냐는 매우 중요합니다. 저 같은 경우에는 바디 프로필 생각이 전혀 없었다가, 지인들의 영향을 받아 시작했기 때문입니다. 코로나19의 영향으로 그들을 직접 만나지는 못했어도, 카카오톡이나 인스타그램 등으로 충분히 소통할 수 있었습니다. 처음에는 지식을 채우고자 이곳을 찾았지만, 그때 만난 사람들의 영향을 받아 도전하게 된 것입니다.

여러분 중에는 언제 운동을 시작해야 하고 어떻게 바디 프로필을 준비해야 할지 막막한 분들이 있을 것입니다. 새로운 일에 도전하는 것을 두려워하거나, 의지가 약한 분들이면 더욱 그렇겠지요. 그럴 때에는 주변 환경을 인위적으로 바꿔 보는 것도 큰 도움이 될 수 있습니다. 왜냐하면, 내가 바꾼 환경의 변화가 앞으로의 판단과 의사결정에 영향을 끼치기 때문입니다.

여러분도 가끔 인터넷을 할 때 '나의 관심 분야'에 무엇이냐에 따라 비슷한 콘텐츠와 광고가 따라 붙는 걸 경험해 본 적 있을 것입니다. 먹는 것을 좋아하는 분이면 '맛집', '먹방'을 검색했을 것이고, 옷을 좋아하는 분이면 '패션', '신상' 등의 단어를 검색했겠지요. 그런데 신기하게도 내가 무엇을 검색하고 봐 왔는지에 따라, 콘텐츠가 추천되고 알고리즘이 형성됩니다. 다시 말해, 내가 그동안 선택하고 결정해 온 것들에 따라 앞으로의 행동들을 유추할 수 있는 것입니다.

그런데 이것은 일상생활에서도 똑같이 적용됩니다. 평소에 어떤 생각을 하고, 어떤 행동을 했으며, 어떤 장소에 갔는지에 따라 인맥이 달라지고 삶도 달라집니다. 위 사례에서도 살펴볼 수 있듯이, 공통된 관심사를 가진 집단에 속하면, 자연스럽게 인맥이 생기고 도움을 받을 수 있습니다. 그리고 그 인맥들이 서로 연결되어 직, 간접적인 영향을 줍니다. 어찌 보면 내 주변의 사람들과 환경들은 내가 평소 어떤 생각을 하고, 선택했느냐에 따라 결정되는 것입니다.

여러분이 만약 바디 프로필을 준비하거나 다이어트를 시작했다면, 주변 환경부터 정리해 보기 바랍니다. 새로운 도전을 할 때는 명확한 목표와 환경 설정, 그리고 그것을 달성하게 할 과정의 기록이 중요합니다. 단순히 목표 설정만 해 놓으면, 처음만 거창할 뿐 용두사미가 될 수 있습니다. 어떠한 목표를 달성하기 위한 실행력은 결국, 주변 환경의 영향을 받을 수밖에 없는 것입니다. 따라서 어떠한 목표를 이루고자 한다면, 그 목표를 이룰 환경 조성부터 시작해 보십시오. 그래야만 그 안에서 자극을 받을 수 있고, 사람들에게 도움을 얻을 수 있습니다.

유튜브와 인터넷 검색 창에 관심 있어 하는 것들을 검색하듯, 나의 목표 달성에 도움되는 환경과 그렇지 않은 환경도 구분 지을 줄 알아야 합니다. 그리고 방해되는 환경이라면 과감히 정리하십시오. 그래야만 방해 받지 않을 수 있습니다. 어찌 보면 어떤 것을 하겠다는 결심보다, 외부 환경을 조성해 놓는 것이 먼저일 수도 있습니다. 내 주변의 환경을 어떻게 조성하느냐에 따라 인맥이 달라지고, 새로운 도전을 하게끔 하는 계기가 된다는 점을 기억하십시오.

부록

"직장인 바디 프로필 준비요?
이것만은 꼭 알아 두세요"

인투짐(INTO GYM) 박준호

- 인스타그램 : @into_gym
- 홈페이지 : https://intogym.modoo.at
- 유튜브 : '올바 TV(올바른 운동 습관, All about body)
- 카카오톡 : intogym
- 위치 : 수원시 영통구 광교중앙로 266번길 20 2층 인투짐

1. 현재 하고 있는 일과 경력, 간단한 자기소개 부탁드립니다

안녕하세요. 수원 광교에 위치한 인투짐(INTO GYM) 근골격운동센터의 센터장을 맡고 있는 박준호입니다. 저는 견습 트레이너 시절부터 현재까지, 10년 이상 PT 트레이너와 보디빌딩 선수로 활동하고 있습니다. 유능한 여러 트레이너들과 센터를 설립한 이후에는, 일반인들을 대상으로 웨이트 트레이닝 PT는 물론, 재활과 교정 PT를 병행하고 있습니다.

특이 사항으로, 삼성전자 근골격예방운동센터에서 트레이너로 약 5년 간 근무한 이력이 있습니다. 당시 삼성전자 임직원 분들의 운동 처방과 재활 업무를 담당했는데요. 이러한 경험들 때문에 평소 직장인들의 생활이 어떠한지, 그리고 운동할 때의 고충은 무엇인지를 잘 알고 있습니다.

2. 직장인 바디 프로필 수요가 어느 정도 되나요? 준비할 때 중요한 점 세 가지를 꼽는다면?

요즘 바디 프로필은 직장인, 대학생 가릴 것 없이 하나의 유행처럼 번지고 있습니다. 20대부터 40대까지 다양한 연령대 분들이 인생 샷을 남겨 보고자 열심히 땀을 흘리는 것이지요.

PT 전문 센터인 저희 인투짐에도 바디 프로필을 준비하는 인원이 월 2~3명 꼭 있습니다. 그만큼 수요가 많은 것이지요. 처음에는 아무것도 모르고 상담하러 오시지만, 열정만큼은 어느 선수들 못지않은 분들이 바로 직장인입니다. 직장인들은 출, 퇴근 시간이 규칙적이기 때문에, 잘만 준비하면 보다 나은 퀄리티의 바디 프로필을 남길 수 있습니다.

바디 프로필을 준비할 때 가장 중요한 세 가지를 꼽으라면 다음과 같습니다.

첫째는 '충분한 시간이 확보되었는가?' 입니다.

바디 프로필을 준비하려면, 본인의 체지방과 몸 상태를 정확히 파악하고 기간을 넉넉히 잡는 것이 좋습니다. 혼자서 '아……. 이 정도면 되겠지.'라는 생각으로 시작하기보다는 주변에 전문가에게 묻고, 그분들의 시선으로 조언 받는 것이 좋습니다.

보통 첫 바디 프로필 때는 인바디(InBody) 수치와 눈바디를 보고 혼란스러워하는 경우가 많습니다. 왜냐하면 인바디 수치와 겉으로 보여지는 몸 상태가 너무나 다르기 때문입니다.

따라서 처음 준비하는 분들은 인바디를 너무 맹신하면 안됩니다. 본인의 눈으로 봤을 때 가장 '이상적인 몸'을 설정하고, 그 몸을 만들기 위한 기간을 적절하게 설정하는 것이 중요하다고 볼 수 있습니다. 몸 만들기를 위한 기간을 설정하였다면, 다음으로 '스튜디오 예약'을 꼭 해놓아야 합니다. 요즘은 수요가 많아 미리 예약을 잡아 놓지 않으면, 여러분이 원하는 곳에서 사진을 찍지 못하는 경우도 발생하니 이 점을 유의하셔야 합니다.

둘째는 '운동 자세와 운동 강도를 잘 익히는 것.' 입니다.

너무 무리하게 운동하거나, 본인에게 맞지 않는 자세로 인해 부상을 당하는 분들이 종종 있습니다. 운동은 한 번 몸에 체득되는 순간 하나의 습관으로 자리 잡기 쉽습니다. 따라서 처음 운동을 시작할 때, 본인 체형에 알맞은 자세로 운동을 배워야만 평생토록 건강을 지킬 수 있습니다. 운동 방법을 제대로 모르고 운동하면, 그것은 운동이 아니라 차라리 '노동'에 가깝습니다. 다시 말해, 정확한 자세와 방법으로 운동을 해야 빠르게 몸을 만들 수 있습니다. 내가 자존감이 낮고 운동 초보인데 '바디 프로필을 꼭 찍고 싶다.' 면, 제대로 된 트레이너에게 배워 보라 권하고 싶습니다.

끝으로 '지속적이면서 유지가 가능한 식단'을 정하는 것입니다.

간혹 극단적인 식단으로 멋진 몸을 만들고자 하는 분들이 있습니다. 그런데 그렇게 몸을 만들었다 한들 오래가지 않습니다. 기껏 공들여 몸을 만들었는데, 금방 예전 몸으로 돌아가거나 폭식증 등 섭식 장애가 오면 안 되겠죠? 바디 프로필 찍기 전보다 몸이 안 좋아졌다면 그것만큼 속상한 일은 없을 것입니다. 따라서 지속적으로 유지할 수 있는 식단을 선택하는 것이 좋습니다.

3. '남자' 분들께 전하는 바디 프로필 조언은?

다이어트를 진행하다 보면 본인이 생각한 몸의 크기가 아닌, 생각보다 왜소해진 몸을 보고 실망하면서 "그만 빼야 하나?" 고민하는 경우가 많습니다. 근육의 사이즈를 키우는 것은, 구력이 정말 중요한 부분이기에 1년 미만의 준비 기간으로는 엄청난 중량은 기대하긴 어렵습니다.

바디 프로필은 어느 정도의 보정이 가능한 '사진의 영역'입니다. 따라서 보정이 가능한 '사이즈'에 집중하기보다는, 더욱 다이어트에 집중해서 근육의 분리와 갈라짐 등에 신경 쓸 것을 추천 드립니다.

4. '여자' 분들께 전하는 바디 프로필 조언은?

대부분의 여자 분들은 '여성스러운' 바디 프로필을 찍고자 합니다. 그런데 다이어트를 해 본 분들은 공감하겠지만 너무 과도하게 다이어트를 진행하게 되면, 여성미를 살려 주는 볼륨들이 죽는 경우가 많습니다.

따라서 무작정 많이 빼야겠다는 목표보다는, 본인이 어느 정도에서 몸이 가장 예쁜지 수시로 체크하는 것이 좋습니다. 촬영 시에는 보정을 도와주면서 본인의 체형을 보완해 줄 수 있는 '의상'을 잘 고르는 것이 중요한 포인트라 생각됩니다. 그만큼 의상으로도 커버할 수 있는 부분이 있기 때문입니다.

5. 끝으로 직장인 분들께 몸 관리에 대한 조언을 한다면?

직장인들은 대부분 좌식 생활을 합니다. 따라서 생활 습관에 의한 '거북목 증후군', '라운드 숄더', '골반의 뒤틀림', '측만증' 등 여러 가지 문제가 발생하고 있는데요. 이렇게 발생한 근골격계 질환은 인체를 지지하고 구성하는 '근육'이 약화되면서 생기는 문제라고 볼 수 있습니다.

오랜 직장 생활로 근골격계 질환이 발생하였다면, 우선은 근육의 제 기능을 찾아 주는 것이 먼저입니다. 근육 이완 마사지를 잘하고 있어도 결국 근육이 제 기능을 하지 못하면, 근본적인 원인이 해결되지 않은 것이기 때문에, 또 다시 아플 수밖에 없습니다. 따라서 건강을 생각한다면, 지금부터라도 꼭 근력 운동을 시작해야 합니다.

30대 후반부터는 운동 부족 시 매년 1%이상 근육량이 없어지고, 근력은 4%이상 감소할 수 있습니다. 운동을 전혀 하지 않으면 40~50대부터는 근육의 약화로 근골격계 통증이 나타날 수밖에 없습니다. 따라서 30대부터 꾸준히 운동하면서 관리해 주어야 근골격계 통증을 예방하실 수 있습니다. 근력 운동은 꼭 웨이트 트레이닝이 아니어도 좋습니다. 요즘에는 필라테스, 요가, 수영 등 다양한 종목들이 있으니 흥미 있는 운동을 찾아서 해 보시기 바랍니다.

워낙 정보가 넘쳐 나는 시대이다 보니, 잘못된 운동 정보들도 넘쳐 나고 있습니다. 정확한 운동 정보를 전달 받기 위해서는, 혼자 하는 것보다 전문가의 도움을 받는 것이 좋습니다. 또한 사람마다 바이오리듬이 다르기 때문에, 운동을 해야 할 날짜와 시간을 정해 '습관화'하는 것이 가장 좋습니다.

운동은 시작이 반이고 의지가 반이라 생각합니다. 직장인들은 사실 일만 하기에도 무척 고됩니다. 하지만 미래를 생각한다면, 몸이 조금 힘들어도 내가 오늘 해야 할 To-Do 리스트에 '운동'이 꼭 포함되어 있으면 좋을 것 같습니다.

박준호 Profile

전주대학교(운동처방전공)
경희대학교 체육대학원(스포츠의과학전공 석사)
PCA Korea Pro(보디빌딩, 클래식보디빌딩)
WBC Pro(머슬)
PCA Korea 필라테스 대회 메인 심사 위원

20년 PCA파이널 슈퍼시리즈 클래식보디빌딩 미디움 1위
20년 PCA화성 클래식보디빌딩 미디움 1위
19년 WBC피트니스 머슬 - 75KG 1위
19년 PCA파이널 슈퍼시리즈 보디빌딩 - 75kg 1위
18년 안산시장배 보디빌딩 - 75kg 1위
18년 피트니스스타 내셔널리그 클래식보디빌딩 1위
18년 피트니스스타 남양주 클래식보디빌딩 1위&그랑프리
18년 피트니스스타 일산 클래식보디빌딩 1위
17년 피트니스스타 내셔널리그 클래식보디빌딩 1위
17년 피트니스스타 내셔널리그 머슬 - 70kg 1위
15년 미스터 충북 보디빌딩 - 70kg 1위

現 인투짐(INTO GYM) 근골격운동센터 센터장
前 MTM휘트니스 Personal Triner
前 WAWA휘트니스 Personal Trainer
前 Hello PT Personal Trainer
前 SecondBreath휘트니스 Personal Trainer
前 우리은행 사격팀 Functional Training

前 삼성전자 근골격계예방운동센터 주임 연구원

前 삼성전자 근골격계 예방운동 강의 Instructor

前 삼성전자 근골격계 예방운동센터 rehap, corrective exercises Training

생활스포츠 지도자 2급 - 보디빌딩(국가 공인 자격)

노인스포츠 지도자(국가 공인 자격)

KATA ATC (한국 선수트레이너 자격증)

KATA(한국선수트레이너협회 정회원)

스포츠카이로프랙틱 (KATA)

스포츠테이핑(KATA)

NSCA - CPT(국제 공인 트레이너 자격)

NSCA Korea(미국 체력관리학회 한국지부 정회원)

IKFF CKT Level 1(국제 공인 케틀벨 트레이너)

MET MMT ART PNF IASTM 등 다수 교육 과정 이수

대한적십자 CPR 응급 처치 기본 과정

식사 기록법 작성과 1일 소비 칼로리 산출

1. 개념

  식사 기록법(Diet record)은 일정 기간 동안 식품 섭취량을 스스로 기록하는 방법입니다. 즉 평상시에 먹는 음식들을 빠짐없이 기록하고, 그 음식들의 하루 평균 칼로리를 계산하는 것입니다. 보통은 3일, 5일, 7일을 사용하나, 보편적으로 3일(주중 이틀, 주말 하루)를 가장 많이 사용하고 있습니다. 기록의 정확도를 높이려면 3일보다는 5일, 5일보다는 7일치의 평균 칼로리를 계산하면 됩니다.

2. 방법

- 매일 아침 공복 또는 동일한 시점, 시간에 체중을 측정하도록 합니다. 이때 체중 변동은 1kg 미만이어야 합니다.
- 아침, 점심, 저녁, 간식, 야식 등 하루 동안 먹은 음식 메뉴들을 모두 기록하고 사진으로 남깁니다. 되도록 열량(kcal)을 알고 있다면 정확하게 기록해 놓습니다.

- 최소 3일에서 최대 7일까지 기록합니다. 1~2일 기록으로는 정확도가 떨어질 수 있으므로 되도록 평소에 먹던 식습관을 그대로를 유지합니다.
- 기록한 메뉴들의 칼로리를 모두 합산하고 측정한 일수로 나눠 나온 평균 값이 1일 소비 열량이라 할 수 있습니다.

3. 유의사항

- 적어도 3일에서 7일 동안 체중이 일정하다는 전제하에 진행할 수 있습니다. 정확도를 높이려면 3일보다는 5일, 5일보다 7일치의 평균 칼로리를 계산하면 됩니다.
- 기록에 대한 부담으로 식사를 변경하거나 단순화시키지 말고, 평소에 먹던 식습관 그대로를 유지합니다.

4. 작성 양식

- 아래 양식을 참고하여 최소 3일에서 최대 7일까지 식단을 기록합니다.
- 3대 영양소를 중심으로 실제 섭취한 메뉴, 열량, 시간 등을 빠짐없이 기록합니다.

구분	내용			총 칼로리(Kcal)
식단 1 (아침)	시간 :		Kcal	
	탄수화물			
	단백질			
	지방			
	기타			
식단 2 (점심)	시간 :		Kcal	
	탄수화물			
	단백질			
	지방			
	기타			

	시간 :		Kcal	
식단 3 (저녁)	탄수화물			
	단백질			
	지방			
	기타			
식단 4 (간식)	시간 :		Kcal	
	탄수화물			
	단백질			
	지방			
	기타			

알아 두면 유용한 식단 관리 애플리케이션(app)

1. 다이닝 노트

- 구글 플레이/애플 앱 스토어 : 무료
- 개발사 : 4th May Soft
- 카테고리 : 건강 및 피트니스

    다이닝 노트(DINING NOTE) 앱은 아침, 점심, 저녁, 간식, 음주, 운동으로 나누어 식단 관리와 운동 내용을 기록할 수 있습니다. 기록하는 방법도 간단합니다. 화면 상단의 [+]를 선택해 내용을 적고 저장하기만 하면 끝이지요.

    위 사진과 같이 여러분이 섭취한 음식과 운동량을 한눈에 확인할 수 있습니다. 심지어 수분을 얼마나 섭취했는지도 기록할 수 있는 장점이 있습니다. 또한, 기록한 내용을 통계로 확인하는 것도 가능한데, 스스로 식단을 관리하고 개선할 수 있다는 점에서 꽤 유용한 앱입니다.

2. 다이어트 신

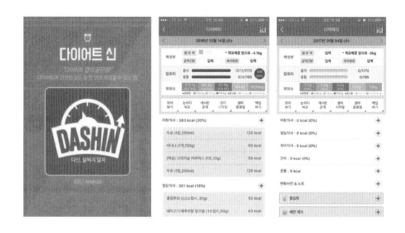

• 구글 플레이/애플 앱 스토어 : 무료

• 개발사 : funnyapp

• 카테고리 : 건강 및 피트니스

다이어트 신(DASHIN) 앱은 다이어트와 관련된 각종 정보를 얻고, 다이어트 진척도를 기록할 수 있는 앱입니다. BMI를 측정해 하루에 섭취해야 할 칼로리를 파악하고, 음식의 칼로리를 검색해서 식단을 기록할 수 있지요.

뿐만 아니라, 운동으로 소비해야 할 칼로리를 확인한 다음 홈 트레이닝 영상을 보며 칼로리를 소모할 수도 있습니다. 다른 앱들이 식단 기록에만 초점을 두었다면, 다이어트신은 앱 하나로 다이어트를 끝낼 수 있도록 한 점이 인상적입니다.

다이어트 신은 사실 식단 관리 앱이라고만 하기에는 아까운 앱입니다. 사용자의 키에 알맞은 체중을 알려 주고, 하루 동안 섭취해야 할 음식 칼로리와 운동으로 소모해야 할 칼로리를 제시하기 때문입니다. 한 마디로 다이어트에 필요한 모든 정보를 하나의 앱에 응축시켰다고 보시면 됩니다. 만약 다이어드를 위해 여러 개의 앱을 사용하고 있었다면, 다이이트 신 하나로 대체하는 것도 좋은 방법입니다.

넥타이 풀고!

마흔 전에 도전하는
직장인
바디 프로필

ⓒ 황형서, 2022

초판 1쇄 발행 2022년 7월 1일

지은이   황형서
펴낸이   이기봉
편집   좋은땅 편집팀
펴낸곳   도서출판 좋은땅
주소   서울특별시 마포구 양화로12길 26 지월드빌딩 (서교동 395-7)
전화   02)374-8616~7
팩스   02)374-8614
이메일   gworldbook@naver.com
홈페이지   www.g-world.co.kr

ISBN   979-11-388-1083-8 (03810)